杜蕾斯

公关小姐

画上眉儿★著

CPPH 中国画报出版社
CHINA PICTORIAL PUBLISHING HOUSE

图书在版编目（CIP）数据

杜蕾斯公关小姐/画上眉儿著. —北京：中国画报出版社，2009.7

ISBN 978-7-80220-552-9

Ⅰ. 杜… Ⅱ. 画… Ⅲ. 长篇小说-中国-当代
Ⅳ. I247.5

中国版本图书馆 CIP 数据核字（2009）第 123410 号

上架建议：畅销书・女性言情

作　　者：画上眉儿
选题策划：博集天卷
策划编辑：鱼悠若

杜蕾斯公关小姐
出 版 人：田　辉
责任编辑：张光红
出版发行：中国画报出版社
（中国北京市海淀区车公庄西路 33 号，邮编：100048）
印　　刷：三河市南阳印刷有限公司
监　　印：敖　晔
经　　销：新华书店
开　　本：880×1230　1/32
印　　张：10
版　　次：2009 年 9 月第 1 版第 1 次印刷
书　　号：ISBN 978-7-80220-552-9
定　　价：24.80 元

目录

contents

第一章　最讨厌不用杜蕾斯的男人了！ / 001

第二章　那晚没有做完的事 / 009

第三章　变态男才去超市买卫生巾 / 017

第四章　楼上的那个男人 / 024

第五章　以抓阄压轴的派对 / 032

第六章　回家顺便共进晚餐 / 043

第七章　晚饭后的消化运动 / 050

第八章　你们之间肯定有奸情 / 058

第九章　办公室是谣言的温床 / 064

第十章　吻他 / 072

第十一章　普及保险套知识 / 079

第十二章　性生活的习惯问题 / 088

第十三章　销售部的新同事 / 097

第十四章　请叫我小松松 / 106

第十五章　提案的提，就是提心吊胆的提 / 116

第十六章　冰释前嫌 / 123

目录

contents

第十七章　健身中心 / 130
第十八章　奸情浮出水面 / 138
第十九章　私人恩怨和公事公办 / 146
第二十章　好人家族 / 153
第二十一章　我们做爱吧 / 162
第二十二章　事出有因 / 169
第二十三章　直的不是弯的 / 176
第二十四章　心生芥蒂 / 182
第二十五章　叹气已风靡 2901 / 190
第二十六章　关键发言人 / 197
第二十七章　杜蕾斯的厄运 / 204
第二十八章　做，爱做的事 / 211
第二十九章　提前来临的协议 / 218
第三十章　CS 的研究 / 225
第三十一章　程家人的手艺 / 232
第三十二章　山人自有妙计 / 239

c o n t e n t s

第三十三章 意外的房客 / 245

第三十四章 捉奸在床 / 251

第三十五章 真相大白 / 257

第三十六章 欢乐的默契 / 264

番外之烟花 / 272

花絮 / 308

第一章

—— 最讨厌不用杜蕾斯的男人了！ ——

Lee很不客气地将嘴唇覆了上去，唇齿相交，柔软的舌尖熟练地挑逗着彼此的激情。

鲜艳的红唇在辗转吮吸中发出娇媚的呻吟，似乎是在做更进一步的邀请。

他一边抱着怀中身材冶艳的女郎，一边用门卡刷开了房间。

扯掉该死的领带。

扒去束缚的衬衫。

抽去烦躁的皮带。

让长裤褪至地板一脚蹬开。

ONS①，ONS，好多年没有回国，第一次到pub的经历居然就这样惹火。

不过是坐在吧台饮了一杯酒，便借着昏暗的灯光看见这位美女在搅拌一杯未加糖的咖啡。据他泡夜店的经验，如果走过去，那位美女把一旁的糖包撕开倒入咖啡，则表示对你感兴趣。果不其然，成功地与这名美丽的女人搭讪之后，将话题说开，大意不过是国内近些年来观念开放，据说某品牌的保险套做过一个调查，人均的性

① ONS，one night stand的简写，意为一夜情。

伴侣在 19.3 个左右，高出发达国家许多。

听这则似新闻非新闻让人匪夷所思的数据传过来，Lee 不过耸肩一笑。她在暗示什么?

那名陌生的女人几乎喝得半醉，他毫不客气地上前握住她的腰身，滑入舞池之中。舞到曼热之时，她长长的眼睛带着微醺的意味，看他的时候是说不尽的媚态。手指滑过他的衣领，一把拽出他的领带将他向自己的娇躯贴近，刻意放低的声线极具魅惑：“让你的平均数上升到 20 如何?”

他在心中打了一记响指，时机到了!

于是……才有了眼前的一幕。

此刻她的手指娴熟地在他身上游走，他也乐意将一切束缚摆脱出去，哦哦哦等一等，好不容易从地上再翻出西装外套，拉出内袋里的一枚小东西，刚要放进一口漂亮的白牙中撕咬开，却被身后妩媚的女子一把拽住。

“这是什么?”她眯缝着眼睛从他的唇齿间拽住了那枚小东西，一袭细肩带的红裙已经褪到腰际。

拜托，大家都是成年人，保险套你不知道啊? Lee 同学差点翻了个白眼，在心中暗暗咒骂了一声，这才压抑着欲望用低沉的嗓音说道：“是一种让大家都没有后顾之忧的小道具。”

“废话，我当然知道!”女人撩开裙摆，正当他以为可以享用养眼的风景的同时，一记无影美腿将他踢下了床。美女原本妩媚的神情突然变得狰狞起来，红裙一翻，轻巧地直接穿戴整齐。

要说起来，女人穿衣服还真是方便……为什么，此刻的情形变成了 Lee 这个可怜兮兮的男人只穿着内裤和袜子被一脚踹在床底下因为被撞到尾骨而嘶嘶乱叫。

“呜……”这究竟是为什么……ONS 搞成这样真是欲哭无泪。

他无意中望了一眼酒店中挂着的俗气日历，上面写着四个黑色的大字：诸事不宜！

站在床上的那个红衣女郎风情万种地走了下来，一脚踩在他的要命的部位上，几乎将 Lee 的心脏也痛出来。

他不明白的是，他究竟哪里惹到她了？

原本幻想的美好的一夜情，因为一只保险套而使情节急转直下。

她眯缝着眼睛，握着那一小片东西的一角，在他的脸上轻轻地拍打着，然后用很认真的语气说："我最讨厌不用杜蕾斯的男人了！"

Lee 感觉到一枚小小的保险套又重新回到了自己雪白的牙齿中间。

门缓缓地被带上，飘过一抹红色的影子。

搞什么……做个爱而已，还挑剔 TT 的牌子！

Lee 面色难看地将唇齿间那枚未拆封的 TT 拉扯了下来，靠……果然是诸事不宜！

想到今天白天的经历，他忍不住头疼起来。

挟着哈佛商学院 MBA 的头衔，凄惨地被那个人耳提面命回国。这也就算了……还被委派去做吃力不讨好的空降！拜托，若不是看在他是自己从小一起长大的玩伴的份儿上，谁会 care① 那个小小的职位？

"你说吧？要做什么项目？"Lee 打开对方递过来的两盒厚重的名片，低头瞟了一眼，不过是个 PR MANEGER!②③ 恨恨地捻了

---

① care，介意。

② PR，public relationship 公共关系，简称公关。

③ MANEGER，经理。

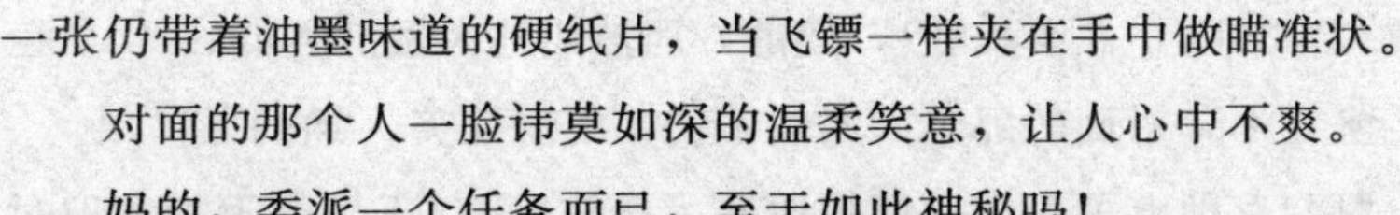

一张仍带着油墨味道的硬纸片，当飞镖一样夹在手中做瞄准状。

对面的那个人一脸讳莫如深的温柔笑意，让人心中不爽。

妈的，委派一个任务而已，至于如此神秘吗！

“Lee，想必你也知道我们公司的性质……”他摊了摊手，终于开口说话。

“不知道！”一口回绝他，李卓，也就是男人口中的Lee，下飞机还不到一小时。时差还没有调整过来，只能啜着咖啡勉强提神，除了跟面前的这个人哈拉之外，根本没有时间研究他所谓的那个以销售FMCG[①]为主的公司好不好？

不过好歹有所耳闻，那间美资的企业，自从最近在星条旗国上市以来，股价就嗖嗖嗖地向上攀升，听说最近还收购了一家新的子公司，但是苦于没有熟悉这个行业的有志人士，于是只好隔海求救。

那个唤作易辰的男子轻轻咳了一声，一本正经道：“你应该听过DUREX的保险套吧？”

好吧，男性快速消费品……很好，大家都心知肚明。Lee点了点头。

“不过你也清楚，我们新收购的这家子公司，却是和男性一点关联也没有。”他欲言又止，抬起头似乎挂着一抹讪笑，“SOFY……你知道么？”

“什么玩意？”听上去好娘！Lee同学毫不客气瞄准了对方的鼻梁。

“女性用品。”易辰的解释很冠冕堂皇。

等Lee同学反应过来，手中的名片已经飞了出去，打中易辰的

---

① FMCG——fast moving consumer goods 快速消费品。

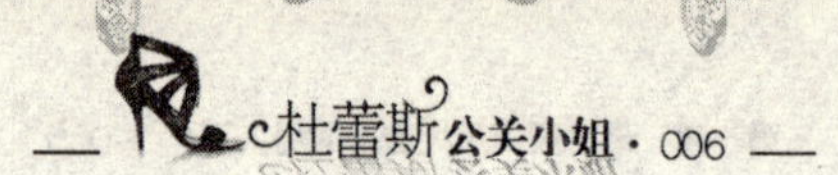

鼻翼。“SHIT！你耍我啊！”妈的，居然叫他去做卫生巾！

坐在Lee对面的那个人岿然不动，不怒反笑，“怕了？”

“屁！”他点了根烟，烦躁地抓了抓头发，“千里迢迢把我召过来，就是为了做这个？”倒不是怕，只是说出去，情何以堪！情何以堪啊！哈佛的MBA做卫生巾的PR……还是个男的，说出去，那群损友还不要捧腹笑到死！光是想一想他们的眼神就足以让人自绝以谢天下！

这种事情光是想一想，就忍不住让人想动粗，恨不得直接上前两拳就把对方掀翻在地——亏他还好意思说出口！

卫生巾！

这三个字就足以让有点理智而又单身英俊的男人远离一百米安全线以外。

狠狠地吸了一口烟，胸腔内憋闷的气息稍稍释放了出来，Lee同学挑了挑眉看着那个人，仍旧是那种将自己吃得死死的表情，眉眼仍旧是那样漫不经心，却又笃定自若，似乎觉得他一定会接下这个职位一样。

妈的！

“不要用这种眼神看着我！”

最讨厌那种看似无害却又温和得可以杀死人的眼神了，这会让Lee觉得自己欠了他的，“不答应就是犯罪”的那种感觉悄悄爬上脊背，害他哆嗦出了一身冷汗。

“如果没什么问题，就这样说定了。下个星期一，准时来公司报道。”易辰云淡风轻地指了指名片道，“上面有公司的地址，记得不要迟到。”

“等一等！”他还没答应好不好？

这个人自说自话的毛病还是没有改掉！要不是因为他一张俊朗

的面孔揍下去便不能再看，他早动手了。

“还有什么事？”男人转过头来看他，金丝边的眼镜后面光芒一闪。就像……那个时候一样……

Lee忍不住翻出心头旧伤，蹙起两道俊秀挺拔的眉毛，举手投降。好吧，他其实相信宿命论，也相信克星这种东西是存在的。

“Lee，不要让我失望！”易辰扬起嘴角，拉开了门。

失望……难道他还要先去了解各种卫生巾不成？等到他想到这个问题的时候已经晚了，易辰自顾自地开车离去，车屁股刚巧离开他的视线。

抓了抓头发继续狠狠地吸了口烟，他掏出手机给易辰打电话。

“不是说没事了么？”对方问得讶异。

“……喂喂喂……我说，你好歹给我弄点样品或者资料让我研究研究啊！”难不成要叫他屈尊降贵跑去超市买啊？神经病！一定会被人当做变态的！

“PPT① 我会发一份到你的电邮。不过样品的话，超市不有卖吗？顺便提升下我们的销量。”果不其然，真的是这个答案！

他忍不住抓狂起来：“尚、易、辰！不要让我看见你出现在我面前！”

是的，他叫尚易辰，是Lee在大学里相识的学长。在那个飘扬着星条旗的国度，难得见到一个华裔面孔，而且如此沉稳有礼，初识他的时候恨不能抱住他的大腿二十四小时和他说中文，谁知道没过多久才知道，那个人身世成谜，通常总会有奇特的事情找上他。

往往在沉稳的面孔下，能叫人发现他黑暗的一面。那种从一成不变的面孔中透出来的漆黑的不见底的眼神，光是看一眼都觉得异

---

① PPT，powepoint 演示文件，一种电脑办公软件。

常可怕！再加上精通几国语言的尚学长在学生时代就开始了创业生涯，毕业归国后，成功收购了一家濒临倒闭的轮胎厂，然后将那个本土企业改行做了男性快消品，迅速占据了全球男性用品市场，安全的保障和极富创意的理念让品牌深入人心，不过短短几年便在北美上市，真是叫人大跌眼镜！

好吧，他将手中的烟蒂恶狠狠地踩在脚底，现在不是回忆学长创业的时候，刚刚下飞机，他要尽情放松放松！

于是，眼下放松的结果是，他被一记美腿踢下了床。

这个日子，他会记得的！

这个 PUB，他也会记得的！

这个女人！哼哼！Lee 一面揉着屁股一面站起来握住了拳头，要是再遇见她，不把她吃干抹净不留渣他就不姓李！

第二章

那晚没有做完的事

闹钟是上班族周一的必要装备。

铃声一响，尚在睡梦中的人必定要挣扎着起身，摸索到罪恶的根源，然后手起刀落，让世界清净下来。

这一举动其实是自食恶果。

此刻 Lee 同学一面咬着吐司，一面跳着脚穿袜子，再从衣柜中拉出一条领带来，胡乱扎在颈间。还有胡子……天杀的吉列在哪里？

他不是不记得尚易辰的那句叮嘱，只是……有时候迟到总是难免的。

半小时内搞定了所有一切，他拎着笔记本电脑出门的时候抬起左手看了看手表，已经是平常上班族端坐在座位上打开电脑泡杯红茶的时刻了。

连咒骂都仿佛挤在了时空的罅隙里无法跃出声带。下楼的时候碰见了一位面色和善笑眯眯的欧巴桑，看见他飞奔出电梯还特意帮他打开大楼的门。Lee 同学连“谢谢”两个字都来不及说出来，伸手招了一辆出租车就扬长而去了。

好吧，下次碰见那个欧巴桑他会道谢的。

在出租车里将狼狈的领带整理妥当，报了名片上的地址，Lee

同学这才担心见面被 K 要如何解释的问题。真是头疼啊，上班第一天就迟到……空降给人的印象本来就够差了，何况是个迟到的空降。

他甚至可以体会到未来下属冰冷不屑的眼神了……噢！

Lee 同学很懊恼，不过这份懊恼很快因为一个电话而烟消云散。

来电号码再熟悉不过……除了尚易辰，有谁会知道他回国的消息？

“你在哪里？”接通电话，果然是那个人的声音。低沉而隐忍，明显因为他的迟到而不爽。

“路上。”Lee 还算老实。

“半小时可以到吗？”

Lee 抬头看了看路况，蹙起了眉头，“堵车……”

那边电话已经收线了。

等到他一脚踏进名片上的那个地址，温柔的前台小姐立刻上前询问：“请问是不是李卓先生，总经理在办公室等您很久了。”她看见 Lee 点了点头，顺手指了个方位给他，“沿着这条路走到底左拐，最大的那个房间就是了。”

皱成一团的脸孔小心翼翼地朝那个通道看去，地板油光可鉴，有高跟鞋的声音踏在上面，发出笃笃的声响。着高跟鞋的背影看上去十分诱人。Lee 跟着她走上前，忍不住搭讪道：“请问尚先生的办公室在什么地方？”

那个背影转过头来，几乎让 Lee 同学扶墙。

搞什么，S 城不是全世界第三大的城市吗？真是冤家路窄……居然会在这里碰见？

PUB 中的红衣女郎，此刻褪去了一袭妖娆的细肩带连衣裙，穿的是干练OL[1]一贯的通勤装。黑色的收腰小上衣，里面是扣到第四粒纽扣的白色衬衫，下身同色系的修身小黑裙足以为美腿加分。他这个角度站在她面前，恰巧能看见令人遐思不已的曼妙胸部。此刻那双妩媚的眼睛被一副黑框眼镜遮住，仍然散发着令人心动的气场。他很不客气地吹了一记色狼式的口哨，一手撑墙，将女子逼到墙角。

程西沉住气，一双美目盯紧了他。

凭良心说，她并不讨厌这个男人的长相。否则也不会在人声鼎沸的PUB中单单拉住了他的领带。高大的身躯加上十分得体的穿着，让人印象分就很高。几句话聊下来，谈吐不俗。

如果不是那一个糟糕的一夜情，想必此刻她能很正常地继续和他打招呼。

她可不想被人知道自己因为失恋的缘故跑去ONS。

“不知道应该用什么表情来迎接我？我很随意的，一个小吻就好……”Lee对她扬了扬眉，俯下身去。他似乎表现得一点也不介意那日她对他的举动，只是一副旧友重逢的玩味模样。其实天知道他巴不得让别人看见他们之间的亲昵和暧昧。尚学长的手下居然有这样的职员，看来他以后的工作绝对有乐趣可言了！

他单单只注意到她的红唇如何娇艳欲滴，却丝毫没有留意她的美腿一抬，一记重创，膝盖顶在他的致命部位。Lee同学闷哼一声，蹲下了身去。这个女人……下手真狠辣！

依照这样的速度，恐怕他穿越到清朝，都可以直接去做公公了。

“怎么了？”走道尽头的会议室被打开，里面有职员打扮的人听

① OL，office lady，一般指办公室白领女性。

见响动，走出来询问。

“没事。”程西摆了摆手，刚想用“不过是个送快递的”来打发过去，却见办公室里走出英俊的总经理，从她的身旁把那个蹲在地上的可耻男人拉了起来。

“我不知道你对新公司的墙角设计也那么有兴趣。要不要把设计师介绍给你认识?”尚易辰的声音充满揶揄。

“不，不用!”Lee咬牙切齿地扭过头去，拉住尚易辰，“借一步说话?”

尚学长推了推眼镜，点了点头。

“她是谁?”关上小小的一间私人办公室的门，Lee抬了抬下巴。

“你有兴趣?”尚易辰的镜片一闪，从抽屉里摸出一叠合约书，“不如先把这个签了，然后我会有问必答。”

合约是一份很普通的劳务合同，为期一年。以他对Lee的了解，当然知道对方只是一个象征性的点头并不意味着会乖乖听自己的话。

基本上，粗线条的Lee学弟，除了有一点好色，有一点贪玩之外，还算是个好人。尤其是一旦激发起他的征服欲，即使是火星，他也能穿着宇航服冲上去占领它！想必方才会议室门外的一幕，一定相当精彩。唔，他甚至在考虑一会儿要不要去调摄像记录来看。

Lee二话不说在那份劳务合同上签了字，将笔丢开站在一旁，仍旧火大地瞪着外面那个若无其事的美女。

连续两次被同一个人踢中关键部位，这个屈辱换做是谁都受不了!

“名字?”透过玻璃，他能看见她有些怔忪地想着什么事情，直到手机铃声响起，才侧过身子在门外接电话，表情分明异常微妙。

"嗯，中文名是程西，不过在公司我们一般叫她 Cindy。而且 Lee，你知道，这种类型的美女一般追求者很多……"尚易辰把手放在他的肩膀上，以示安慰。

"年龄呢?"他估计不会超过二十五岁。特别是看她低头接电话的瞬间，长长的栗色波浪卷发沿着白皙的脖颈滑到胸前，实在让人忍不住精虫上脑啊。

"问这种问题会不会太失礼了？女人，尤其是美丽的女人，年龄都是秘密。"尚易辰毫不吝惜自己的溢美之辞，想起刚才 Lee 的那份合约，于是又推了推眼镜补充道，"我猜她二十五岁。"毕竟要做到公关经理的职位，年纪也不可能太小。

"爱好呢?"

尚易辰想了很久，"听说是喜欢看书。"

看书？Lee 挑了挑眉，他以为应该是空手道或者气合拳一类的，那种力度和准度以及爆发力，绝对不可能是一个喜欢看书的女人应该有的!

"还有什么问题?"尚易辰的眼神是那种分明想到了什么，又不想说出来的表情。不过 Lee 只顾着看着门外那个接电话的身影，并没有留意到学长的微妙变化。

唔，也好，让他自己慢慢发现，也不失为一个不错的主意。尚易辰心里这样想着，将那份合同不动声色地锁进了抽屉。

"如果你已经没有问题，跟我一起去办公室，我给你介绍同事认识。"尚易辰从座位上站起，走了出去。在经过程西的时候顺便跟她说："Cindy，这是公关部新来的品宣经理，他叫李卓，当然你可以叫他 Lee，他主要负责的是 SOFY 的案子。"

程西合上电话，语气冷静地朝他点了点头，仿佛刚才那一幕从未发生过。"你好。"声音是千篇一律的例行公事。

“这是 DUREX 项目组的品宣策划程西小姐，你可以叫她 Cindy。”尚易辰装作很焦急地拜托她说：“我马上有个重要的电话会议，可不可以麻烦你带 Lee 去公关部介绍大家认识他？”

程西的眼中闪过一丝小小的挣扎，不过很快就隐藏下去了。毕竟大 BOSS① 的亲口委托，谁都不好拒绝。“好的。”她懂事地朝尚易辰笑笑，却瞥见 Lee 那一脸自来熟的笑意，很是淫荡。

“原来你叫程西，我以后叫你小西好不好？Cindy 总让我想起灰姑娘，可是你明明和她不是一个 Style② 的嘛！”

“你小学的时候有没有同学给你取名叫西瓜？其实我觉得叫你小瓜瓜也不错哦！”

“我小时候同学总是叫我桌子，可是你看你看，哪里有我这样帅的桌子啊？所以我还是喜欢别人叫我 Lee，你不觉得很符合我的品味吗？”

“我觉得你很敬业，你看，关键时刻都不忘记维护品牌。想必易辰招到你这样的员工连做梦都要偷笑了。”

Lee 同学脸皮很厚，跟在程西的后面已经说了很多句话了。冷不丁前面那个保持匀速的背影突然一下停下来转过身站定。结果 Lee 没有刹住车，笔直地撞了上去。不能不说他不是故意的，可是有便宜不占就不是 Lee 啊……

果然……34C 的感觉很美好！

“拜托你我们有那么熟吗我在公司叫 Cindy 就请你入乡随俗叫这个名字至于会让你想到什么是你的事而且也请你不要随意篡改别人的称谓这样是很不礼貌的行为尤其我也很没有兴趣你现在叫什么

---

① BOSS，指老板。

② Style，风格。

以前叫什么以及你的品位是什么至于我敬业不敬业的问题也轮不到你来管现在你可以不可以把你的嘴闭上！”程西含怒一口气把长长的话说完。

“我以为经过了那夜之后，再见面不是应该保持亲密的吗？”Lee 的语气很委屈。

程西含笑讽刺，“你觉得我会对一个看起来除了会将女人骗上床什么也不会的花花公子保持亲密吗？”

花花公子！

Lee 同学对这个评价很愤慨，继而咬牙道：“不如我们来打个赌。”

程西挑了挑眉，黑框眼镜之下的眼睛充满无畏，“难道你要赌，你能在一个月内让 SOFY 的销售量翻一倍吗？”

“如果我能做得到，不知道有什么奖赏？”Lee 的视线停留在她的领口之上，流连不已，丝毫不将她语气中的嘲讽当回事。

程西大方地笑了笑，语意暧昧，“如果你能做到，我不介意和你把那天没有做完的事情再做一遍。”

“一言为定！”Lee 一脸正色，信心满满。哦，那一晚没有做完的事情……听上去就如此让人期待！

第三章

——变态男才去超市买卫生巾——

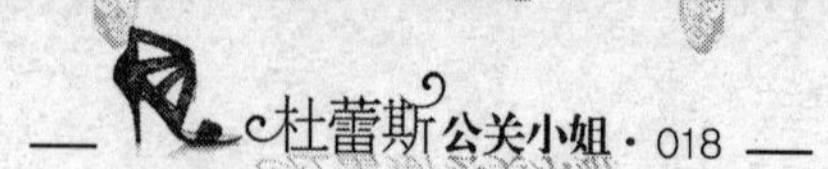

尚学长为他安排的公寓地段不错。

客厅中有一整面落地窗可以俯瞰这座城市的夜景。

此刻 Lee 同学根本没有时间去拉开窗帘欣赏夜景。他下班回来，狼狈地爬上 29 层楼的时候，怀中的塑料袋刚好破裂，漏出了各式各样的卫生棉。日用的，夜用的，网面的，棉柔的，超长的……门被打开了一半，刚巧有过路的邻居冲他点了点头算是打招呼，却被跌在地板上的诸多卫生棉阻止了继续咧开的嘴角。

继而那个笑容变得有些虚弱，甚至是暗暗的讽刺。

Lee 狠狠地瞪了那个邻居一眼，“砰”的一声甩上了门。

世界上有种每个月都流血还不死的生物，年轻的时候很得人的欢心，为什么一到可以用欧巴桑来称呼的时候，都变得格外讨人厌？

他丝毫不会忘记刚才在大卖场盯着他购物篮里成堆的卫生棉看的欧巴桑的眼光如何毒辣，表情如何微妙。好吧，他甚至为了挑战某种极限，伸手拿了一盒内置式的卫生棉条。这一举动引起了一阵惊呼。

“看起来蛮帅的男人……居然这么邪恶……”

“还好啦，说不定是帮他女朋友买的。”

“那也用不着买那么多啊……”有这种言论是正常的啊，因为Lee同学买的卫生棉足足有一篮那么多。

“这么帅的男人，女朋友肯定很多的啦！”

“只听说送女朋友玫瑰的，没听过送卫生棉的啊……”

“你不懂啦！最近经济危机，卫生棉又涨价，要是量大的女人啊，连月经都来不起了！送卫生棉当然比送花实在啊！花又不能吃不能用！”

“哦……原来是这样。”

Lee同学在一旁排队结账的时候听到这些言论时一直劝自己深呼吸。

收银员是个笑容甜美的女生，说了一句“欢迎光临”之后，开始认真刷着一提篮的女性卫生用品，忍不住偷偷地看了Lee一眼，然后双颊绯红，浓密的睫毛低垂着不知道在想什么。

他刷完卡接过两只硕大的塑料袋冲出拥挤的人群时，看见站在他前面的一个欧巴桑用力护住了自己的胸部，眼神透露出来的是一副看见变态的神情。

又一次深呼吸，Lee在脑海中默念着“我不是变态男我不是变态男我不是变态男”然后大步走出了超市。拜托，要不是为了履行和程西的那个赌约，他才不会屈尊降贵跑去超市买这些东西！

此刻他跪坐在地板上，拿出笔记本电脑放在膝盖上，一一记录着那些卫生棉的品牌、性能、价格，以及去网络上进行一些消费者口碑的调查。数据非常少，易辰发给他的PPT里不过就是一些SOFY卫生巾简单的品牌理念和消费者的目标而已。相对于女性卫生用品的市场来说，竞品实在太多了，他只好去一些女性常去的网站上调查她们心目当中最喜欢使用的一些深入人心的知名品牌。

对这些资料大致有了一定的了解以后，他这才登陆SOFY的品牌网站去查看了一下，发现里面从内容设定到版面设计，都有诸多问题。

好吧，一一记录下来，留着明天上班的时候与负责人再具体讨论。

目前最要紧的事情，是制定出一套全新的消费理念推广出去，并让消费者接受。

他捏了捏鼻梁，将眼镜取了下来。

两百度的近视，不至于到要经常佩戴眼镜的地步，说起来这还是拜那位尚学长所赐。若不是在哈佛的时候为了帮他赶一个策划案连续通宵地忙了一星期，翻阅了一幢小型别墅那么高的资料的话，他也不会落到近视的下场。

放松地做了一个伸展的姿势，无意中看见了落地窗外的景致。不知不觉，夜幕已经降临。站在秋日的高层之上，俯瞰 S 城的夜景，不得不说是一件无比惬意的事情。此时华灯初上，星辉与霓虹交织掩映，让夜空的美无所遁形。

就在他正陶醉在夜色中放松一天紧绷的神经之时，突然，啪的一下，断电了！

……真是……厄运不散啊！

早上还在心底表扬尚学长帮他找的公寓不错，这么快就让他彻底对那个人失望透顶了！

只听 28 层的公寓，正对着他窗口的下方传来一记狠狠的痛呼，歇斯底里的声音响彻云霄。

“小北，跟你说了多少次了，你一定要把实验室的大功率电器带到家里来试用吗！”所得出这个声音一定是个欧巴桑。

“这下好了，整个大楼都因为你而停电了！”咦，这个声音似曾相识。

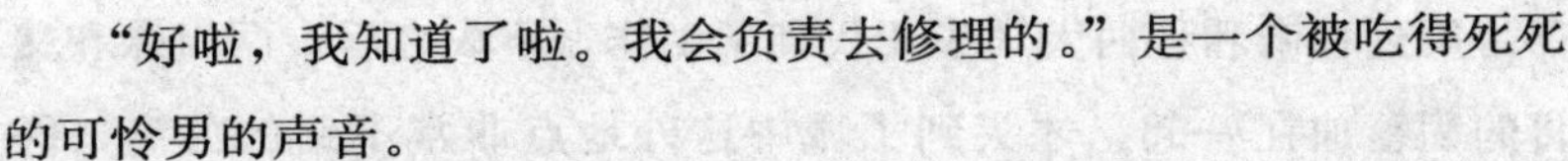

“好啦，我知道了啦。我会负责去修理的。”是一个被吃得死死的可怜男的声音。

好不容易恢复过来的心情也被这场不愉快的插曲而搞得消失了。

好在一个小时之后终于来电了，Lee 转过身去看笔记本上的 PPT，才发现他忘记了保存。电脑已经因为蓄电不足自动关闭了……

他整整一天的努力好不好……

Lee 抓狂地握紧了拳头，这种倒霉的日子简直没法过了！

砰的一声，从楼上传来一阵砸碎玻璃的响声。

“咦，楼上的住户搬过来了哦?”那个可怜兮兮的男孩子捻了筷子，正往盘子里夹他最爱吃的程妈妈秘制的手撕鸡柳。

“是哦，前天半夜里住进来的。没办法了，谁让小西的老板开口要租呢。”妈妈模样的欧巴桑挑了挑眉，按下儿子的筷子，将鸡柳夹到女儿碗中。

“谢谢妈。”程西看了弟弟一眼，不动声色地吃饭。

“说起来，像是和小西差不多时间回来的。”程西的姐姐，一位和她长相完全不同的美女，慢条斯理地开言。

程西好像非常不乐意姐姐提前天夜里的事情，冷着一张脸，专心致志地吃饭。

说起来，程妈妈和程爸爸无比恩爱，年轻的时候受了不少苦，生大姐程南的时候，正好住在 S 城的南边，一个比较杂乱的地方，所以给孩子取名程南以做纪念。程西出生的时候，正好是程爸爸努力工作有了回报的时候，一家人搬进了城西的一所还算过得去的房子里讨生活。而小弟程北出生的时候，他们搬进了 S 城北面的独立小院，开始了幸福的生活。

等到程南和程西大学毕业找到了工作，不久之后，两姐妹和父母的积蓄加在一起，才买到了城中这处地点非常不错的公寓，28层和29层的上下两个单位。28层就一家五口其乐融融地居住。29层出租给需要在附近工作的单身白领。

程南杏目一扫，将妹妹的表情收入眼底。

“话说我新收了几本BL①的小说，高H②的哦，要不要看?”她踢了踢妹妹的腿。

程妈妈并不懂这些专业术语，只是笑呵呵地点头说：“妹妹要乖哦，和姐姐多看点书，做文化人比较好。”

“我也要看!”程北把手举得高高的，作为一个耳目濡染的同人男，他还是对这一方面很有研究的，尤其是从一个白丁可以默默钻研到听懂怪胎姐姐的术语，实在是一个很大的进步。最近他比较迷FOX啦，那种很邪恶的暴力实在让他很有好感，搞得看见屁股翘的同事都会在心理猜测他是不是受③；看见一天到晚穿着花衬衫爱打扮的同事他更是猜想对方的性取向。完蛋了……他觉得自己越来越堕落了。可是，这有什么关系？两个姐姐都还没有嫁掉，考虑终身大事的事情还轮不到自己，搞不好真的搞一个男朋友回来，程妈妈说不定还会笑眯眯地接受咧!

怪胎程姐姐凭空投过来一记白眼，威力足以媲美原子弹。

程弟弟只好住嘴，默默地沮丧着脸去扒着碗里的饭。

平心而论，程家的三姐弟都属于长相美丽的那种。不知道是程妈妈和程爸爸的基因太好，还是三姐弟都很努力地在娘胎里把基因

---

① BL，Boys' Love。一般指男孩和男孩之间或是男人和男孩之间的恋情，比较注重感情描写、重点在Love和情节发展、心理人物性格的刻画上。

② H，性爱的意思，与英文的make love同义。

③ 受，BL双方中充当被动的那一方。

排列得异常齐整。姐姐程南，虽然是个怪胎，仍然长着一副让异性怦然心动的美丽面孔。

二妹程西就更可怕了，从小到大，因为轮廓太过妩媚，导致从幼稚园开始就有无数小男生为她打破了头。大学里的追求者更是可以组成一个加强连。

三弟程北虽然看起来呆呆笨笨，不过心仪他的女生和男生也是无法计算的。只不过这个蠢弟弟一直不解风情。因此，即便满二十二岁了，仍然是孤家寡人一个。

程爸爸和程妈妈也不急，一直都是笑眯眯的姿态。

一家五口人在这种古怪的气氛下活得还算轻松。

“我吃饱了。”程西放下筷子，站起身走回自己的房间。

程弟弟这才从饭碗中抬起头来，小声问了一句：“二姐真的和男朋友分手了？为什么这几天都闷闷不乐？”

“吃你的饭！”程姐姐给了他一记爆栗。

若是她猜得没有错，前天凌晨才到家的程西，脖子上的吻痕清晰可辨。如果是和男朋友分手，那么吻痕从何而来？

怪胎姐姐也努力吃了一大口饭，心中默默呼喊：“没有关系，无论如何，姐姐会站在你这一边！”

第四章

楼上的那个男人

“小西，我可以进来吗?”程南抱了一个很大的小羊肖恩玩偶，搂在胸前，小心翼翼地敲了敲妹妹房间的门。虽然她自己就是耽美文的写作者，同人女①的代言人，腐女②中的领袖，每天晚上吃完晚饭的任务就是在电脑前面码至少三千字，但是呢，偶尔关心一下妹妹的感情生活，抓住更多题材才能更好地创作啊。

私以为，其实只要把妹妹写成一个攻，她心仪的男人写成一个受，就是一篇很棒的文章啦!

此刻她按捺不住心中的好奇，一心想从妹妹嘴里把那个吻痕事件搞清楚。

门被打开了一条缝，她轻轻推门进去，见到程西正失神地盯着手中的一张纸，翻来覆去地看。

严格意义上来说，那并不是一张纸。而是一张普通的 A4 纸经过裁剪折出来的一只纸鹤。

两年前流行《越狱》第一季的时候，正是程西和前男友结识的时候。

---

① 同人女：喜欢 BL 喜欢到没它就会缺氧而死的女性，通称同人女。

② 腐女：意思同上，为日本名词。

他开会的时候与她坐对面，一面听着百无聊赖的冗长会议，一面随手扯了一张 A4 纸，在桌子下面折了这只纸鹤。纸鹤的翅膀上还像《越狱》的男主角一样写了几个密码。不过密码非常简单，就是他的手机号码。

开会完毕他将纸鹤夹在一本笔记本中塞给程西，在她错愕的眼神中朝她笑了笑。

程西从小到大追求者无数，然而极少时候能收到这样别出心裁的礼物。

对方是 DUREX 乙方的创意总监，第一次作为乙方前来提案，便对她做出暧昧的举止。相反她一点也不讨厌，反而觉得自己仿佛《越狱》中的那位女医生，因为得到 SCOFIELD① 的青睐而十分窃喜。而他带领的团队设计出来的作品也深得她的喜欢。最后他们比稿成功，程西也和那位乙方的创意总监开始了亲密的交往。

这段恋情一直持续了两年左右，程西在最近才被告知，对方早已有了结婚的对象。那位潇洒而颇具创意的总监甚至开出条件，希望程西能够继续做他的情人，仍旧保持联系。“就像现在一样啊，那一纸结婚协议无法束缚我，我的心还在你这里。”他这样说的时候，语气仍旧是玩世不恭。

“那你觉得我算什么？”程西毫不犹豫地甩了他一个巴掌，夺门而出。

此刻想起来，Lee 的眼神与面孔，还有那种说话的语气，几乎和令她伤心的男人是一样的。

“怎么啦？有事可以说出来啊，我们之间从来都没有秘密的！”程南坐在了妹妹身边，抬起头，一脸八卦的期盼着。想起刚才程北

---

① 《越狱》中的男主角。

这个头脑迟钝的弟弟说的那句“是不是和男友分手了”的猜测，程南忍不住追问起来。“难道真的是和他分手了吗？”

程西点了点头，揉了揉眉心。“比这还糟。”把纸鹤丢进垃圾桶，权当认识了一个垃圾吧。

“你怀孕了不敢告诉母后和父皇？”她继续猜测道。

“不是！”程西头疼欲裂，有一个脑袋秀逗的姐姐真是件麻烦的事情啊。

程南忍不住指着她锁骨下方还未消散的吻痕问：“和这个有关？”

BINGO！看着程西花容失色的面孔，她忍不住为自己的智慧打了个响指。怀中的小羊肖恩被扔到一边，她舒服地躺了上去，把玩偶当枕头用。

“话说回来，刚才我在电梯里碰见楼上的祝妈妈，她跟我说，我们楼上住了一个很帅的男人哦！不过呢，有点怪癖。”

“什么？”程西有些提不起劲来八卦。

“你告诉我这个吻痕的事情，我就告诉你那个男人的怪癖如何？”

程西一向对这个二十八岁还待字闺中的姐姐毫无招架之力。幸好姐姐的嘴比较严实，从来不会将自己的私事告诉爸妈。她只好乖乖地开口说：“是，我和他分手了！接着脑子一热就去了PUB喝闷酒，然后找了一个看着还顺眼的男人开了房……”

“啊……你们上床了！”程南尖叫起来，捂住脸。

“没有。”程西摇头否认，拽了一只枕头踩在脚底下，气势十足地比划说，“我这样踩了他一脚，然后就回家了。”

“嗯……所以前天你回来得那么晚……结果呢？”

“结果……我今天发现……那个人是老板招聘过来的新任空

降!”程西的声音听上去有点沮丧。最近真是诸事不顺，要不要找天去庙里拜拜?

“哦哦哦!”这简直就是言情小说里面男女主角相遇的必然桥段嘛！程南一边在床上翻滚，一边欢乐地笑着，“话说楼上的那个单身英俊男士，你猜他今天大包小包买了一堆什么回来？还被隔壁的祝妈妈看见引为笑谈。”

“什么？总不会是卫生棉吧?”程西想起 Lee 负责的那个 SOFY 的项目，忍不住开口调侃。

怪胎姐姐张大嘴，“原来你们认识?”否则的话她怎么能猜中这么低概率的问题?

程西翻了个白眼，“我没那个荣幸认识他！如果你对他感兴趣就上去以房东的名义打探清楚。从姓名到职业，从年龄到爱好，从性取向到发情时间，从祖宗八代到家族病史，没准可以成就一段美满姻缘，如果失败或许还是你的灵感来源。”本来嘛，单身男士英俊多金又有这样的怪癖，说不定真的是程南笔下的男主角人选！

“对了，刚才说的高 H 的小说呢？拿来。”她不客气踢了踢怪胎姐姐的腿，以报方才被程妈妈数落之仇。

程南嬉皮笑脸地从小羊肖恩的玩偶中寻出隐形拉链，翻出两本巴掌大小的口袋本递过去。“喏，我很不容易弄来的哦，看的时候小心点，不要给小北看到。我怕万一把他教育成小 GAY① 一只，母后要找我算账的。”

她趁妹妹埋头翻阅的同时，很努力地在思考刚才的建议。

嗯，以房东的名义上楼去一探究竟，倒是个不错的主意！

不过嘛，怪胎姐姐眼珠一转，这种事情要母后出面比较好啊。

---

① GAY，男同性恋。

轻轻溜出妹妹的房间，跑到厨房，才发现程妈妈正在煮水果茶，酸甜可口的香气从厨房飘出来，实在是让人味蕾大开。

“妈妈，我们带着水果茶去楼上探望一下那个新来的房客好不好?”程南乖巧地笑着，掩盖住邪恶的坏心眼。

“咦，说的也是哦。这样才比较有礼貌对不对?不过只是水果茶，会不会太寒酸?”程妈妈放下手中的勺子说。

“不会啦！这幢楼谁不知道程家妈妈做的水果茶天下第一！可以喝到是他的荣幸咧!”千穿万穿，马屁不穿。程南微微弯起的眼睛笑开了花。

“是不是你看上人家了，想叫老妈去探口风?”程北不知道从哪里冒出来，不冷不热地说了这么一句，眼神射过来的分明是“谁叫你只给二姐看 BL 小说不给我”的怨恨。

“哦呵呵，小南终于有喜欢的男生了吗?”程妈妈笑得像尊弥勒佛，一边不迭地点头，一边将煮好的水果茶盛在一个好看的透明容器里。

“不是啦!”程南瞪了弟弟一眼，这才将罪责推到妹妹身上。她小声凑近程妈妈的耳朵说：“小西最近和男朋友分手啊，心情很糟糕。于是我帮她去物色合适的男朋友……”

“好，那你跟我上去。”程妈妈笑眯眯地说。

Lee 同学正在拼命抢救停电之前的备份，不过尝试了一小时之后终于放弃。他对着满地堆放混乱、每个包装都被拆开的卫生棉叹了一口气，捂着咕咕叫的肚子站起了身。

要不是为了那个赌约，他才不会这样拼命!

因为刚搬家的缘故，冰箱里什么都没有。好吧，刚才去超市的时候太过执著，只记得拿这些卫生棉来研究，却忘记顺便买些吃的。这下好了……

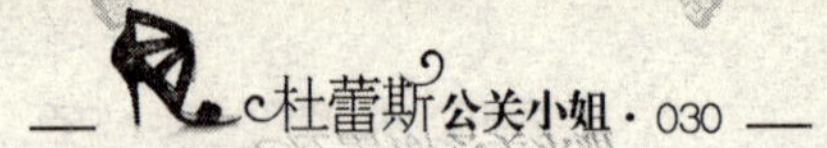

咦，这股突然传来的酸酸甜甜的香气是怎么回事？

沉浸在食物幻觉中的Lee听到了拜访的电铃声。打开门，门口站着的便是今天早上那个帮他在楼下开门的笑眯眯的欧巴桑。她的手中拎了一只透明的玻璃容器，里面散发出浓郁的香气。

“啊……”程妈妈认出了Lee同学，笑了一声，“原来是你啊。”

“哦，阿姨好，还没跟你说句谢谢！”Lee同学吞了一口口水，盯着程妈妈手中的容器。

“我是住在你楼下的房东。我老公姓程，你可以叫我程妈妈。这是刚才煮的水果茶，如果不嫌弃的话可以收下吗？”程妈妈仍旧是笑眯眯的和蔼可亲的模样。

啊！真是个善良的欧巴桑！

Lee同学内心乱感动一把，正要接过程妈妈手中的水果茶，却瞥见她的身后还站了一个看不出年纪的女孩子，也是一脸笑意，和程妈妈长得很像，应该是一对母女。果然，心地善良的人连女儿也这样漂亮！

Lee礼貌地说了一声：“要不要进来坐坐？”又想到家里全部堆满了卫生棉，忍不住想把自己的舌头咬掉，把刚才的这句话收回来。可是已经来不及了，程妈妈和她的女儿点了点头，径直走进了门。

果然！整个客厅都是卫生棉的惊悚状态让两个人立在当场。程妈妈的女儿更是一副被吓到的样子，用看变态的眼神看着他。

“呜……是这样的……”他很努力解释，“这是我的工作……我需要了解市面上各种女性用品来写一个很重要的报告……所以……实在是很抱歉……”然后将地板上的卫生棉都堆到角落里，这才满头黑线地请两个人坐下。

程妈妈依旧是笑眯眯的，“没关系，我家二女儿也是这样的。

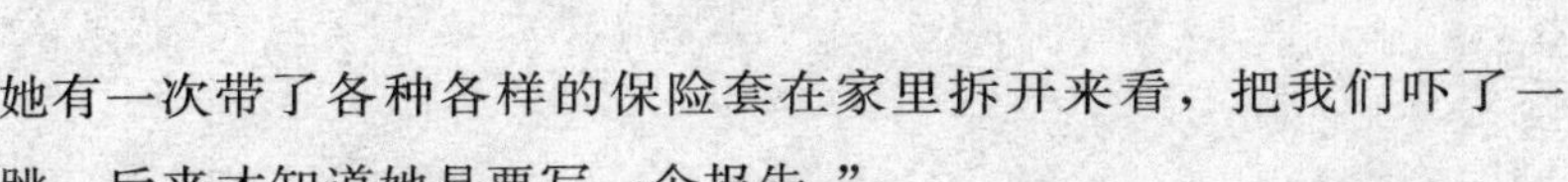

她有一次带了各种各样的保险套在家里拆开来看，把我们吓了一跳，后来才知道她是要写一个报告。”

“妈，说这个干吗！”程南拉住程妈妈的手。要问的是他的性别年龄爱好有没有女朋友之类的啊……

Lee同学赔笑了一下，为什么觉得被那个漂亮的女生看得心里有点毛毛的？她从进门开始就一直盯着自己肆无忌惮地看，看得他喉头冒火，咳，他好想喝水果茶啊……

“虽然是你的房东，但是我们都不知道怎么称呼你？”程妈妈开言了。

“哦我叫李卓，朋友们都叫我Lee。”Lee同学很乖地介绍自己。

程妈妈继续保持着她笑眯眯的表情，让Lee毫无防备地将家底一一泄露。直到听见Lee的肚子发出很大一声咕咕声，她这才挥手道别，和程南一起下楼去。临别的时候挥手说：“如果以后不嫌弃的话可以来我们家吃晚饭的哦！”

临别的时候Lee递上新的名片给母女二人，只见程家MM看了名片一眼，漂亮的眼睛里发出了惊喜的目光。

第五章

以抓阄压轴的派对

一大早，程北就被派发到一个重要的任务。

任务的机密度为五颗星。

任务的难易程度为一颗星。

任务完成的奖赏是昨天新到的高 H 的 BL 小说。

Lee 同学今天早上又起晚了，当他抓起笔记本电脑塞入公文包顺便在电梯里系领带的时候，看见电梯里不知道什么时候多了一位电梯先生，圆圆脸，大大眼，替他按下底层，然后低头看了看手表，再抬起头来冲他笑得很暧昧。

不知道为什么，他总觉得这个电梯先生笑得和程妈妈如出一辙。

嘴角抽搐地回了一个微笑，Lee 巴不得早点下楼。

好不容易到了公司，却被神秘兮兮地告知说，公关部的同事为他举办了一个 Party，下班的时候可以一起和大家去参加。

Lee 点了点头，却暂时没有空研究迎接新人的惯例，只是召集 SOFY 组的各个品宣策划与专员开会。

大家共同商议的结果就是，定了一个大概的方向，尤其是，

Lee同学十分坚决地把大方向定位为sales①。也就是说，不管是哪一个公司的提案，只要能达到将目前的销售数额翻一倍的业绩，他就买账！

之后的工作是需要找几家4A广告公司前来pitch②，从整个大的策略方面包装SOFY这个品牌，想方设法让消费者接受。

由于时间非常紧迫，他咬了片吐司就着咖啡解决完中饭，将昨天因为停电而丢失的PPT重新整理出来，丢给下面的一个负责和乙方联系的手下。

“咦，这个竞品分析报告不是应该给乙方去做吗?”

“他们只是来提案而已，应该没时间去认真分析吧?”Lee喝了口咖啡。“最快能做出提案的是哪家公司，跟他们约时间，我这星期什么时候都有空。”

那个男生点了点头，刚要离去，Lee又同学敲了敲桌子，突然想起来，“产品部今天会送几箱样品过来，麻烦你为大家做一个调查表，逐个发给公关部的同事。拜托他们每个人拿到样品回去试用一下，然后把调查表尽快交上来。”

“啊?”这个叫Titan的男性同事面色十分尴尬。

“你可以给女朋友用。”Lee想起了超市里那些欧巴桑的语录，忍不住要分享给别人。

“可是我连女朋友也没有啊……”

“那你可以用来做鞋垫试试透不透气啊，可以做桌布试试吸水性如何啊……”他很努力地诱导。

“好吧……”Titan脸色潮红地推门出去。

---

① sales，销售额。

② pitch，广告上的意思为比稿。

为什么，这究竟是为什么，这个公司太奇怪了。做男性快消品的全部都是女同事，做女性快消品的居然全部都是男同事……呜……难道他真的要拿卫生巾做鞋垫和桌布吗？光是想想都觉得头皮发麻。还是说，这样敏感的快速消费品，一定要有异性参与才能做得更好？

Lee 同学伸了个懒腰，拿着烟盒跑到走廊去抽烟，却看见前台的 MM 端着一个小纸盒子，从门口那边走过来。

“这是什么？”他捻熄了烟蒂，指着那个盒子问。

前台 MM 很神秘地笑了笑。“这个是今晚派对用的抓阄道具。”

不知道为什么，Lee 从她的笑容里嗅到了阴谋的气息。

其实按理说，每个公司都有一些迎接新人的传统项目。比如说变态的野外生存训练啦，体能测验啦，新人入公司的培训啦，迎新酒会啦……等等，说到底呢，都是为了让新人明白既然人在江湖就身不由己的规矩。

总之，融入公司这个大家庭，少说话，多做事，就是举办迎新会的终极目的。当然其中也许有些职员与职员之间互相看对眼，解决单身大龄男女青年的需求问题，那是自发行为，不能算在迎新派对的意义里面。

Lee 扬了扬眉，从偌大的玻璃窗中看见程西在办公室里忙碌的身影。

“听说了没，Cindy 和那个创意总监分手了哦……”

“是嘛？不是前阵子还看见他们好好的一起拉手去看 VITAS 的演唱会。”

“说是这样说……但是，那个男的据说上星期结婚了！”

“啊？Cindy 不知道吗？”

“也许已经知道了吧……我看她最近有点闷闷的。”

两个 DUREX 项目组的品宣专员从走廊那边走过，一面走一面在低声地八卦程西的私事。Lee 不小心全部听了进去，蹙起眉。原来 DUREX 乙方的创意总监就是程西的前任男朋友。那天的买醉，不过是因为喜欢的人结婚了，新娘不是她而已。

好吧！他眯起眼睛，走进办公室又拽过刚才那个羞涩的小男生过来说："你知道 DUREX 项目组的乙方是哪一家吗？能不能通知他们也来听一下 brief①？顺便呢，你可以有意无意地透露一下，我们的 budget② 可是非常多的哦！"

"好的。"Titan 发现这位新来的上司总是有各种各样的事情冒出来，他回头悄悄地在 MSN 上问程西要了对方的联系方式。

"做什么用？"程西很意外。

"没什么，新来的老大要他们来听 SOFY 的 brief。"

作为甲方来说，尤其是某些本土行业的甲方，最喜欢做的事情就是叫上十几家广告公司过来提案。反正提案是免费的嘛。然后呢，再把这些提案中的好点子一一提炼，完善成一个所有 BOSS 看了都顺眼的方案，再跟这十几家广告公司打电话道歉说，不好意思你们提案没有过……然后交给甲方自己的公关部来执行。所需花费，不过是公关部几个员工的薪水而已。

不过 Lee 同学当然很清楚，如果他敢这样做的话，尚学长一定会扒掉他的皮。作为一个从哈佛商学院毕业的 MBA，最明白的就是整合营销策略的重要性。作为乙方公司的提案，每个点子都是围绕整合营销来进行的，每一步都有自己的目的和需求。如果一旦将其中整合的一部分抽出来，和其他公司的创意拼凑在一起，虽然短

---

① brief，简单的提要概要的意思。下边 brief，一般指深度下达工作命令。

② budget，预算。

时间内会在 PPT 上看上去很完美，但是一旦到了执行层面，就会发现诸多问题。所以从长远角度来看，这种本土公司的做法和自杀没什么两样。

他当然不会用这样的手段来做事。

凭良心说，他不过是想利用自己是甲方的身份，叫那个惹程西伤心的男人做一回无用功而已。

突然想起那天在尚学长的办公室里，看见程西接电话时怔忪的样子。

恐怕那个电话，就是对方打来的吧？

派对就在公司顶楼的花园里举行。

这一天的天气格外好，不冷不热，徐徐晚风吹过来，令人心情格外舒畅。晚上六点下班的时候，天空还隐隐透着些光亮。四周镶嵌在柱子上的小型装饰灯发挥的作用实在很大，让这个空中花园看起来与辽远的夜空凝成了一片。

食物和酒水可以随意取用，还有公关部几个爱说爱闹的年轻人拎了话筒在临时搭建的台前打算用一问一答的方式来试探他，美其名曰是——"让大家更好地了解彼此，协同工作"。

尚易辰风度翩翩地站在台下，似乎还非常满意这个简单派对的节目，远远地举杯朝 Lee 微笑了一下。

"好了，我们开始一问一答的阶段，为了让这个游戏比较有趣，所以我们再邀请一位单身的美女前来一起回答！Cindy，请上台来！"

程西有些略略不快，不过为了不冷场，还是硬着头皮坐在 Lee 旁边。然后他们背对着大家开始回答问题。

"第一题，对于心仪的异性，会必看对方身体的三个部位是？Lee?"

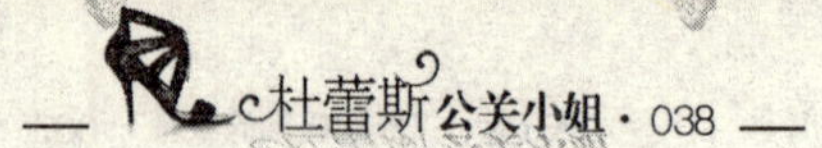

Lee 想了想，说："脸，胸部，臀部。"

在场的同事都哗然一声，拍手笑了起来。有几个在场的女性直接拿出自己随身携带的镜子开始端详起自己的面孔。还有的低头看了看自己的胸部是不是够丰满。

因为是背对大家，所以两个人的表情没有人看得见。程西在心中暗想"他果然是这样的人啊"，然后回答说："眼睛，鞋子，整体的感觉。"

Lee 同学马上努力睁大自己的眼睛目视前方，力求让自己看起来正直又善良。

台下有许多暗恋她的男同事开始低头查看自己的鞋子是不是干净。

果然，看俊男美女一起回答问题的感觉就是好。场上气氛开始欢快起来。还有人窃窃私语追问其他人会看什么部位。

"最近发生的让你记忆最深的一件事是什么？"

Lee 的回答是"遇见生命里很重要的一个人"，说话的时候同时往程西的方向看了看，发现她正好也看向这一边，然后用冷冰冰的语气回答说，"遇见了一个感觉像吃了苍蝇一样令人恶心的人。"

"有趣。"尚易辰微笑着抿了一口酒，好整以暇地找了个座位，优雅地坐了下来。

"接下来的一个问题，向自己喜欢的异性传递心意的技巧是？"

Lee 的回答是："对她说，我喜欢你。"

程西的回答是："吻他。"

台下欷歔一片，似乎是在想看台上的男人对女人说"我喜欢你"，然后台上的女人开始吻他的戏码。

"最后一个问题，假设 Lee 和 Cindy 你们是一对情侣的话，你个人觉得自己会很开心吗？"

Lee 的回答是脱口而出的，"会。"

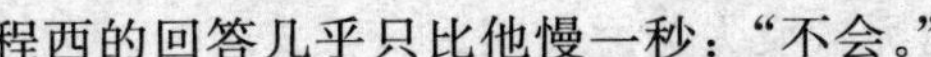

程西的回答几乎只比他慢一秒："不会。"

结果是程西赢得了无数女同事的嫉妒，也赢得了无数男同事的芳心。

"感谢二位为暖场做的不懈努力，现在我们放一首歌，希望Lee能邀请Cindy跳今天的第一支舞。"

花园里响起的是Jon McLaughlin在Enchanted里演唱的曲目，叫做《SO CLOSE》，迷人的旋律过后，弥漫起沙哑的声音，低沉而性感。

Lee向她伸出手："May I？"

程西很不情愿地将手递到他的手中。

只听那个声音唱道：

You're in my arms
And all the world is calm
The music playing on for only two
So close together
And when I'm with you
So close to feeling alive

他与她相拥，在花园中慢慢踱步。

方才的那个回答，几乎将他的自信击溃。不过那又有什么关系，此刻苍穹深邃，星空辽远，晚风相和，乐声愔愔。她握着他的手，在他的怀中与他一同曼舞，与其相信她在人前不忠诚的回答，不如低下头细细打量她四处躲闪的双眸。

程西更是有些若有若无的尴尬。一方面是她的确不喜欢他在人前表现出对她的意图，另一方面她又觉得这个人给自己的感觉太像之前交往的那个人了，不安全的感觉随时随地从他身上散发出来。

太过英俊。太过自信。又太会甜言蜜语。

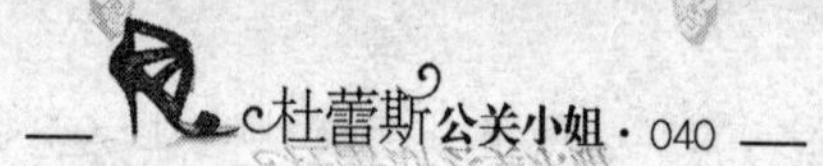

走到哪里，都会有无数女人为之尖叫。

她害怕这样的男人，更不敢和他有更深一步的接触。

只听那个低沉的声音继续唱道：

We're so close
To reaching that famous happy end
And almost believing this was not pretend
Let's go on dreaming for we know we are
So close
So close
And still so far

直到歌词中那句“我们如此贴近，却又如此遥远”吟唱完毕，Lee这才觉得怀中的程西就如同这首歌中唱的那样，他们曾经有过热烈的拥吻，甚至到几乎上床的地步，但是那又如何？他对她仍旧一无所知。她浓密的睫毛低垂，不知在想着什么心事，即使与他有过面对面的瞬间，也只是抗拒一般地别过脸看向别处。

Lee，你实在是太失败了！

心中有个声音这样对自己说。

音乐停止，程西在他面前站定，然后他眼睁睁地看着自己放开手，心中突然有那么深刻的不舍。

“现在是今天派对中最重磅的抓阄仪式。托新人的福，我们又可以有充足的理由送女同事回家啦！”主持人兴奋地抓住麦克风，用跃跃欲试的口气说道。

这是这家公司为了促进男女员工和谐发展而推出的一个福利。

每到有新员工报到，都可以举办一个派对。派对规定单身的同事必须参加，然后固定的一个游戏就是抓阄送女同事回家。至于女同事的相貌和身材如何，则全凭自己的运气。

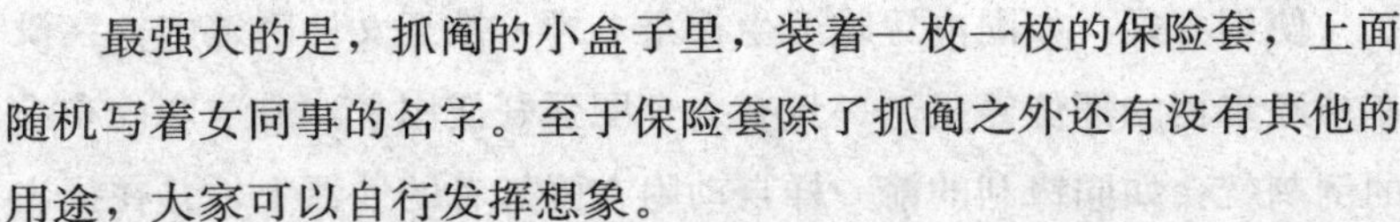

最强大的是，抓阄的小盒子里，装着一枚一枚的保险套，上面随机写着女同事的名字。至于保险套除了抓阄之外还有没有其他的用途，大家可以自行发挥想象。

比如有个同事抓了一只香蕉味的DUREX，上面写着TRACY的名字。当那个身材瘦长如香蕉一般的TRACY出现在那位男同事面前的时候，他沮丧地挤了一个笑容，然后认命地送她回家了。

“我觉得这个行为有点变态……你是在鼓励员工内部互相消化吗？”Lee有点黑线地走到尚易辰身边，这一晚，他已经看见尚学长微笑了好多次，每次他微笑的时候，Lee总是觉得不会有什么好事情发生。话说回来，那个关于保险套和女同事挂钩的想法，究竟是谁的提议？

人群中又发出一阵闷笑。

有一个高大英俊的男士抽中一个超薄的避孕套，结果迎接过来的是一个体型浑圆的肥胖女士。

“你再不去，小心Cindy被别人抽走。”尚易辰很好心地提醒他。

Lee灰着一张脸走到小纸盒子的边上，随意抽了一枚出来。

只见那枚保险套和其他人的不太一样，上面的小字他没有看清楚，不过却发现用蓝色油彩笔写着Cindy的名字，主持人一边抢过他手中的保险套，一边语意含笑地说：“我一早就说过，新人的手气最好！这个是——Cindy！哇！”

当Lee好容易在反应过来那一大堆小字说明的时候，尚易辰已经不见了踪影。

他咬牙切齿地回忆着那枚避孕套的说明书：

品名：女用避孕套

材质：乳胶，塑料，及其他特殊材质

功能：防狼特用

使用方式：如同内置式卫生棉条一样，推至女性阴道内，在没有神经末梢的部位停止。一旦有人企图强奸使用者，避孕套内布满的倒刺就会如同锋利的箭一样自动附在强奸者的性器上，并在拔出时造成巨大痛苦。使用者则可以乘此时逃离现场并报警。

由于倒刺的特殊设计，肇事者必须通过手术去除，而这将会暴露他企图行暴的事实，并有助于法律起诉。

第六章

回家顺便共进晚餐

在办公室简单地收拾了一下，Lee 同学走出办公室的时候，早已不见了程西的踪影。

不是说好要送她回家的吗？

“有没有看见 Cindy?”他抓住前台 MM 问了一声。

“好像在走廊打电话。”前台 MM 很和善地回答他，“哎，Lee，你真的喜欢 Cindy 吗?”刚才那个一问一答的答案，可是叫人吓了一跳呢。那么直白而不假思索的回答，如果是自己的话，一定也会回应他的吧！

“你说呢?”他模棱两可地笑了笑，去转角的走廊找程西。

果然，她的声音压得很低，低到几乎可以听见电话那一头男人的声音嗡嗡作响。

“我已经说过了，工作上的事情，恐怕我帮不了你，请你不要再打电话来了。”程西的声音近似痛苦，蹙着的眉头不知道如何应对。

“可是这个案子对我很重要……”那一边的男人似乎很焦急的样子，“能不能告诉我一些内部资料啊……听说预算是很大的……”

Lee 走近她，见到她蹙起的眉头，不由分说抢过她的手机，按下了关机键。

“你……”

“不想接他电话就不要接啊。”用鼻屎想也知道是那个男人打过来的。

哼哼，居然在他的眼皮底下来问比稿的事情。

程西咬住下唇，“是你下午找的一家比稿的公司，他们来跟我打听 SOFY 的预算，我知道你怎么想我，可是我一个字也没有透露给他。”

“需要我打个报告给 BOSS 表扬你的尽职尽责吗？”Lee 扬了扬眉，挑开话题。不过在程西听来，却饱含无数讽刺。他是在报前几天的一箭之仇吗？

“不必！”刚才跳舞时候，与他之间的微妙感触在此刻全都消失殆尽。她果然没有看错，这个男人就是那种花花公子睚眦必报的性格。她扭头就要往外走，谁知却被 Lee 一把拉住。

“亲爱的程西小姐，请你不要忘记，今晚我负责送你回家。”Lee 说得深情款款。

“我拒绝。”她的怒气全部写在脸上。一方面是因为那个电话，另一方面也因为 Lee 的出言讽刺。

“我打赌现在全公司的人都在看着我们。”他指了指藏在四周的眼睛，“你不想我当着他们的面说一些回忆的片段吧？”突然强势起来的感觉真好。

看着程西终于妥协的面孔，他伸出手臂，示意她挽住自己。然后含蓄有礼地点头微笑一路走出了公司。

楼下的出租车排成了长队，似乎早已知道此地有诸多需求，于是从各条路上纷至沓来。

程西坐到后排，闷声不吭地看着 Lee 坐在自己身边。

“请问两位要去什么地方？”

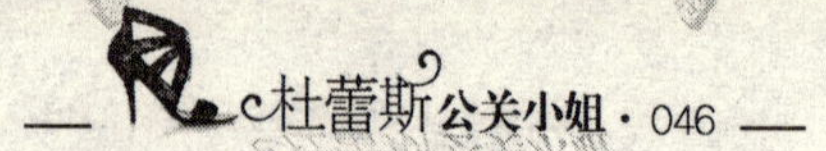

Lee 转头看了看她。“你家住在哪条路上？”

程西说了个地址，却听见 Lee 眉飞色舞地说了一句，“这么巧！我也住那条路上。话说回来，虞景公寓的地段真的不错啊，站在二十九楼上就可以看见整片江岸的夜景。”

“你说什么？”虞景公寓？二十九楼？程西觉得脑中有一条线瞬间连了起来。尚易辰亲自出面租下的房子，马上就来公司报道的空降和她几乎在同一天同时回到公寓楼中，祝妈妈看见楼上的那个人买了很多卫生棉……她再看了 Lee 一眼，没错，他是负责公司SOFY项目的企划经理……

“难道说，你就是那个买了很多卫生棉堆在地板上写报告的变态男？”她撇开方才的不快，忍不住笑了出来。

Lee 很合作地点了点头。“我不知道原来我的名声已经这样坏了。”如果知道程西会这样肆无忌惮地笑，他早就会在额头写上“变态男”三个字了。

只是，她是怎么知道的？

“我妈妈的水果茶好不好喝？”昨天程南和妈妈下楼来的时候，程南夸大其辞地把 Lee 的客厅描述了一遍，害她那两本书都没有看完。

他恍然大悟，“很好喝啊！原来昨天程妈妈说的二女儿就是你，你也偷偷带了保险套回家写报告吗？那份报告在哪里？可不可以借我参考一下？”他嬉皮笑脸地将面孔贴了上去，几乎碰到她的唇。“你知道，做快消品这一行，男女都是相通的哟……”

程西一把推开他，“我是尽职尽责的好员工，不会把报告泄露给其他人的。即使是本公司，不在同一个项目组的同事也不行。我不介意你打个报告将这件事情和我的上司宣扬一下。”

Lee 不说话，只是扬了扬眉，含笑望着她。

封闭的车厢内，因为两个人的拌嘴而热络起来，却又因为他的沉默而让气氛更加微妙了几分。

“中国有句老话，不是冤家不聚头。”Lee低头看她的眼睛，“是不是在说我们？”

是吗？

她想起自己在刚才的问答里面所说的，如果碰见心仪的异性，会注视他的哪一个部位呢？

她的回答是眼睛。

此刻她抬头与他的视线交织，看见他目光中的深情。

却不料Lee迅速低头，在她唇上一记轻吻。

程西并未对他的吻有何不满，只是低下头将怀中的包包搂紧，一言不发。

是不是冤家她不知道，只是，不像以前那么讨厌他了。

出租车在前面一个小拐弯处停了下来，正停在虞景公寓的门口。Lee先下车付了钱，等着程西从车上走出来的时候，却听见背后一个声音在唤她。“小西，我有话对你说。”

程西面色一变，拉住Lee的胳膊。“我和你没什么好说的。该说的都在电话里说完了。我们以后还是不要再见面了。”

“小西！”对方不依不饶地抢上前来，拉住了程西的右手。

Lee站在一旁看了他一眼，什么嘛，看上去人模人样的一个人，还那么拖泥带水。结了婚还问前女友打探工作上的事情，人品实在够糟糕。

程西甩开他的手，站到Lee跟前。“我已经有男朋友了，工作上的事情我早已转交其他同事和你联络了，我们之间再没什么瓜葛，请你以后不要来骚扰我！”

呃，被当作救生圈了！Lee虽然心中不爽，但是脸上还是笑眯

眯地说："要不要我打911?"

"是110!"程西小声纠正他。

"什么都好嘛!"Lee顺势摸了摸她的小手，笑眯眯地转过头去对那个男人说："程妈妈在等我们吃饭，我们要上楼去了哦!"托他的福，这种事情可以每天都上演一次吗？他不介意每次都扮演英雄救美的角色！哦呵呵呵，Lee在心中偷笑着。

"小西……不瞒你说，最近经济危机，广告公司都在裁员和缩减开支。我们公司除了DUREX的项目在苦苦支撑以外，急需一个新的项目来救火。麻烦你帮我最后一次好不好?"

Lee看见对面的男人面色诚恳，被路灯照耀的脸上忽明忽暗，更为这份诚恳加了几分可信度。

SOFY的企划经理就在她的身后，她的目光和Lee的视线交融，分明多了一分恳求。

她还是狠不下心。

"走了。"Lee拉了她的手，推开公寓的大门。回头看的时候，黄昏的夜里有一根香烟的光亮，正在一明一灭。

电梯将两个人关在里面。

密闭的空间一时紧张起来。

不管程西在工作的时候是个多么出色果敢的女性，一遇见感情的问题，总是会满脸纠葛，让人一眼就能看穿她的心思。

她仍旧是想帮他。

Lee低头看她，忍不住叹了一口气。"你明明知道，你若是开口问我预算是多少，我不会不告诉你。只是我之前跟你打赌，这个项目的销售是要翻一倍的。他们公司的提案如果能满足我的要求，我不妨做个顺水人情。"

"如果执行上做不到呢?"她担心的是这一点。

“我可以要求肉偿。”他在暗示他们的赌约。

实际上，不管他们做得到与做不到，对他而言都是双赢的结局。

程西瞪了他一眼，很不客气地用手中的包砸向他的腹部。

“哇！谋杀!”Lee装作很痛的样子捂住腹部蹲了下去。

“你的下属一定在想，有你这样嬉皮笑脸的上司真是不幸。”她冷冷地抱胸看他表演。

“没有啊，他们今天很欢乐地在办公室拿卫生棉做桌布试用。害我看见整个办公室的垃圾桶都是卫生棉还以为进了女厕所!”Lee分辩说，“我觉得他们一定是这样想的，有一个这样风趣幽默又英俊开明的上司真是三生有幸啊!”

28层“叮”的一声到了，程西走出电梯，又回头按住向上的按钮，吞吞吐吐地问他：“喂，你要不要来我家吃个便饭？权当是谢谢你刚才的帮忙。”

Lee同学咧开嘴。“荣幸之至!”本来要去超市采购的计划因为送她回家而搁浅，所以他的冰箱现在还是空的。

他想起昨天晚上的水果茶，那个容器还在自己的客厅里没有洗，不由面色一变。“我先上楼去拿东西还给程妈妈，一会儿下来。”

“好。”正好让她有时间回家说一声。

第七章

晚饭后的消化运动

程家的晚餐一向丰盛。

程爸爸中午是不在家里吃的，所以程妈妈一心要丈夫在晚餐吃得好一些。同样的，二女儿和小儿子也是晚上才到家，晚餐才是一天之中大家可以聚在一起的时刻，自然要为他们在外一天的辛苦补充能量。

程妈妈的背影在厨房忙碌着，站在门口就可以闻见浓郁的香气。

“妈妈在煲鸡汤吗？”程西在玄关换下鞋子，问一旁的弟弟。

“嗯嗯。”程弟弟头也不抬，专心致志看着手中巴掌大小的一本书。

“今天有客人来吃饭哦。咦，这不是我房间里的书，怎么你拿来看了！”想起姐姐的嘱托，她不由分说将那本书抢了过来。

“什么嘛！是大姐答应给我看的，不信你问她！”程弟弟撇了撇嘴，大大的眼睛充满委屈，气呼呼地指着正站在厨房偷菜吃的怪胎姐姐。有没有搞错，他正看到高潮部分好不好！小受正红了脸在说：“求你……快点进来……”

“呃，是啦是啦！”程南努力把嘴里的食物咽下去，心中大叫着“哦伊西”，“你刚刚说有客人来吃饭，是谁啊？”

将手中的书抛还给弟弟，程西叹了口气。“就是楼上的那个，新来的空降。”

“咦，那个变态男？”程南睁大了眼睛，姐妹俩的眼神瞬间一来一回交错了好几次。

程南的眼神分明透露着“就是那个和你一夜情未遂的男人”这样的疑问。

程西当着弟弟的面不便多说什么，只是点了点头。“一会儿他要下来，你们不要阴阳怪气地欺负他。”

“知道了，早上在电梯已经见过了，打扮得像个小 GAY 一样！”程弟弟不客气地评价说。

“看你的书！”程南一巴掌拍在弟弟的后脑勺上，将妹妹拉到一边小声说话。

“你是不是看上人家了？”

“不要乱讲！”程西瞪了姐姐一眼，“不过是今天替我解围，请他来吃个便饭权当感谢而已。”

“哦……”程南放心地点点头。“我以为你们刚刚认识就叫人家来吃饭，你都不知道，现在的男人头脑复杂得很，不会随便跟女方回家见家长的！”

“为什么？”

“他们觉得见了女方的家长就是要结婚的意思……”程南看着妹妹一红一白的面孔，忍不住要怀疑起她的用心。“小西，你今天好怪哦！”

“哪有？”她甩了甩手，跑去厨房看了看今天的菜色。令人食欲大开的秘制南瓜酿，鲜嫩的荠菜末配马蹄碎，银牙笋丝，大小正合适的红酱猪手，盐焗富贵虾，覆盖浓浓白葡萄酒香的扒制梅子鸭胸，还有一大盆椰香马来咖喱牛腩，以及火上正在炖制的老母鸡

汤，看来招待客人是足够了。

门铃及时响起，程西从厨房赶去开门的时候，看见 Lee 抱着那只玻璃容器从玄关很不好意思地走进来。

“我什么都没有带，就来蹭饭，会不会很不好?”虽然说是这样说，但是一想到昨天晚上喝过的好喝的水果茶，他就不顾颜面冲了下来。拜托，他从昨天夜里到现在，也不过就是吃了中午的一顿咖啡配吐司这样糟糕的组合而已。

“带嘴就好了。”程南的声音在后面幽幽浮现。

不知道为什么，Lee 总是觉得她说话的声音和看人的眼神都让他觉得很冷。求救一般看向程西，不知道该怎么办才好。

“开饭咯!”程妈妈在厨房喊。

“走吧，我姐姐就是这样的。”程西拉了 Lee 的手，领他上餐桌。

程爸爸和程妈妈仍然是笑眯眯的，一直不停自谦地说招待不周。

菜色虽然是家常的，但是美味到 Lee 恨不能将自己的舌头咬掉。当然，在餐桌上他还有幸见到了今天早上的那位电梯先生，想不到居然是程西的弟弟。于是，他们一家人的名字听上去就很奇怪了，程南，程西，程北，分不清方向的人说不定都会搞错咧!

“Lee，你有没有看过一本书，叫做《迟爱》。”程弟弟用打量GAY 的眼神看他。“里面的男主角和你同名，而且也是个大叔!很好看哦，推荐你看一下。”

程南一口汤几乎喷了出来，程西在桌子底下踢了弟弟一脚，恨不能拿饭团塞住他的嘴。

“是吗?”好吧，虽然比起程弟弟青春飞扬的二十二岁来说，他是年纪稍长。可是他哪一点像大叔?!“有空我去找来看。”这一家子果然是爱看书的人啊。现在他相信了尚学长，程西的爱好果然是看书！

被踢了一脚的程弟弟委屈地将脸埋在碗里，扒饭，一直扒饭。

“李先生是不是和小西在一起上班？每天工作那么辛苦还要自己回家做饭吗？如果不嫌弃的话，不如来我们家吃吧，不过是多双筷子。”程妈妈很好心。

Lee 差点感动地噎住，忙不迭地点头。“叫我 Lee 就好，会不会太麻烦？”啊，想到以后每天都可以和程西一起吃晚饭，就不由得冒出幸福的泡泡。

程西适时地看了他一眼，既没有鄙视反对，也没有表示同意。

倒是程南给他做了一个鬼脸，表示“你也真好意思”的模样。

Lee 的手机却在他喝最后一口汤的时候响了起来，居然是尚易辰的电话。他不敢不接，只好站起来走到玄关。

“你在哪里？”

“呃？”为什么会是这个问题。

“我在你家门口。”尚学长的声音听起来有一丝挖苦，“你不会把人送到宾馆去了吧？”

“没有！”他轻咳一声，“学长有事电话通知就好了，何必劳您大驾？”本来嘛，一个好好的晚餐都被尚易辰的电话给搅了，他觉得自己还没有吃饱。唔……

“怎么说，我也要和你这个未来的同居人打声招呼吧？”

“什么？同居？”Lee 不由自主抬高了声线，害得餐桌上的姐弟三人同时看过来，让他惊恐万分。

搞什么啊……尚易辰不是有一幢独门独户的小别墅嘛？干吗劳师动众地跑过来和他挤这个公寓。

“不管你在哪里，限你十分钟出现在我面前。”那边分明不想对他解释，不由分说地挂断了。

深深地呼吸了一口气，Lee很抱歉地跟程家五口人解释说，有件重要的事情需要他上楼处理一下，然后深刻地感谢了程妈妈的丰盛晚餐，接着对自己中途离席的举动很抱歉，但是没有办法他必须道别。

“我送你出去。”程西突然站起身，跟着Lee走到门口，这才悄声说，“刚才的电话，是BOSS的吗?”依稀听到他的声音。

Lee点了点头，眉毛此刻团得像个“囧”字，“他要搬过来和我住，现在在门口等我。”

“这么突然?”程西一脸同情的表情，“要不要我陪你上去看看。”

“不用了。”Lee摆了摆手。这种时候肯定是家里最乱的时候，他哪敢带人上去讨打。“谢谢你的晚饭。”他真心诚意地说。

“不用客气，我们算是扯平了。”她说得落落大方，伸手去帮他按电梯，却不小心碰见Lee也正好伸手去按。两个人的手碰到一块，闪电一样分开，又让原本和谐的气氛变得尴尬不已。

“呃，明天见。”如果他起得早的话，说不定可以约她一起上班。

“嗯。”

程西美丽的面孔在电梯门缓缓闭合的时候消失在他的眼前。Lee懊恼地抓了抓头发，恨恨地想，为什么刚才没有用一个good-bye kiss来缓和一下气氛啊……实在是……有够笨！不过想到在出租车上偷香成功和刚才的晚饭，他又忍不住露出一个微笑。

并且，这个微笑一直持续到电梯打开，直至让他看见了尚学长一张不知是喜是怒的面孔的时候。

“你看起来心情不错，有什么艳遇，不妨说来听听?”尚易辰懒懒地倚在门边，抬头看了他一眼。

“咦，这……这是什么?”Lee 同学被走廊上堆放着的数十个行李惊到有些口吃，“你是不是在开玩笑?”他还以为尚学长是嫉妒他抱得美人归，才故意说要和他同居的呢！结果，居然是玩真的！

“在电话里说过的，我要搬来和你一起住。”尚学长挑了挑眉，掩藏在金丝边眼镜下的一双狭长的眼睛散发着邪恶的气息。

Lee 打开门，一边苦哈哈地帮他搬行李，一边小声呢喃：“不是有房子住吗？干吗来和我挤?”

“这边离公司比较近。我最近睡眠不足，需要多睡 1 个小时，正好把车程省掉。”

这个理由好自私！

因为睡眠的原因就要来打搅他！

Lee 将他的行李全部搬进仍旧空空如也的客房，不等他吩咐就开始动手收拾。

每次，每次都是这样。

在哈佛的时候，也曾经有过和尚学长同居的经历，实在是苦不堪言。不仅要像一个女仆一样跪在地上擦地，还需要将他的衬衫领带甚至是内裤和袜子熨得妥帖平整。最让人忍受不了的是，每到凌晨 5 点，尚学长一定会在漆黑的客厅里吹着嘹亮的军号跑上几百圈。一直跑到天空泛起微曦才肯罢休。

也就是说，每到凌晨 5 点，他就一定睡不着，而且会被尚学长揪住衣领陪他一起跑。

天啊，想到这个惨痛的经历，Lee 就恨不得立刻搬离此地！

可是想想程西就住在自己的楼下，以后上班下班都有借口和她一起走，就实在狠不下这个心。

等一等，刚才学长说的那个多睡 1 小时，是不是意味着，军号

响起的时间可以从凌晨 5 点推迟到 6 点？

Lee 同学一边悲惨地跪在客房中擦地，一边恨恨地想。

客厅中传来电视的声响，从这个角度刚刚好可以看见尚学长懒洋洋地窝在沙发里做土豆的背影。

电视屏幕上放的是迪斯尼一部蜚声不断的动画片《WALL · E》。

里面有一个头顶红灯的小机器人，和他跪地的姿势一样，正在孜孜不倦地低头擦地，擦地，擦地。

第八章

你们之间肯定有奸情

“报告司令官，属下几经打探，发现入住的新房客是一名 30 岁上下的大叔，长相比现任房客 Lee 要帅十倍！嗜好是 6 点起床一面吹军号一面在客厅里跑步。离开公寓的时间是早上 8 点 10 分。性取向不明，有待进一步观察。报告完毕，恳求奖励！”一大早，装扮成电梯先生的程北又秘密出动了，此刻他回到姐姐的卧室正努力地播报自己的侦查结果。

“嗯嗯。”程南一面睡眼惺忪地刷牙，一面从房间里翻出两本最新的 BL 小说扔给了程北。

交给程北的任务，其实很简单，她不过就是想知道楼上的 Lee 同学平时几点上班，这样好让妹妹在同一时间乘坐电梯，然后看他们这两人会不会擦出什么火花。凭良心说，Lee 同学的长相还算配得上小西了，只是那个人看见妹妹就瞬间下跌 100 的智商，实在让人不敢恭维。

她很好奇，昨天听见一个男人打电话给 Lee 的时候，他面色不对的表情十分可疑。又加上说漏嘴的那句“同居”，更是让她体内的八卦细胞活跃起来。哦呵呵呵，作为一个资深的同人女，听见两个男人暧昧的对白和即将同居的消息，自然是好奇万分。

尤其是，Lee 同学一面表现出对妹妹程西的万般好感，一面又

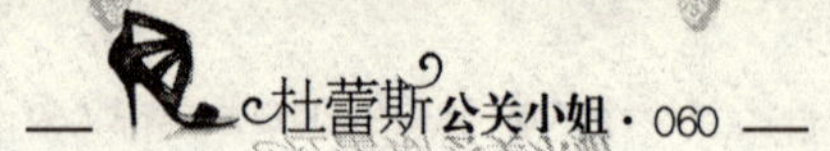

偷偷摸摸地和男人同居，这实在是令人不齿的行为！

她决定等程北上班之后，用备用的钥匙偷偷跑上去亲自调查，没准还可以发现什么蛛丝马迹。另外，她的新小说就要开始准备题材了，楼上的房客这个题材很棒哦！

兴奋的怪胎姐姐心情大好，友善地拍了拍弟弟的肩膀，“做得很好，要继续努力哦！”

“我早就说过，楼上的房子就应该租给年轻人。你看我们家的小南小西，最近心情都很好。”程爸爸在厨房里，和程妈妈小声嘀咕了一句。

“是是是，你总是很有先见之明。”程妈妈为程爸爸准备好便当，将他推出门去，“快走吧，不要迟到了。”不一会儿，程妈妈拎了一个篮子和程北一起出门，跟姐姐说：“小南，我出去买菜了。桌子上有早饭，你记得吃。”

“知道啦！”程南等她出门，偷偷地从二老的房间里找出楼上的备用钥匙，穿着睡衣就溜出了门。

Lee那个粗心的人，并没有更换掉2901室的门锁。程南在打开门的一瞬间不由得兴奋地握了握拳头，轻轻走了进去。

与前天截然相反：客厅的地板此刻光鉴如新可以做一面镜子，照出来她微微吃惊的面容。什么样的男人才能让那个看起来有点骚包的Lee同学变得犹如居家主妇一样勤劳果敢，居然把地板擦得一尘不染？

程南趴下来看了看沙发底下，并没有什么可疑物品。垃圾篓里除了几张面巾纸之外也并无任何道具可以令她发挥想象。

“去卧室看一看吧？”她小声嘀咕着，蹑手蹑脚走进主卧室。

看着卧室墙壁上贴着武藤兰和松岛枫的大幅海报就知道，这绝对是Lee同学的卧室。好吧，从海报上看，他还算取向正常的男

人。否则小 GAY 哪会有这么低俗的品味？

程南的目光扫过 Lee 的床头，突然看见一条男用的白色内裤。她暗暗在心中诅咒 Lee 同学乱丢内裤的坏习惯，继续转去另外一个房间。

“我记得我没有打电话叫过那种服务。”一个低沉的声音突然响起，程南目瞪口呆地看着赤裸着上身躺在床上的那个俊美的男子，腰间只围着一条浴巾，长腿交叠半坐在床上。

他不太明白，为什么一大早就会出现一个穿着吊带裙的女孩子，兴致勃勃地跑到他的房间参观，而且从这个角度看，她分明连 BRA 也没有穿。

“呃，我……”程南觉得脸上仿佛被火烧一般红了起来，原本伶牙俐齿的她在理亏的情况下不知道怎么回答，呆呆地握着手中的钥匙，立在当场。

虽然她的笔下出现过无数身材颀长、美貌帅气的男同志，但是真正看见这样一个俊美的男子出现在自己面前，还是半裸相对，实在是让人喷鼻血的一件事。

尤其是他此刻长腿一伸，瞬间移动一般站到了她面前，从她手中抽出了那枚钥匙。

“是这样的……”吞了一口唾沫，程南终于想到了借口，“我是楼下的房东，Lee 同学拜托我每天早上过来帮他打扫房间。我不知道今天这里已经有人住了……实在抱歉……”什么嘛！程北那个笨弟弟的调查有误，说什么 8 点 10 分就离开公寓，这个男人分明就还在床上躺着好不好！害她出糗了，真可恶！

“原来是这样。”尚易辰微微一笑，将钥匙交还到程南的手中，“麻烦你了。”

程南紧绷的神经终于还原，她偷偷松了一口气，蹑手蹑脚地走

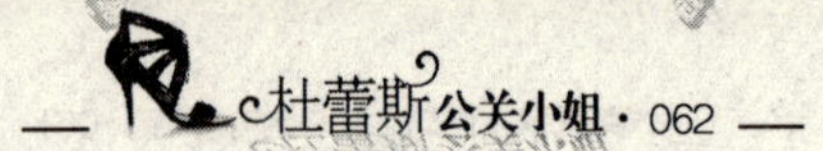

回门边，“既然你还没有起床，那我先走了。”

他微微眯起眼睛，深度的近视让他不太能看清楚这个女生的相貌。不过从这话语里面推断，应该是程西的家人吧？

“等一等。”他装作很无助的样子，皱起眉头，“既然你是来帮Lee打扫房间的，一定知道他习惯把东西放在哪里吧？我昨天刚刚搬进来，眼镜不见了，也找不到我的衣服，能不能请你帮个小忙？”

“呃？”程南低下头，心底有两个声音在不断挣扎。

一个说“快走快走”，一个说“不看白不看”。

“好不好？”尚易辰的声音充满恳求。

终于，邪恶总是在关键时刻战胜了正义，她转过头回答：“我试试看。”

然后她看见尚易辰的面孔上露出了令人窒息的笑容，哦哦哦，实在是太帅了！

从仍然存放在客厅几只没有打开的箱包里，替他找到了合适的衬衫和配套的西服。还有一些休闲款的衣服。

“多谢……”尚易辰接过来，对着上面的褶皱蹙眉，“能不能麻烦你帮我熨一下？”

程南虚弱地点点头。为帅哥做女仆，她咬牙认了！

等待程南熨衣服的半个钟头里面，那位身材正点的帅哥就在屋子里半裸着身体，旁若无人地喝水看报吃早餐。然后接过程南熨好的衣服之后，大咧咧地道：“我的内裤在哪里？”

“内裤？”她眨了眨眼睛，难道面前的人此刻是真空状态？

“我一般穿白色的像拳击运动员那样的内裤。你难道刚才没有帮我找到吗？”

程南跳了起来，“等一等！我知道在什么地方！”

她冲到Lee同学的房间里，小心翼翼提起那条白色的内裤，拎

到尚易辰的面前问："是不是这个？"

"哦，对的。多谢你。"尚学长微笑着有礼貌地接了过来。

奸情！这一定是奸情！程南将拳头握紧，为什么这个帅哥的内裤会出现在Lee的床上？哦哦哦，光是想到这一点她就觉得血脉喷张，急需要把这个桥段写进小说里。脸颊越来越红，她已经忍不住幻想起了H的桥段。

"你怎么了？"尚易辰换好衣服出来，看见程南捂着脸在害羞地左右摇摆。

"没事，没事……"只不过小小花痴了一下而已。程南转过身来，看见一身正式装扮的尚易辰，暗暗喝一声彩！她决定了，下本书的男主角，就叫他的名字！"你是Lee的朋友吗？还不知道怎么称呼？"

"尚易辰。"他终于寻着了那副金丝边的眼镜，戴上一看，将对方痴痴的目光收入眼底。唔，为什么自己的身边总是有许多这样天然呆的类型？以前的Lee也是这样，愣头小子一个，若不是经过了自己的调教，现在估计还是一个只会擦地的年轻人而已。

不过话说回来，对方挺直而俏丽的琼鼻和泛着健康红润光泽的嘴唇，则让人忍不住产生"萌"这个字的属性。

程家人果然杀伤力很大啊……

他冲程南笑了一笑，"接下来就麻烦你了，如果打扫完房间记得把钥匙放在门口的地毯下。"

"好……"为什么，他戴上眼镜的样子好有爱……程南呆呆地点了一下头，看着他拎了一个公文包出门。

手表上的时间指着，上午十点整。

第九章

办公室是谣言的温床

被尚学长耳提面命 8 点 10 分准时出门，害他着急得连摊在床上的学长的内裤也忘记熨了。坐上出租的时候却看见尚学长在窗外朝他挥手。

“你不去公司？”Lee 同学摇下车窗，怀疑地问。

“我还没睡够。”尚易辰非常配合地打了个帅气的哈欠，扭过头又走了回去。

什么嘛！没睡够干吗还一大早爬起来跑步！Lee 没好气地叫司机开车，决定闭上眼在车上小寐一会儿。

初秋的天气，一大早散步的感觉真是很棒啊。若不是为了怕 Lee 又迟到，他才不会好心把学弟送上出租车。

此刻他再度回去补了个眠，在车库里找到自己的车，赶在 10 点 30 分之前到了公司。

远远地就听见 Lee 在办公室里大声给别人打电话，“我说 Amy，看在老同学一场的份儿上，帮我这个忙吧……帮我搞定 online 和offline① 的 medium②，我包你一年卫生棉如何？”

---

① online 和 offline，指的是线上和线下两种广告形式。

② medium，媒体，有时候广告上特指的是媒介购买，媒介投放，媒介运营商等等。

他适时地敲了敲 Lee 办公室的门，调侃道："Amy 最近结婚了，你不妨告诉她，如果搞定，我还外送她一年的避孕产品。"

Lee 扬手做出一个 OK 的手势，继续苦口婆心地说服昔日的同窗。如今 Amy 同学身处世界三大 agency 集团之一 WPP 旗下的浩腾媒体，做的正是广告投放媒介人的角色。所有的媒体都无时无刻不在巴结她，恨不能从她手中抢夺各大品牌广告投放的项目。

听说，某快餐品牌一年光是广告预算，就有 2 个亿！

奔着这 2 个亿而来的各大媒体运营商不计其数，不过最终做决定的还是 Amy 同学。

作为新任 SOFY 卫生巾的公关部企划经理，Lee 同学当然清楚媒体的作用在推动销售上面是至关重要的。只是呢，在那几家广告公司还没有提案之前，他先得向老同学摸一摸国内媒体的习惯。最好是骗到一份内部的媒介投放的细则资料，然后自己内部慢慢消化，也就不致于被广告公司骗掉过多的媒体预算。

电话那一头的 Amy 也是一副公事公办的口吻。"那你要不要以甲方的名义委托我们公司帮你投放呢？媒体预算是多少？我们老板小于 90 万的单子可是不接的哦！"

"预算嘛自然是有的……"Lee 开始打哈哈，"好不好先告诉我一些媒体的内部资料，介绍一些能推动销售方面的案例给我看看？"

"这怎么可以？"Amy 同学一口回绝，却又笑得知根知底："Lee，看在是熟人的份上，我可以给你打个八折。如果你真的要我帮忙，不妨以甲方的身份正式给我一个 brief，我可以找我的团队给你设计全套媒介投放的流程和详细的预算。"

"好吧，我考虑下。"他装作非常无奈的样子。

尚易辰看他把电话放下，"没搞定？"

"Amy 姐姐狮子大开口，要让我们把 medium 这部分给她来做。”

“太笨了。”尚易辰批评他，“她要用公事公办的语气跟你说话，你可以继续以老同学的名义怂恿她接私单啊！她做了这么多年的medium，哪家媒体搞不定？以Amy的个人能力，单独做一个媒体企划给你，然后由媒体运营商以乙方的形式和我们签约就可以了。你需要支付的只是Amy个人的freelance[①]的费用而已。”

“说的是……我过几天再给她打电话。”Lee恍然大悟。果然，学长就是学长！

“无所谓，你自己决定。”尚学长扶了扶眼镜，突然想到一个题外话。“你有拜托房东来家里收拾东西吗？”

“怎么可能！哪里有那么好心的房东？”Lee想到程妈妈的水果茶和丰盛的晚餐，又把话收了回来：“不过呢，程妈妈作为房东来说，还是很和善的。”

“程妈妈？”尚学长挑了挑眉。那个早晨出现在他卧室里的年轻女性，应该不会是Lee口中的程妈妈吧？

“怎么了？”

“没什么。”他只是想起了白螺姑娘的童话。

小男生Titan走过来通知Lee说，有四家4A公司都到了，正在等他去开brief的会议。其中一家，自然就是昨天在虞景公寓楼下碰见的那个无耻的创意总监所在的公司咯。

他在想自己要不要先露面刺激一下那个创意总监的自信呢？

“学长……可不可以帮我个忙？”他笑嘻嘻地转向还未离开的尚易辰。

“你不会是想让我替你去开这个会吧？”尚学长果然无敌，已经

---

① freelance，兼职。

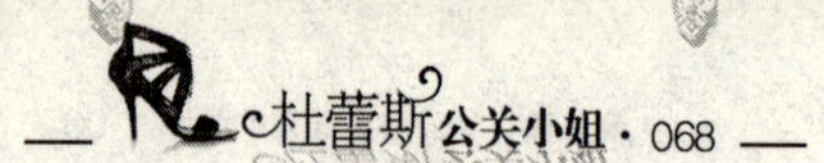

修炼到 Lee 一撅屁股就知道他要拉什么屎的境界了。

Lee 简单解释了一下原因，然后说："虽然我知道这是我私人的事情不便麻烦学长，不过呢，我觉得要是我出面，把那个人吓坏了，交不出好的创意怎么办？据说他们公司之所以能赢得 DUREX 的全案就是因为出众的创意。所以……为这个项目的未来着想，还是学长帮我出面去 brief 一下会比较好。"

尚易辰不置可否地看了他一眼，径直向会议室走去。

Lee 同学突然想到自己还有事情没有做，嗯，程弟弟推荐他看的一本书叫做什么？不知道网络上有没有，他很想看一下让程家姐弟三人都沉迷的书籍是哪一种类型。

他顺道去倒咖啡，敲了敲程西的桌子，打算问她那本书的名字。

她抬起头来，一双妩媚的眼睛仍旧是让人心动，"什么事？"

"呃……" Lee 一时间忘记自己要说的是什么，"咖灰，你要不要喝咖灰？"他居然紧张到死，把字也念错了。

"谢谢，我暂时不喝。"

"那个……"他发誓他看见程西之后脑子就混沌了，一点都想不起来刚才要说什么。

程西的目光穿越了 Lee 同学的身体，看向走进会议室的那群人。

Lee 顺着程西的目光回了一下头，恰巧和昨天的那个人视线相交。

对方是一副不甘心的恨恨的表情。

Lee 朝他讪笑了一下，举起手中的咖啡杯，以示友好。

那个人分明不领情，目光充满戾气，瞪了他们一眼。

"你，以前的男朋友？"虽然，现在说这个话题有点煞风景，不

过他还是蛮好奇的。

程西的脸上看不出任何表情，只是将视线重新回归到电脑上，明显是要结束这个话题。

Lee 识相地走回了自己的办公室。

同一时间程西的 MSN 响起了呼唤，一个 DUREX 项目的企划组的女同事跑过来八卦地问她："听说 SOFY 项目组新来的空降在和 BOSS 同居？你知道吗？"

她看了 Lee 一眼，回复过去："什么时候的事？"

"就是最近吧？有人一大早看见他们在马路旁很亲昵地一起打车来公司上班。"八卦是女人的天性，尤其是办公室内的八卦，流言蜚语就这样通过 MSN 即时通讯工具传了出去。"你说，Lee 和 BOSS 会不会是那种关系？"

"哪种关系？"好吧，答案呼之欲出，身为资深同人女的妹妹，经常被耳濡目染的程西自然知道对方说的是什么意思。

"嘿嘿。"对方也是欲言又止。

然后程西一下午都在埋头应对 MSN 上一个接一个的传言：

你知道吗？BOSS 和新来的空降 Lee 原来有暧昧的关系……

就是说嘛，以 BOSS 那么帅的男人，怎么可能没有女朋友？

然后以下是八卦的女员工观察尚易辰多年来的细节总结出来的结论：

1. 表示过自己有恋人，但是从来不提及自己的恋人是谁。正常的男人不是都把女朋友的照片作为桌面或是手机里总有些蛛丝马迹的亲密照吗？

2. 被人怀疑过无数次是 GAY，但是当着他的面提出这个疑问，他既不反驳也不承认，只是一笑置之。正常取向的男人不是应该立即站起来，发怒地大拍桌子说"我不是"才正常吗？

3. 对 Lee 说话的时候总是微微一笑，对其他下属说话的时候总是板着脸。甚至以大 BOSS 的身份帮 Lee 出席刚才的一个小小的 brief 会议。

实在是太可疑了！

“和他们约了最早的提案时间是下周一，最晚下周五。”尚易辰看着 Lee 在自己对面落座之后，顺便瞟了一眼办公室外正在窃窃私语的一群下属。他的办公室是以玻璃隔开的一个空间，除了一面可以临窗俯瞰的落地玻璃之外，还有一面是毫无悬念的，可以看见一部分办公区域的玻璃墙。他们随时可以通过玻璃墙来观察 BOSS 此刻的举动。同理，尚易辰也可以通过这面玻璃墙来观察下面员工有没有在偷懒聊天。

只要是那种面对电脑嘴角总是挂着一丝微笑的人，一般来说总是在欢乐地聊 MSN 和八卦的。相反，老是眉头紧锁一脸臭臭表情的人，那一定是在处理棘手的工作。

“谢谢！”Lee 很开心地在记事本上记下和几家公司约的具体时间。

“只此一次，是补偿你昨夜的辛劳。”其实擦地也是很辛苦的运动。

呃？为什么 Lee 同学觉得这句话听上去有点怪怪的。

他没有想太多，接下来和尚易辰将前几天自己对 SOFY 品牌推广与销售的大体思路交代了一下，确定没有问题之后才施施然走了出去。

最奇怪的是，公关部的员工看他的眼神都带着一丝暧昧。

“发生什么事了？”他拽住小男生 Titan 问。

Titan 红了脸，支支吾吾地在电脑前敲打键盘。Lee 看他在一份打开的 PPT 上打了一行乱码，然后又手忙脚乱地删除。“没、

没事。”

“没事就把昨天的调查表收上来，做个报告给我看。”Lee不便多问，转身回了办公室。

这群人，一定有什么事情瞒着他。

难道说，他们都看好自己和那个创意总监的争斗了？

他充满幻想地眯起眼睛。

对了对了，晚上下班的时候，一定要去挑一样礼物送给程妈妈，感谢她昨天丰盛的晚餐。运气好的话，说不定还能蹭到一顿饭。

嗯，这样一来，就不能和程西一起回去了。

第十章

吻他

“学长你下班吗？我可不可以搭个顺风车去买点东西？”一到六点，Lee同学很谄媚地跑去尚易辰的办公室，嬉皮笑脸地敲开他的门。

“好吧。”反正事情都可以交代给手下人做，尚易辰也乐得清闲。他拎了西装外套以及公文包和Lee一起走出公司大门。

“看见没有看见没有！他们一起下班！”马上有好事者在MSN里八卦。

程西对这个传言不置可否，总觉得心中怪怪的，似乎有一种失落。奇怪的是，前几天还如同牛皮糖一样黏着自己的Lee同学，此刻喜笑颜开地走在BOSS身侧。好吧，其实以一个同人女的角度来看，两个人都很美型，一个是那种戴着金丝边眼镜永远都不知道想什么的深沉攻，一个是永远把心事挂在脸上的白痴受，还真的蛮般配的。

她漫不经心地简单收拾了一下准备下班，却不料上司叫住她说：“DUREX下季要重推一个新品，刚刚老板才吩咐下来，打算要一些推广，要得很急，资料我已经发到你的邮箱了，可不可以麻烦你写份企划报告给我？”

她的上司Melanie，与Lee的职位平行，是一位长相甜美的女性，看不出年纪的脸上永远挂着淡淡的笑意。说话的时候会很有礼貌，鞠躬和点头都非常日系。除非是一定有必要，才会叫下面的员工加班。下属生日的时候还会主动送蛋糕给他们，平常如果是休假旅行，一定会从旅行地带很多当地的特产到办公室给部门同事分发，一饱口福。

程西点了点头，给家里挂了个电话表示公司有事暂时回不去，然后又重新打开电脑开始做事。

"不知道小西有没有到家?" Lee 抱着那个被尚易辰嗤之以鼻了很久的保健按摩器，站在 2801 室的门口，犹豫了很久才按下门铃。

其实他完全不知道以程妈妈的年纪会喜欢什么礼物。送首饰似乎太俗气了，还是健康比较重要。跑去商场找了最新科技研制的磁疗按摩仪器，立即抱了一台拿过来。

此刻 Lee 一副西装革履的送货员的装备，看起来滑稽又可笑。

"我不知道你想做什么，不过我要是女人，一定把你踢出门去。"太丢人了！尚易辰开车回来的路上，毫不客气地嘲笑 Lee。

"哼哼，你有没有听过一句老话。丈母娘看女婿，愈看愈有趣。"意思就是，只要丈母娘点头，这门亲事自然就能定下啦！程妈妈那么好的人，一定会喜欢他送的礼物！

"我不知道你有看上别人妈妈的嗜好。"只要是 Lee 身处恋爱发情期，尚学长的语气一贯是充满嘲讽。

此刻门铃应声而开，程南打开门，一反常态地对他和气地说："小西今天加班没有回来，不过我妈已经做好了饭，你要是不嫌弃就吃完饭……"她注意到 Lee 身边立着的另外一个人，不由得口吃起来："吃完饭，再，再上楼……"

"啊……真的可以吗?" Lee 很哈皮地抱起手中的盒子，走了进去。

“尚，尚易辰……”如果没有记错，他是叫这个名字吧？程南的脸色一瞬间红极一时，低头对着他的胸口说：“你要不要一起进来吃个便饭？”

“好。”他点了点头，和Lee一起走了进去，其实他关键是想看Lee的笑话。与她错身而过的时候，却发现她的脸红得像一只水煮虾。

Lee把礼物递给程妈妈的时候，尚易辰发现程家人笑得很开心。

因为程爸爸今天在工作的时候不小心扭伤了颈椎，正需要一个按摩器来帮忙。

唔，他总算相信从大学里就认识的这位Lee学弟，狗屎运一向常伴其身。

“这位是Lee的朋友吗？”实在是长得非常俊美，若不是高大的身材和Lee不相上下，以程妈妈的眼光，还会误以为对方是个女孩子。

“是……他是……”Lee的舌头打结，不知道怎么介绍。总不能说这就是程西和自己的老板吧？

“我也是程西的同事，叫尚易辰，现在借住在Lee的公寓里面。”尚学长在陌生人面前说话总是斯文有礼，让人印象极佳。谦和的谈吐配上合体的举止，实在是给长辈一种“可以将女儿托付给他”的错觉。

和和气气地吃完晚饭，程北的目光一直盯着Lee和新来的那个叫做尚易辰的男人，发出可疑的射线。

程妈妈拿一块干净的方手帕，将事先准备好的便当盒拿了出来递给了Lee同学说：“小西每次加班都不知道要弄到多晚，我怕她晚上没有吃饭，能不能麻烦你帮我把便当送给她？”

好啊好啊，他忙不迭地点头。喵的，刚才自己为什么就没有主动想起去和程西一起加班的觉悟呢！

他借了尚学长的车钥匙，直奔公司。

公关部DUREX项目组的大部分同事还在挑灯夜战，找来找去却不见程西的踪影。拉住其中一个同事问了一声，被告知“刚才有一位女士来找她，Cindy很着急地和她一起走出去了……但是她的事情还没有做完，跟我说她在楼下的星巴克坐一会儿就上来。”

Lee拎着便当走下楼，从星巴克的落地窗可以看见程西手中紧紧地握着杯子，低着头。对方是一个大腹便便的孕妇，表情十分震怒。

“能不能停止和我丈夫的来往?”他走近她们，听见那个孕妇的声音充满指责。“虽然我知道你们曾经是恋人，但是我们已经结婚了，马上就要有爱情的结晶了，我不希望我丈夫每天还和你见面!”

程西低垂的目光似乎感觉到有人走近，抬头一看，居然是Lee。不知道为何，Lee觉得她的眼神里有一丝获救的讯息。他走上前，微微笑道：“爱情结晶？拜托这位女士，大热天你塞一只抱枕在衣服里，热不热?”

程西这才发觉对方原本极为饱满的腹部正因为她的剧烈喘息而渐渐下滑，衣角处早已露出端倪。

“莫太太，你多虑了。”程西苦笑一声。“我和莫臻早就分手了，除了工作上有一些简单的交接之外，并没有过多的来往。”

那位被拆穿的莫太太面色通红，俯下身捂住腹部的抱枕，仿佛在保护她的爱情一样，双眸的泪水不由自主地流了出来。“求你，你比我漂亮，比我能干，什么都比我优秀。失去他，你还有很多很多，可是我除了他，就什么都没有了……我输不起，输不起……”

“这位女士，你的先生也只有你把他当个宝而已。我家小西不

会吃回头草的！”Lee丢下一句话，把程西拉出了咖啡店。

“你怎么来了？”她看见Lee手中熟悉的便当盒。

“程妈妈要我来给你送晚饭啊……”谁知道看见了这一幕，“真是可恶！”

程西蹙了蹙眉，“换成我，若是我的丈夫仍旧对前任纠缠不清，我也要找她理论的。只是，在肚子里塞枕头的智慧，我还真是没有。除非爱一个人到极致，才会做出这样的行为吧？”

Lee酸溜溜地扬眉，“你还爱他？”谁都听得出来，她的语气分明充满愧疚。

“没有。”程西矢口否认。

“那你要不要证明给我看……”他盯着她的面孔，脑海中想到的是昨天被问的那个问题。如果喜欢一个人，会向对方如何传达爱意？

咖啡厅里面那个流泪的妻子，眼睁睁地看着程西主动踮起脚尖，吻住了那个看起来有点嬉皮笑脸的帅气男子。然后他呆呆愣住，忘记了手中的便当盒。后者啪的一下掉在了地上。

“啊啊啊……你的晚饭……”Lee追着从手帕里掉出来的圆滚滚的乐扣乐扣便当盒跑来跑去。

“傻瓜。”程西在心里暗暗骂了一句。

难道区区一个便当比一个告白吻还重要么？

她总算知道下班的时候看见Lee和尚易辰一同出门时心底怪怪的感觉是什么了。那种微妙的小失落，似乎在意的是，为什么Lee不和她一道走，而选择了尚易辰。

她一边看着Lee气喘吁吁地找回来的两只乐扣盒子，一边捂住嘴想：她似乎，有一点喜欢这个又傻又色还疑似小GAY的Lee同学了。

“对不起!”收拾妥当的莫太太从星巴克走出来，远远地看着他们抱歉地喃喃说道。

这两个人这样般配，她怎么会想到程西会想继续介入自己和丈夫的新婚中?

第十一章

普及保险套知识

“所谓的爆乳女，每天的装扮不是露上面就是露下面，不是露前面就是露后面。”难得遇见这样的帅哥，于是程弟弟很哈皮，在茶余饭后翻开自己私藏的宅男御用手册给他灌输阿宅的萌点。

尚易辰顺着他的手看过去，画册中画的大多都是胸部丰满的日系小女孩，穿着女仆模样的裙装，微微露出乳沟。裙摆一般都开在大腿根部，露出美丽迷人的腿部线条，甚至能隐约看见里面 PINK 的小内裤。再或者是前面包裹得很紧致，只凸显胸部，而背后露出整片美丽的蝴蝶骨。

敷衍地点了点头，尚易辰自觉真是不够与时俱进。原来现在年轻的男孩子，都爱看这种东西。

“没有兴趣吗？这是当然的！”程弟弟看着尚易辰意兴阑珊的模样，解释说：“平面的东西由于不够立体，不能给予官能上的刺激。所以很多宅男就很喜欢收集类似这样的手册。再或者是去看 COSPLAY① 的秀场，会有真人穿着这样的衣服出境哦！”

---

① COSPLAY，穿着有关动漫人物的服饰。

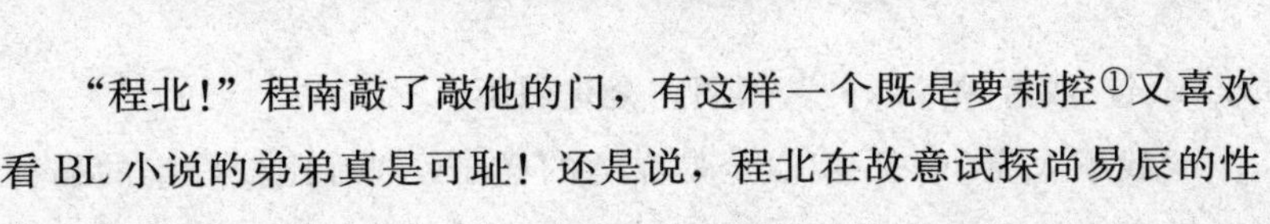

“程北！”程南敲了敲他的门，有这样一个既是萝莉控[①]又喜欢看BL小说的弟弟真是可耻！还是说，程北在故意试探尚易辰的性取向？

看他一脸兴趣缺缺的模样，想必是对这样的大胸少女系毫无性趣吧？

程弟弟见怪胎姐姐一脸不快地站在门口，急忙收起手中的画册。

“我也该告辞了。”尚易辰似乎摆脱了无形的束缚，站起了身。

程南不由自主地跟他到门外，见他跟程爸爸程妈妈礼貌地道别，然后走到玄关，转过身来低声问她：“有没有兴趣上来一起喝一杯？”Lee不在的晚上真无趣啊，他总得找些什么事情来消遣。

面前这个五官清晰而明朗的女孩子，嘴角总是向上微扬。呆呆地看他的时候给他的感觉和Lee很像，就是那种情不自禁地想去欺负的模样。

“啊……好，好的。”程南和程妈妈简单说了一声，然后跟着他一道出门。

尚易辰露出一抹深不见底的微笑，金丝边眼镜下光芒一闪。

从严格意义上来说，他并不见得是个好人。尤其在男女关系这种问题上，向来是各取所需。如果对方不讨厌，也可以交往看看。不过呢，尚易辰一直觉得自己尚未玩够，总是对新鲜的事物充满好奇和挑战。像Lee这样呆呆笨笨又任自己欺负的品种，还真是不多见。

“你喝什么？”吧台上早已安顿好他多年的收藏，“Vodka还是

---

① 萝莉控，是指对萝莉有特殊爱好的人。“萝莉”这个词经常被用来指年纪小的女孩。

Martini，或者 Whisky?”烈酒，全是烈酒。

“我不太懂……”貌似全是洋酒的样子，“有比较好喝的品种吗?”程南对着尚易辰的背影流口水。此刻的尚易辰早已脱去了西装外套，只着一件同色系的贴身背心和白衬衫，一副酒保的打扮，顿时看上去年轻了好几岁。尤其是那件背心，将他的细腰勾勒得无以遁形。难怪师太要说，全世界的细腰都长在了男人身上。

他寻出调酒用的摇酒器和冰块，开了一瓶 ABSOLUT PEARS。这种酒本就是 2007 年上市的新口味，特为女性定制的，充满了苹果梨的清香，不过它背后的含义却是“绝对诱惑”。他记得当初是因为看见一只绿色的蛇绕在 ABSOLUT PEARS 的瓶子上的广告才买下这瓶酒的。

“尝尝看。”在杯中加入冰块，把摇酒器中混入青柠和伏特加的溶液倒了出来。他将杯子递给她，自己倒了一杯 Martini 慢慢啜饮。

似乎是因为灯光的缘故，程南的肌肤看起来白皙如瓷，吹弹可破。他看见她仰起小脸，皱眉喝了一口，然后紧张地下咽。似乎味道比想象中的要好，隔了几秒钟，才见她美丽的眉毛轻轻地舒展开来。

“怎么样?”

“还，还好了。”初次喝烈酒，能习惯已经不错了。程南觉得心里似乎被这口酒燃起了一捧小小的火苗，正在渐渐燃烧。

尚易辰告诉她：“你的脸好红。”果然是不胜酒力。

她放下酒杯捂住脸，果然好烫。“我去洗把脸。”她轻车熟路地跑去盥洗室，用冷水扑了扑面颊。却不小心将垂下来的头发都弄湿了。

“要不要扎起来?”尚易辰适时出现，递给她一个粗糙的橡皮圈。

程南怀疑地看了半天，“这是什么?”虽然眼熟，但是她发誓自己从没有用过这样的东西束发。

“呃……”尚学长实话实说，“我们公司生产的保险套，如果过期了，经常有那种小作坊前来收购，都是拿去做女孩子扎头发用的小玩意儿。”好吧，这是他刚才现场拆了一只剪下来的哟！手指上甚至还残留着黏糊糊的润滑剂。

“……”她发誓再也不要用那种东西束发了！

好可爱的表情。

尚易辰低头，正好看见程南一团因为厌恶而皱起来的面孔，配着她红润的双颊，看起来尤其像一枚诱人的苹果。

“要不要听笑话?”突然很想看她一展笑颜的样子，“是关于我们公司的产品的……”

“嗯?”程南抬起头，刚刚好看见他低头微微眯起眼睛的面孔，挺直的鼻梁和好看的唇形在她的面前停在不到十公分处，十分炫目。若是语气再深情一点，她几乎要以为这是传说中的邀吻了。

尚易辰低沉而略带性感的声音开始讲这样一个笑话。“说是在很早的时候，农村还没有普及避孕措施。然后负责计划生育的小组就挨家挨户免费发放避孕套。结果有一户人家的妻子还是怀孕了。负责计划生育的干部就前去指责他们，你们为什么不用避孕套!”

“为什么?”程南忍不住开口问。

那枚好看的嘴唇微微一笑，开口说：“那位怀孕的妻子就解释，我们用了啊，那玩意究竟是什么做的，太难下咽了!”

“哈哈哈哈哈!”程南忍不住大声笑了起来。

尚易辰饮了一口酒，轻轻摇晃着酒杯，又说：“再贡献一个Lee的笑话给你听，要不要?”

“好啊。”她刚刚好可以讲给小西听。

“还是我们读大学的时候，有一次 Lee 勾搭上了一个身材很劲爆的美女，然后他们去开房间。结果呢，前戏做足了很久，美女躺在床上半天却不见 Lee 的动静。结果她睁开眼睛一看，Lee 全身赤裸地站在床头在很认真地看着一枚保险套。美女说，亲爱的，你在做什么。Lee 解释说，哦，亲爱的，请等一等，我在看说明书。”

“不会吧!”程南将盥洗室的台子拍得砰砰作响。啊哈哈哈哈!实在是太好笑了！一点也看不出来看起来风骚无比花花无边的 Lee 同学，还有这样糗的往事。

“所以向大众普及保险套的知识还是必要的。”他似乎被对方欢乐的气氛感染，一直微笑以对。

“难道你做这项工作的目的就是普及知识?”程南笑问。

“不然你以为?”他挑了挑眉，问得格外暧昧。

在办公室陪着程西一同加班想策划的 Lee 同学不知道为什么突然打了个响亮的喷嚏，把其他同事都吓了一跳。

程西递给他一张纸巾，“感冒了？你要不要早点回去?”

Lee 接过纸巾摇了摇头。会不会又是学长在念他？以他平时打喷嚏的经验，只有被爆了那件丢人的糗事，他才会打一个这样响亮的喷嚏。

“不用啊，这个策划还没有写完。下面是活动与路演的企划……”Lee 指着她电脑上的 PPT 报告，贡献了几个听上去还不错的创意。不论是从预算还是执行，都是可以令人接受的。

程西一面将他的点子稍事修改整理在 PPT 上，一面觉得方才的疲惫一扫而空。

“拿保险套做时装秀，会不会太过大胆了?”她犹豫地问。

“不会啊，从大陆这边保守的风气来看，宣传保险套本来就是

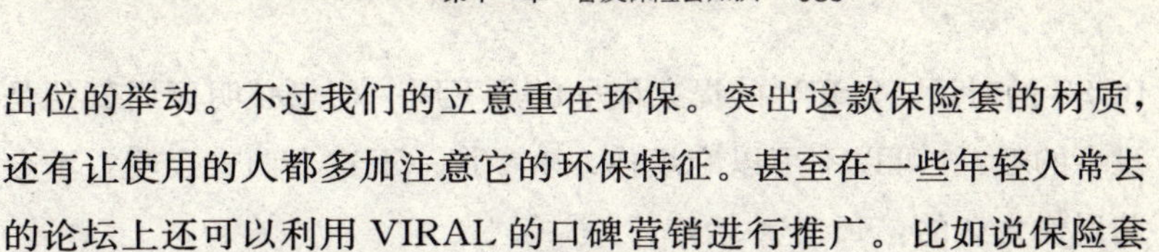

出位的举动。不过我们的立意重在环保。突出这款保险套的材质，还有让使用的人都多加注意它的环保特征。甚至在一些年轻人常去的论坛上还可以利用 VIRAL 的口碑营销进行推广。比如说保险套的新用法等等。”Lee 托着下巴说得头头是道。

“奇怪，为什么要在这个时候重推环保的新品?”以他对 DUREX 的印象，DUREX 品牌的立意点一直是在感受持久上面。他还记得那个一夜 12 次的录影带……哦，真是超级有创意的平面广告。

“大概因为限塑令?”程西只是猜测。

“好了，不说了。”Lee 将她脸上的疲态看在眼里，“我去给你倒杯咖啡，你把剩下的部分搞定，然后我们一起回家。”

她点了点头，“谢谢你。”

“不要用那种眼神看我，我怕我会情不自禁在这里吻你。”Lee 说得很小声，却也很露骨。

程西觉得脸颊微微发烫。她凝神将工作全部做完，又检查了一遍才将报告发给上司。Lee 在工作中和在生活中的两种截然不同的状态让她觉得有些奇怪。好吧，也许自己的赌约注定要输给他……那又有什么关系?

也许一枚纸鹤在那一刻的确能打动她的心，但是此时此刻，也许一杯带着香气的热咖啡正是她所需要的。

她看着 Lee 端着咖啡杯走过来的身影和一旁同事羡慕又怀疑的表情，忍不住微微一笑，“要不要去吃夜宵?我请客。”

“好啊。”这是他努力的回报吗?星星眼，好感动，“为什么那么好?”

程西露出一个心虚的微笑，“明天有一个调查会，我邀请了十位男性来参加，然后其中有一个临时有事……”她有偷听到他和

BOSS 的对话，SOFY 的提案最早也是下周一，想必明天周五他是没事的吧？“可以不可以麻烦你，来参加一下这个调查会呢？不会耽误你太久的，45 分钟就好。”

“好啊。”想也不想就应承下来，Lee 顺口又问道，“什么调查会？”

“关于性用品习惯的一些小调查，是由我同事主持，气氛会很轻松的。”程西与他来到楼下，找了一家尚在营业的餐厅坐进去。

Lee 蹙起了眉头。在国外工作的经历让他也有过这方面的调查，不过大多时候，他都是调查者，从未亲自参与被调查的角色。性用品习惯……他想起自己失败的第一次，不由得面色苍白。

“你会在场么？”如果他记得没有错，调查者应该会被请到一间特殊的房间，其中一面是玻璃，调查人员可以透过玻璃在另一个房间看见这些参与调查的人。然后用一个特殊的声音接收器，就能听到对面房间的所有对话了。

被调查的人并不会知晓，而且也觉得是具保护性和隐秘性的，其实完全被洞察了。

“应该……不会。”程西仍旧心虚地笑着。不可否认，她有以权谋私的嫌疑。利用这个调查会来挖掘出 Lee 曾经的性行为，会不会有一点点卑鄙？她决定明天在调查会开始的时候一定要提醒主持人多问问 Lee 同学，然后顺便可以在大玻璃的背后观察他的一举一动。

“小西，我不知道原来你那么想了解我的习惯……”Lee 同学风骚地将手在腮边一甩，做了个忸怩的姿势，神秘兮兮地问：“要不要我告诉你嘘嘘完我一般是放左边还是放右边？”

“左边。”程西盯了他的关键部位一眼。

“你怎么知道！”Lee 从座位上弹了起来。

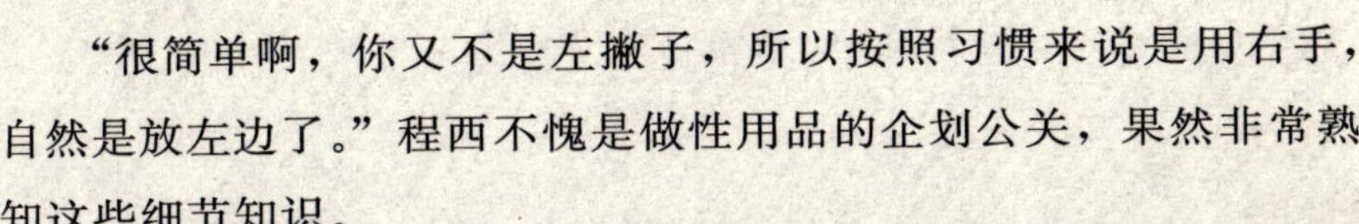

“很简单啊，你又不是左撇子，所以按照习惯来说是用右手，自然是放左边了。”程西不愧是做性用品的企划公关，果然非常熟知这些细节知识。

他只好愤愤不平地塞了一块点心在嘴里咀嚼。好吧，欣慰地想，如果他将SOFY的调查报告通通消化完毕的话，也一定会知道女性在那几天里一些微妙的变化吧？

说不定，以后他还能和程西讨论下她喜欢用什么牌子什么型号什么材质的卫生棉，而程西则是和他讨论在做爱的时候应该用什么牌子什么型号的保险套才比较安全又舒适。

一想到这个美好的前景，原本灰暗的心情此刻又变得明朗起来。

第十二章

性生活的习惯问题

程西昨天回家太晚，并没有机会和怪胎姐姐碰面。她一大早下楼的时候，发现尚易辰的车还在车位上安稳地停放着，想必他和 Lee 身为公司的高层和中层，都没有准时上班的觉悟。

因为昨夜加班的关系，准时上班的同事很少。尚易辰还算是体恤的老板，准许大家如果头一天晚上加班满 3 个小时，早晨可以相对迟到 1－2 个钟头。那位负责主持调查会的同事 SAM 还没有来，她只好先埋头处理自己的工作。

打开邮件，果然有一封昨天半夜 Melanie 根据她的那封新品推广企划报告所做的批示和修改。大部分还是肯定她的建议，只是有稍许细节需要做一些调整和改动。

好不容易等到 SAM 来公司了，又因为对方手头需要准备的琐事太多而没有机会交接。

“什么？你帮我找到一个人来替代不来的那个？太感谢了……”

“对不起，我还要继续打电话联系其他几个人……有事一会儿再说……”

SAM 在座位上忙得焦头烂额，对她的话匆忙应对。

程西耸了耸肩，其实自己完全没有必要担心。SAM 是这方面的高手，总能调动现场的气氛，想必到时候应该能挖掘到很多意

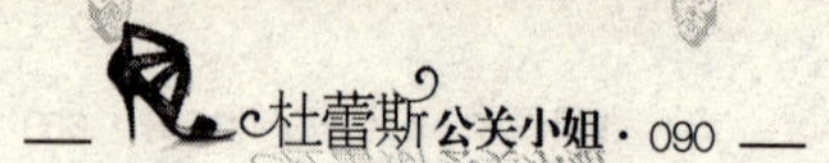

见。她放心地走开，只在活动时间快开始的时候，给 Lee 的分机打了个电话。

“奇怪，还没有来？”都已经快下午 1 点了。

“Cindy，你找的人呢？马上就要开始了。”SAM 匆忙中抬头叫住程西。

“啊……抱歉他还没有到……”程西已经叫前台 CALL 了 Lee 无数次，对方的手机没有开机，无法联系。

这个调查一共是 2 个小时，十名被调查的对象分成两个组。下午一点一刻开始普通组的调查，2 点整再开始另外一场特别组的调查。调查的人员差不多都就位了。“算了，如果他没有来，就等下一场。”SAM 将名单稍稍做了一下改动。

SAM 将手中的名单打印出来递给了程西一份，摇了摇头冲进了调查现场。

“为什么她会在我的床上？”Lee 穿着睡衣，指着自己床上那具睡得仿佛尸体一样的东西质问道。

昨天夜里陪小西加班，回家的时候已经凌晨了，洗了个澡匆匆入睡，结果醒来的时候却发现床上并排居然还躺了一个人。以为在做梦的 Lee 同学立即揉了揉眼睛，在看清楚那张脸是程西的姐姐程南的时候，这才像爆炸了一样冲进了学长的房间。

果然，大白天学长还在床上偷懒补眠。奇怪他今天早上没有起来吹军号围着客厅的沙发跑步。

“谁叫你的床比较大？”她昨天喝醉了，半夜又找不到被褥让她睡沙发，只好放到 Lee 的床上去。

“什么叫我的床比较大？”重点应该不是他的床大不大的问题，而是程南为什么会在他的床上的问题吧？

“如果你是担心你有没有对她做过什么，我觉得你去检查一下床上有没有可疑的东西比问我要来得明确。”尚易辰气定神闲地反驳他。

Lee 低头拉了拉自己的睡裤，很好，内裤还在。他是清白的。

“学长……”好容易才反应过来他是被陷害的，Lee 立即若有所思地盯着尚易辰赤裸的身体。笔直而修长的双腿交叠而卧，腰间只系了一条浴巾，看起来他比自己更有犯罪的充分条件。分明就是他——他才是把程南弄得昏迷不醒的罪魁祸首！

说来也奇怪，楼下的程家人明明知道程南在楼上和陌生的男子共处一室，彻夜未归，为何却毫无上来拿人的打算？

程弟弟其实是这样想的：怪胎姐姐不在，正好可以在她的房间搜刮各种 BL 小说看个够。

程爸爸和程妈妈觉得儿女反正大了，这种事情早晚要发生，也乐得装作不知道。

尚易辰起身，转去 Lee 的卧室，看着仍旧趴在床上满脸通红的程南说道：“我只是给她喝了一小杯 VODKA。”谁知道她的别名居然叫程一滴。

说完那句“普及保险套”的知识，他本来以为气氛被自己调动得很微妙，正打算低下头以覆芳唇，结果却见程南在瞬间跌倒在地上，昏睡了过去。虽说他不是什么正人君子，但是对一个睡着的毫无反应的人下手并不是他的处事风格。将程南抱到沙发上，本来想等她醒过来就让她回家的。谁知道她一直在那边睡到凌晨还没有醒。

等到 Lee 回家，上床入睡之后，他才好心地把程南抱到 Lee 的大床上，给她寻了一处还算宽敞的地方，盖上了薄被。

“我去公司，不管你们了！”Lee 寻出手表看了一眼时间，不由得惊叫起来。若是他没有记错，昨天还答应小西去帮她做一个调

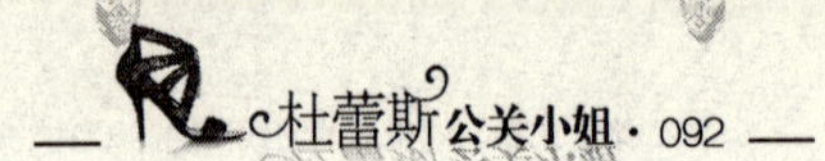

查。匆匆洗好澡换好衣服，奔向公司。等到他进门的时候已经是下午2点了。

程西在公司门口等了他半天，见到Lee的身影急忙拉住他，扯他到了调查室门口。

“啊……今天早上……”他还想解释程南一夜未归的原因。

“别说了，马上开始了。”

刚刚好SAM结束了普通组的调查，程西不由分说地将Lee推了进去，然后转去另外一个房间戴上耳机，和其他同事一起监控调查现场。

“咳，好了，感谢各位的赏脸，接下来我们要调查的是各位一些性生活方面的习惯。相信我们联络各位的时候都签署过保密协议，我们绝对不会透露出各位的性取向方面的隐私，所以下面的问题还请大家照实说明，谢谢你们的配合。”SAM的开场白很玄妙，Lee有些纠结那句“性取向方面的隐私”是什么意思。

他左顾右盼地用余光扫视了一旁的几位调查对象，不由心下一阵冷汗。

坐在他左手的一位，是戴着爵士帽，穿着大头皮鞋和紧身铅笔裤的时尚男性，留着稍许有一些修剪过还算帅气的胡须。

再过去的左手边，坐的是一位日系古着风格的嬉皮士，戴着一枚蓝色的耳钉，穿的是一条枣红色的低胯裤，开到小腿的胯部线条让他尽管坐着也看起来十分怪异。他的嘴里一直嚼着口香糖，似乎有点紧张。

Lee的右手边是一个穿着鲜艳条纹衬衫的年轻男子，长至披肩的卷发，拨弄到耳后的感觉风情十足，小指微蜷，在腮边略做停留，然后朝Lee看了一眼，妩媚至极。

他吞咽了一下口水，再看向最后一个人，黑框眼睛遮盖住疲倦

的面容，还好，这个看起来是最正常、最不起眼，湮没在人群中也不会引起注意的那种。

“气氛是不是有点太紧张了？”SAM 开玩笑地说：“不如大家来谈谈自己的第一次吧……为了缓和气氛我自己就牺牲一下，说下我的第一次好了。”

旁边的四个人稍稍有了精神，用奇怪的眼光开始打量 SAM。尤其是 Lee 右手边的那个花衬衫，几乎双眼放光，犹如打探猎物一样地把 SAM 从头到脚看了一遍。

“其实我不是你们那个圈子的人，不过也有试过和要好的男生一起做……”SAM 的话把坐在隔壁的女同事吓到了，纷纷露出八卦的眼神。Lee 更是头皮发麻，非常想举手问：“这究竟是一个什么样的调查？”

程西在隔壁颤抖地看着手中的那份分组名单。好吧，她完全不知道，SAM 把晚到的 Lee 同学分在特别组。所谓的特别组，就是同性恋组。

“第一次真的很痛……哇，我当然是做 TOP……其实说痛的是我朋友……对，他比较辛苦，一直在嚎叫和深呼吸。”SAM 露出了解式的微笑，“但是还好用了保险套，所以处理起来还不是很麻烦。我看见有人笑了，不如你来说一说好了。”

“第一次？”笑的那个人是爵士帽，他的小胡子底下露出的笑容还是有点小性感。“第一次我知道自己喜欢的男人还有点抗拒，但是身体还是有了反应。我用保险套是觉得很脏……”

底下传来闷笑的声音。Lee 也只好跟着抖肩苦笑。为什么没有人告诉他，他今天要扮演的是一个同性恋的角色。

“其实我也有这样的想法……”气氛果然被调动起来，说起第一次好像是一个很值得回忆的话题，古着男也举手发言，“我甚至

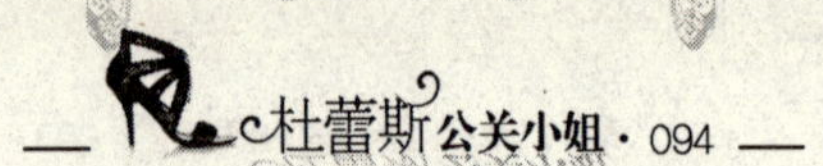

和我喜欢的男生一起在讨论要不要先浣肠……”

“好吧，我可以理解为——是为了卫生和健康考虑吗?”SAM很配合地搭话，“其他几位呢?”

“都有这样的考虑啦，还有保险套上面附带的润滑剂有点帮助。不然还蛮困难的。”眼镜男开口说话，声音压得很低，仿佛不愿被人听见。

花衬衫也表示关键是为了清理起来方便的问题。

最后SAM把目光指向了Lee，其他几个人也纷纷看着在正中间坐着的看起来像个白领先生的帅气的Lee同学。

为了让那几道意图不明的目光从自己的身上消失，Lee只好咬牙爆出：“第一次我比较糗，我一直在读保险套上的使用说明书……然后没有成功……”

“哈哈哈哈!”现场和隔壁的监控室都爆发出一阵欢乐的笑声。

豁出去了豁出去了!

Lee的脸一阵红一阵白，他甚至感觉到自己被一旁的花衬衫摸了一下，然后对方说了一句“你好可爱哦！是因为SIZE太大进不去吗?”

Lee呆住了，不知如何作答。

“SIZE！啊，居然有人说SIZE这么敏感的话题！我豁出去了，其实我是M号……好自卑哦!”SAM做主持简直是人来疯了。

“我是L。”爵士帽很自信。

“L。”古着男也应声。

“XL。”眼镜男的声音仍旧是低调的，不过他的回答让在场的各位看了他好几眼。

花衬衫很暧昧，笑而不答。

Lee干脆不说话。

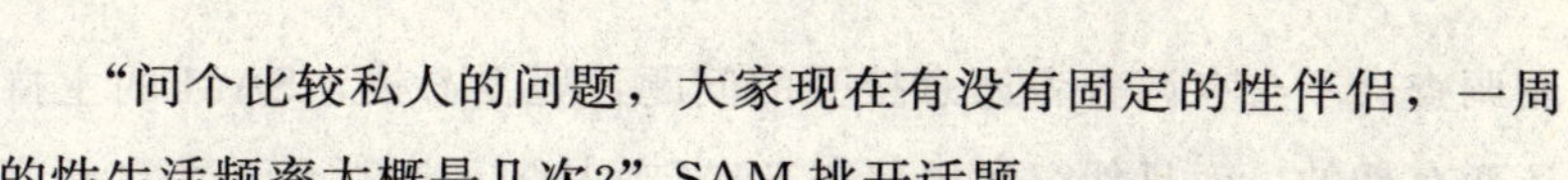

“问个比较私人的问题，大家现在有没有固定的性伴侣，一周的性生活频率大概是几次?”SAM 挑开话题。

爵士帽点点头，表示有交往的对象，两个人关系还蛮不错。

眼镜男表示都是去网路上面找合适的对象试探，如果对方有这方面的性趣他才会出门去约会，因此也是饱一顿饥一顿的。

花衬衫据说是有很多交往对象，所以也不是很缺性伴侣，在一周的频率上他支支吾吾表示要看心情。

古着男表示每天都会去 PUB 里面，被搭讪的几率很高，也就是说其实不出意外的话每天都有。

最后的目光有盯向了 Lee。

他只好硬着头皮说：“我刚刚回国，所以朋友圈子还是不是特别多，正在慢慢留意。”

于是花衬衫又冲他露齿一笑，让他心底恶寒。

“下面这个问题比较尖锐哦，希望我说出来不会有人打我。因为大家都知道我们的产品不是仅仅用来避孕，可能还有其他顾虑，有没有人会说反正是和男朋友做啊也不会怀孕，所以都不会用保险套?”

“为了安全起见，还是会用的。只是难免碰到对方会挑剔套套的牌子。”Lee 同学向着那面可疑的镜子看去，那一边程西顺利接收到了他的声音，尴尬地低下头。他语意分明有所指，似乎在微微埋怨她将他拉进这个同性恋调查。

“那么可以问一下大家平常比较喜欢用什么牌子吗?”SAM 终于拉回了正题，追问竞品的品牌消息。

接下来的问题也有意引导到产品的诉求点方面，比如说大家希望 DUREX 推出什么样的新品，喜欢用什么类型的，还有什么可以改进的地方。Lee 在心中暗暗想着如果 SAM 来主持卫生棉的使

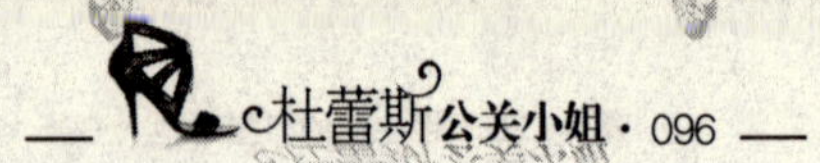

用调查会不会有调查者愿意接受的问题，凭良心说，SAM 的主持还蛮有趣的。而且他突然想起来 SAM 就是那天迎新会上在自己背后提问的那个主持人。当时他背对着主席台，看得并不是很清楚。不过这个语调和声音，听熟悉了倒是颇有印象。

“可以不可以留一个联系方式?”

45 分钟的调查很快就过去，Lee 走出调查室的时候，那个花衬衫跑上前来和他搭讪，妩媚地笑了笑。

Lee 义正词严地拒绝了他说：“对不起，我已经有交往对象了。”

这句话被走道内的其他人听见，于是在周五的下班前，公司里又传出了昨天八卦的更新版本。

Lee 和 BOSS 的确是在交往！而且还被 DUREX 项目组借去做了同性恋的性生活调查！

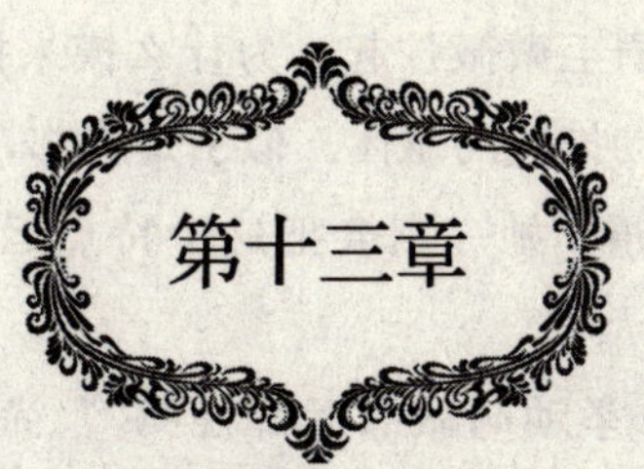

第十三章

销售部的新同事

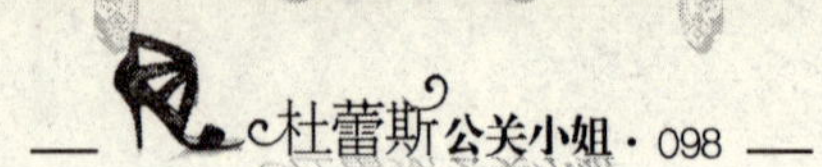

程南迷迷糊糊地醒过来，习惯性地去按放在床头柜上的电脑开关。

她已经养成了起床第一件事不是刷牙洗脸而是上网的习惯。

还有，每天要码三千字，昨天忘记了更新，会不会被读者骂？

修长而美丽的眉毛微微拧起，为什么摸来摸去没有摸到电脑，却像是摸到一具坚韧挺拔的躯体。似乎是胸部，弹性十足的平坦肌肉和光滑的触感，唔，她一定会把这个特点运用到笔下的男主角身上。

“我应该把这个举动叫做酒后乱性吗？”尚易辰的声音百般调侃。程南睁开眼睛便看见对方仍旧是赤裸着上身坐在她的旁边，手中拿了份报纸闲闲地低头看着。

“啊……”她有点像马景涛附身般地张大嘴。如果此刻床头有个笔记本电脑，她想自己一定会捧起来遮住脸。

“你喝醉了，在Lee的床上睡了一晚。”尚易辰仿佛早就料定她会有这样的反应，马上将事实一一陈诉。

程南低头检查了自己的衣物，还好，和昨天出门的时候一样。身体也没有感觉到什么异常。

“谢、谢谢你的招待。我要回家了。”她慌忙说了一句，准备走

出卧室，尚易辰长腿一伸将她拦了下来。

“我等你很久了。”确切地说，是等她睡醒很久了。Lee 那个小子跑掉了，他的衬衫领带西服都没有熨，不找个苦力怎么行。

程南仿佛被这句话砸中，痴痴地转过头来。

张爱玲那句名言说：“于千万人之中，遇见我所遇见的人，于千万年之中，时间的无涯的荒野里，没有早一步，也没有晚一步，刚巧赶上了，那也没有别的话可说。唯有轻轻地问一声：‘噢，你也在这里吗？’”

只是她以为，“你也在这里”可以替换成刚才尚易辰口中的那句“我等你很久了”。作为一个同人女，程南的骨子里还保留着文艺女青年的浪漫血液。也许一张面孔可以让她流很久的口水，可是口水总有流光的一天。而这也比不过这一句话带给她的威力大。

“去洗个脸刷个牙，然后能不能麻烦你帮我把这些熨一下？”他指着堆在一旁刚从洗衣机里扒拉出来犹如霉干菜一样的衣物。

“哦，好。”即使是白流苏，也是会替范柳原熨衣服的吧。程南欢乐而羞涩地跑下楼去，却不小心在电梯口碰见下班回来的程弟弟。

“咦？”程北看着披头散发的怪胎姐姐，“你彻夜未归现在才回家吗？”看不出来……楼上那个新来的帅哥还蛮有精力的！害他撇了撇嘴，心中一阵失落。原本还幻想着能不能和对方成为“好朋友”，看来这个希望破灭了。

“归你个头！”程南敲了他一记，又恢复了本来面目。

“什么嘛！”程北有些心虚地摸了摸后脑勺，看见程南蹑手蹑脚溜回房间的背影暗暗祈祷——希望她没有发现自己昨天翻了她的 BL 收藏。

“小南……你回来了……看见客人也不打声招呼。”程妈妈难得

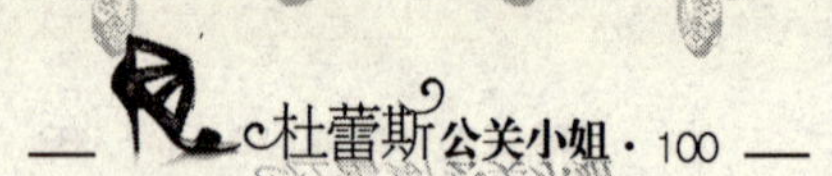

叫住她，原来客厅里坐着一位看起来很面熟的欧巴桑，似乎是虞景公寓里面的住户，眉毛画得旌旗招展，直飞鬓边。头顶的黄毛堆得像座椭圆形的金字塔，怕是法老住在里面也不掉身价。

“这就是程家妈妈的大女儿吗？哎呀，真是水灵得像把水葱一样！”横眉毛的欧巴桑上前拉住了程南的手，左看右看得出这样的结论。

这是什么比喻？程南不动声色地抽出手，“我刚起床，还没有刷牙洗脸。”说完立刻钻进盥洗室，把门一拉。

程北在门缝外跟她比划嘴形：“像是来给你提亲的……”

程南蹙起了眉，迅速合上了最后一道门缝，打开莲蓬头开始洗澡。管她们要做什么，现在她想做的只是将自己收拾好，然后上楼。想到尚易辰拜托自己做的事情，就不禁飞霞上脸，好像妻子给丈夫才做这种事情吧？

那他平常的衣服是由谁来熨呢？

她想起那条铺在Lee床上的内裤，不由得心下一惊。

Lee帮尚易辰熨内裤！尚易辰在Lee和小西的关系有重大进展的时候刻意搬进来，从另外一个角度考虑说，分明是来第三者插足的嘛！

难道说……尚易辰和Lee真的那种暧昧的关系？

对了，如果是正常取向的男人，不是应该在昨天她喝醉之后做点什么才对吗？

啊啊啊……程南狠狠地跺脚，报应啊报应！

会不会因为写多了BL小说，当自己真的遇见一个喜欢的男人的时候，却发现对方是个GAY……这个概率也太小了吧！

程南狠狠地跺脚，报应啊报应！

谁知脚底一滑，她一屁股坐在了浴室的地板上，脚踝瞬间仿佛

不是自己的，都找不到着力点了。然后又过了片刻，才感觉这份肌肉的痛楚仿佛被压抑过久之后的报复，一点一点逼迫到整条腿都痛。

强忍着疼痛将身体冲洗干净，包着浴巾的程南跌跌撞撞地艰难挪向门口，“小北……扶我一下，我扭到脚了。”

“啊？”程北从房间里匆忙跑出来，扶了怪胎姐姐回房间，路过客厅的时候，见到那位眉毛横飞的欧巴桑呆呆地张大嘴看着他们俩姐弟。

因为欧巴桑刚刚在程妈妈面前赞扬程南看起来相貌很乖，一看就是老人们喜欢的类型。一下子看见苹果剥去外衣变成了洋葱，难免有点被打了一巴掌的感觉。在外人面前赤身裸体只着一件浴巾……这这这……成何体统？

“我去拿红花油。”程弟弟将姐姐扶到客厅的沙发上，给她披上上衣，去翻医药箱了。

“要不要紧？”程妈妈关切地低下头，查看女儿的伤势。

只见程南的右脚踝微微红肿，用手指轻轻碰触便能感觉到痛楚。

“怎么会这么不小心？”横眉欧巴桑走上前来佯装关切地说了一声，又继续说，“程家妈妈，你看关于我们刚才说的事情，不如缓一缓？”

“也好，小南扭伤了脚，一时半会儿也见不了人家。”程妈妈点点头。

“那我就不打搅小南养伤了。等好了再来看你们。”她拎了个只有身体十六分之一大的粉色小包包，扭动着出门去了。

“咦，真的是来给大姐约见相亲对象的啊？”程北手里拿了红花油过来。

程南一动怒，感觉脚踝的痛楚又加深了几分。“你看她的穿着和品位，能介绍什么好男人！”想到楼上的那个帅哥是个 GAY，气更加不打一处来！再说了，28 岁的年纪很大嘛，为什么整幢楼的欧巴桑都挖空心思替她寻觅男人，仿佛嫁不出去的话会连累整幢公寓的女人名誉受损。

“小南，要懂礼貌哦！”程妈妈一边替她抹红花油，一边慈善地说，“虽然呢，我和你爸爸并不催你和小西的事情，但是或多或少总是会在心里有点着急的啊。顾妈妈——也就是刚才的那个阿姨，她介绍的男方是自己的侄子，知根知底的应该还好。如果有空不妨去见个面，就当交个朋友也好。”每天窝在家里对着电脑打字，这样迟早会闷出病来的。年轻人不是应该成天出去和朋友一起聚会逛街消遣才正常么？

程南脚痛到“嘶嘶”地叫唤，权当用这个来答复程妈妈。

“妈妈，你不知道，大姐有喜欢的人了。”程北站在旁边语出惊人。

程西和 Lee 一同下班回家，刚要用钥匙打开门，却在门外听见弟弟的这句话。她摆了摆手，示意 Lee 先站在门边不要说话。

“啊？是谁？”多好！程妈妈惊喜地抬头问。昨天她待在楼上一夜没有回来，“难道是 Lee？”

Lee 脸色大变，而在程西的眼里看起来却像是被说中的样子。

“你慌什么？”她的眉毛挑了一下，声线冰冷地用手袋砸了一下 Lee 的腹部。

早就领略过她的强大怪力，Lee 吃痛地呻吟一声：“没有啊，可是程南看起来明明对学长很有兴趣的样子……”很明显，昨天晚上吃饭的时候，程南的目光一直盯着尚学长，连吃个豆芽菜都流口水。傻子都看得出来，程南充足的唾液分泌绝对不会是豆芽菜的

功劳。

程西不理他，径直扭开门走进去。

看着面色不善的程西，Lee很心虚地面对墙角画圈圈。什么嘛，尽管程南在一定程度上也许真的看上了自己，但是那又不是他的错。长得帅是天生丽质难自弃啊，难道叫他去毁容？听见门砰的一声被关上的声音，貌似宣告了今天的晚餐蹭不到的样子，他还是先上楼去放下东西比较好。

“好慢哦!”一进门，尚易辰的声音就传了过来。看清楚是Lee的时候，哼哼了两声便转回了房间。

“慢?”Lee纠结起眉毛，“相对于一整天都没有在公司出现的学长来说，我这个时候下班不是勤劳的表现吗?”

“我有说你吗？自作多情。”尚易辰的声音从卧房内传了出来。

Lee想起早上出现在自己房中的程南，“难道是程南？她好像在楼下不小心扭伤了脚。你和她有约吗?”

“约倒是没有，既然你回来了，去帮我把衣服熨了吧。”尚学长摆出一副使唤人的架势，仿佛Lee替他做这些家务事是天经地义。

Lee果然一句话都没有反驳，脱下西装卷起袖子就开始做事。

“乖。”尚学长倒了杯酒，表扬他爱劳动的美德。

拜托，要不是自己有把柄捏在学长的手里，他才不会任人驱使呢！想必此刻他还在夏威夷海滩看着整片沙滩的比基尼女郎吹口哨。

“顺便说一下，今天销售部的人有给我打电话报告说最近SOFY和DUREX的销售都有下滑的趋势。”他饮了一口酒，仿佛为了督促Lee一般地提起了公事。

“什么原因?”Lee很敬业地找了个花边围裙系上，跪在地板上熨着尚易辰的一件淡蓝色条纹衬衣。

“因为奥运的关系，很多女性都要生奥运宝宝，所以都在这个时候怀孕了，卫生棉的需求因此锐减。然后性生活也要节制，所以避孕套也跟着滞销。”尚易辰扬了扬眉，一副开玩笑的口吻。

“真的假的？销售部的人居然敢给你这样的报告？”开玩笑也要有个限度吧？Lee看见尚学长微微扬起的嘴角，知道有人要遭殃了。

“所以啊，我又为你找了个熟人来做同事。”尚易辰笑得很奸诈的样子。他今天在家里做的唯一一件事，就是通知HR部门的老大叫销售部的经理去结算本月工资了。

新人大概下星期一来报到，而且很不巧的是，他也会暂时住在这所公寓。反正还有一间客房是空着的，不如彻底利用起来。

“谁？”Lee的神经突然紧张起来。不会是那个人吧？

“你的脸色好难看……”尚易辰将杯中的酒一饮而尽，扯过Lee熨好的衬衫披在身上，一面伸袖子，一面说，“我以为事情都过去那么多年了，你不会介意再看见Alex的。”除了那个人面极广的家伙之外，尚易辰想不出来还有谁比他更合适销售部的那个职位。

“啊……”Lee不小心将熨斗烫到了手指，跳了起来。

果然是他！是他！记忆中那个糟糕的万圣节，似乎想起来就是Lee的死穴。

“明天有事吗？Alex明天早晨8点的飞机，我告诉过他说你会亲自去机场接机。”尚易辰很不负责地抛下这句话，换好衣服准备出门去。

“为什么要我去？”Lee像一条网兜内的鲤鱼般挣扎着。

“嗯，你是收买Alex的小甜点啊……”尚易辰实话实说。实际上他是想起了Lee和Alex在那个万圣节的合影，他发誓他一直保

留着那张合影并且作为威胁两个人的重要证据锁在保险箱里。

小甜点！Lee暴走起来，为什么尚学长会用这个比喻来称呼自己！

“去机场接机，然后呢?”他有预感自己不只是做接机的服务生而已。

“然后你可以帮他一起搬行李整理房间什么的，注意不要被他扑倒就好。”尚易辰语含深意，“不过我想Alex应该会随身携带保险套和润滑油……”

第十四章

请叫我小松松

莫贤松，英文名 Alex，是 Lee 同在哈佛商学院的同学。在华裔学生的面孔之中，不得不说 Lee 是相当出色的，这也免不了有其他专业的同学过来搭讪。尤其是 Alex 虽然不与 Lee 同专业，但是在那个出奇疯狂的万圣节之夜，两个人奇妙地相遇了。

此刻 Lee 带着惺忪的眼睛被踹到机场来接机，就在回忆那个万圣节之夜。

如果时光可以倒流，他绝对不会去让自己招惹上像 Alex 这种牛皮糖一样的人物。

Lee 那一夜的打扮是一个骷髅。结果他被当众扒光不说，还在大街上和 Alex 跳起了裸体舞。尤其是他一直被 Alex 的面孔所迷惑，甚至与对方当众拥吻，直到衣服全部脱光，手指从 Alex 的腰腹滑下去触摸到一个自己也拥有的器官的时候，他这才惊诧地睁开眼。

镁光灯在此刻一闪。

他下意识地抬起手臂挡住那刺目的光线，于是留下了今生至悔的合影。

照片上赤身裸体的 Lee 用惊诧的表情抚摸着 Alex 的下体，而 Alex 一副非常享受并且投入其中的样子。背景中的人物面孔都模糊掉了，只剩下他们两个看起来很像当街做着某些有伤风化行为的人，凸显其中。

啊啊啊……光是想起来就足以令人抓狂！

在照片门事件曝光以后，Lee清楚地记得，当时自己花了两个月才追上的一名身材火爆的正妹，连分手吻也没有给他，直接从他的生活中消失了！

这也就算了，最恐怖的是，Alex这个不要脸的家伙居然以失身为由，逼他负责。拜托……谁叫你当街露出来的，我摸一下犯法啊……Lee本着这种想法一直将Alex列为禁止往来的对象，谁知那个人品可以媲美牛皮糖的家伙，倒是不屈不挠，一心将Lee视为真命天子。

"我要说什么你才清楚，我不是你们那个圈子的！"Lee歇斯底里地揪住Alex的衣领吼，一百年，不，一万年他也不会从直男变成弯的。

结果换来的仍旧是Alex含情脉脉的眼神。

"请叫我小松松……拜托……"Alex双手合十，眼睛里仍然是桃心形状。

凭良心说，Alex的相貌非常女性化。大而迷蒙的双眼，性感的嘴唇，俏丽的鼻梁，怎么看都怎么像偷穿男生衣服的女孩子。去上厕所的时候还会被误以为是一时间走错的女性。尤其是那天晚上，他居然穿了一件薄薄的白色蕾丝裙扮作天使，除了身后的一对很假的翅膀之外，手中还拿着一根仙女棒……

不得不承认，Lee在瞬间被这个假扮成天使的Alex秒杀了，所以才会发生接下来的事情……

"Lee……好久不见，我不是在做梦吧？你真的亲自来机场接我！"Alex和女性相差无几的清亢的嗓音在同一时间响起。

Lee 同学觉得自己怀中瞬间被塞入一具不断扭动的身体。

他不客气地抬手，从后面揪住对方的衣领将 Alex 拉开，然后厌恶地拍了拍自己的衣服。

“呜……Lee 你居然还是这样讨厌我。我有去做体验的，保证身体很健康，没有任何传染性疾病。”Alex 被他这一举动惹得双眼含泪。

“好了好了。”心烦意乱的 Lee 同学阻止住他，“你住哪里，我帮你把行李一起搬过去。”然后，这样就可以了吧？够仁至义尽了吧？

“住址……尚学长有安排！”Alex 兴冲冲地从包里摸出自己的备忘录，翻开中间一页欢乐地念了出来。“S 市××区××路××号虞景公寓 2901 室。”

Lee 同学冲动地掏出手机想质问这究竟是怎么回事，尚学长的电话及时响起，“反正房子空着也是空着。Alex 住过来又能怎么样呢？难道你怕他？”

Lee 咬牙切齿。他不是怕，只是想到要和一个看见自己就垂涎欲滴的小 GAY 住在同一屋檐下，任谁都会觉得不方便吧？

“那我重新给你安排？”尚易辰的声调分明是好整以暇。

“为什么不是重新给他安排？”

“公关部是烧钱的部门，销售部是赚钱的部门，你觉得我会比较重视哪一位？”尚易辰反问一句，“你搬家或者他住下，你可以选择一样。”

搬家？开玩笑。这样一来无论是和程西结伴回家还是去程家蹭饭的几率就等于零了！Lee 怎么可能容许这样的事情发生？

他合上手机，迎面看见 Alex 一脸期待的面孔，忍不住在心中暗暗咒骂。

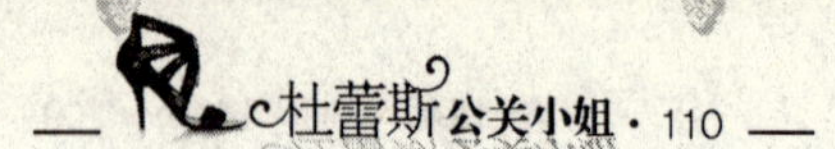

不得不承认，这个结果，一点都没有趣！

“Alex?”打开门的一瞬间，尚易辰扬起的眉毛表示吃惊。

原本以为会看见一个仍旧是洋娃娃一样女性十足的莫贤松，却想不到他将自己的头发剃得短短的，露出饱满而且堪称美丽的额头，侧面看过去，略显圆润的双颊和小巧的下巴，线条仍然是充满柔美的感觉，不过正面看就稍微男性了一些，是混合了清秀与阳光在内的中性装扮。

“叫我小松松就好。”Alex充满敬仰地对这位传说中的风云人物微笑。

尚易辰不客气地说：“你不认为Lee之所以不喜欢你，和你的名字有关系吗?”

“咦?”会是这样吗？Alex瞪大眼睛，做出吃惊的表情。

“你应该改名叫小紧紧才对。”尚学长邪恶地提议。

“啊啊啊……学长……”Alex恍然大悟地握拳，“拜托你，今天起就开始叫我小紧紧吧！”

“唔，我没有意见。”尚易辰看了一眼刚刚把行礼搬上来的Lee，露出一丝看好戏的微笑。“你的房间就在Lee的隔壁，不过没有床。不介意的话今天晚上可以和Lee挤一挤。”

“我很介意！”Lee怒气冲冲，“我现在就打电话去订购一张床！”

Alex双眼饱含泪花，“Lee，我就知道你对我最好了！记得帮我订一张水床，运动起来感觉很好……”

Lee瞪了他一眼，看到Alex心虚地低头点手指，“反正记在你的账上，你定张金床也不关我的事！”

“学长……你看啦，Lee对人家好凶……”Alex仿佛印度舞娘一样又开始扭动了。

“让开!”Lee拎起他的包，很不客气地从他和尚易辰之间穿过去。

想必此后的生活，应该更恐怖才对。

一个尚学长还不够，居然再加一个莫贤松（虽然他已经改名叫做小紧紧）。天啊！Lee同学觉得今年真是他的劫难年。

“周末，没有约会吗？”程南一边在电脑前飞速地打字，一边用余光扫视看起来百无聊赖的妹妹。

此刻程西正翻阅着程南最得意的收藏——一套原版的《春抱》，可是面对美型男主，程西的表情看起来一点爱都没有。按理说，楼上的那个看起来不错的Lee同学，不是应该加紧追求的攻势吗？从昨天傍晚起就没有见过他的人影，倒是尚易辰听说程南扭伤了脚，亲自上门来送了一捧鲜花。

程西看了姐姐一眼，被她不动声色的表情所迷惑。

虽然以前也发生过原本追求性感迷人的程西的男孩子见到了看起来更为乖巧可爱的程南便发生倒戈的现象，但是毕竟这种概率太少了。这一次姐姐心仪妹妹的对象，还是头一遭。只是她们二人长这么大，有什么心事都彼此毫不隐瞒，于是程西决定直接问。

她拨弄了一下长发，“你觉得Lee这个人怎么样？”

“唔……”程南头也不抬，径直打字。正写到关键时刻，书中的男主角“尚易辰”正在发动温柔攻势。“还好吧。”她拖了许久的稿子，下周就要到截稿日期了，趁脚扭伤了可以一门心思窝在房间里面码字了。

“如果要做恋人的话会给他打几分？”程西幽幽地问。

奇怪，今天小西的话好多哦！程南抬起头看了她一眼。难道小西是来真的了吗？她已经决定和Lee交往了？

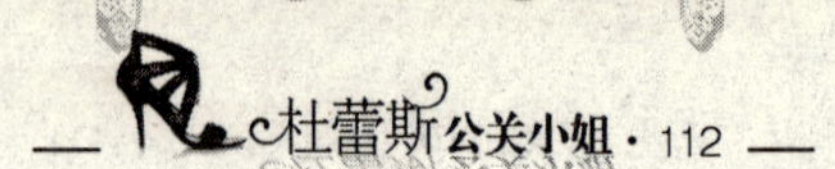

程南说出答案："80 分以上吧。"她只差没有说一句"祝福你们"了，然后低下头继续去写稿子。啊，高潮处被打断的感觉真是不好啊，看来要重新修改这一段了。

程西从床上坐了起身，蹭到程南的电脑面前，"这么说，小南你真的喜欢上他了？"

"啊？"她没有听清楚，"是吧是吧，有什么话晚一点再说，我真的要写稿子了。你没有见过那些编辑发起疯来催稿的模样，现在我的 QQ 组群里所有的编辑都叫做火箭队！"

"……"程西抿了抿嘴唇，不知道该说什么，只得整理了一下那本未看完的书，轻轻放到书柜上。

"不得了……"程爸爸拎着一大堆蔬菜瓜果从外面回来。每到周末的时候，两个人总是相伴而出门，再手拉手地回来。姐弟三人都不知道为什么父母的感情好到这种程度，真是令人羡妒。

"什么事？"程西闷闷地探出头去。

落单的程家爸爸说话了："小西你要不要去楼下接你妈妈上来？门口在派发卫生棉，她和一堆人挤在那边填资料……"

"啊？"程西二话不说就冲下了楼。

程妈妈虽说通情达理对待任何事情都是笑眯眯的，但是有便宜的派送还是会变得和那些欧巴桑一样，马上是一副不要白不要的架势。

况且程家有三个女人，卫生棉这种东西，当然是必需品了！

"Titan？你怎么在这里？"程西意外地看到了 SOFY 组的同事。

此刻 Titan 那个腼腆的小男生正在慌乱地维持秩序，想不到这里的调查意外地火爆。听说有免费的卫生棉可以拿去试用，无数欧巴桑都拥过来热情地填写资料和调查表。

"啊……Cindy……"Titan 抬起头，脸涨得通红，"我来这边

收集 data①，周一一早要整理给 Lee 的。”

“要不要帮忙？”反正她也没事，况且这些欧巴桑她都或多或少地认识。

“真的可以吗？会不会太麻烦？”Titan 很小声地说。

“不麻烦，反正我也没事。”程西微微笑了一下，帮他维持秩序。她一眼就看到程妈妈挤在人群中等待着轮流用的原子笔来填资料，不由得走上前去，轻轻唤了一声。

“妈，这里我来排队就好了，你上楼去帮老爸做饭。他一个人好像很辛苦。”

“这样……”程妈妈迟疑了一下，“那你记得多带一点回来，要三人份的哦。”

“好……”程西点点头，大不了去超市买够三人份。

程妈妈这才开心地乖乖上楼去。不料坐上电梯，却遇见气冲冲下楼的 Lee。

“咦，你怎么了？好像不开心的样子。”这不是小南暗恋的年轻人吗？果然，看了多少次还是觉得 Lee 一表人才，配小南也合适。程妈妈叫住 Lee，和他打招呼。

“程妈妈好，我出门去透气。”Lee 停住脚步与她寒暄。

不料电梯短短一分钟内又下来一趟，奔出来一个眼睛大大的，一脸娃娃长相的男生，扑上来大叫：“Lee，我错了我错了，我不该把你房间里的 AV 女优的海报换成我的……”他见到 Lee 的身旁有一个十分和善的欧巴桑正在盯着他们，忍不住闭上嘴，幽幽地看着 Lee。

“你们聊，我上楼去做饭了。要是有空，不如等一下来我们家

---

① data，数据。

吃饭?”程妈妈笑眯眯地说。

“谢谢程妈妈，我一会儿可能要出门办点事情。以后有机会再拜访你。”Lee压住怒火，很有礼貌地回应。

Alex等程妈妈坐上电梯，忍不住开口说:“不要生气了……陪我出去买点必需品好不好? 我请吃饭。”

“不要。”Lee别扭地继续向前走，居然敢把他心爱的武藤兰和松岛枫换成自己穿泳裤的露点照，恶，想一想就要吐出来。他可没胃口对着那个穿泳裤的男人吃东西!

“你是不是有喜欢的人了?”Alex咬住下唇，眼含泪花。

看到Lee的眉间几乎皱成了川字，显现出无穷尽的厌恶神色，Alex觉得心碎了一地。

“是，而且就是刚才那个欧巴桑的女儿。你满意了?”Lee说得很大声，让在外面维持秩序的程西微微抬起头。

收到一旁传来的视线，Lee转过头去看见了程西，不由得兴奋起来。

他站在Alex的跟前，指着人堆中的程西一字一顿地说:“我喜欢她，对男人，尤其是你，我一点兴趣都没有!”

好残忍! Alex紧紧咬住嘴唇，大眼睛里全是泪花。

正在抢卫生棉的欧巴桑们都轰然一下安静下来，直勾勾地盯着正在对峙的两个人。

“我没有听错吧? 那两个人是……那种关系?”

“好像是一个喜欢，一个不要。作孽哦!”

“我认得的，其中一个是程家妈妈的房客。”

众人的眼光都直指程西，纷纷在揣测程西和Lee的关系。刚才的劲爆对话明明也有指着程西啊。

关键时刻小男生Titan怯怯地开口说话了，“卫生棉，你们还

要吗?”为什么现在一点动静都没有了？虽然不明白为什么他的老板Lee此刻会出现在这幢公寓外面，但是他不是应该更努力地工作才对吗?

僵持的气氛又开始热络起来。

欧巴桑们纷纷埋头去填资料和拿赠品，毕竟打听人家的八卦又带不来实际用途。

“小西，陪我去吃饭。”Lee不由分说走过来，拉住程西的手就冲出人群。

程西有些精神恍惚，跟在Lee的身后连脚步都是踉跄的。他刚才说的是“我喜欢她”吗?

是她？而不是程南?

“你，刚才说什么?”满腔的幸福感油然而生。她任由Lee握住自己的手，在午后的阳光里，他的面孔炫目得让人无法逼视。

回头再看那个立在公寓下面愣愣的男孩子，表情是无穷无尽的失落。那种眼神，好像她方才在姐姐的房间里面听见程南喜欢Lee的时候一样。

“我喜欢你。”他停下脚步，原本玩世不恭的神情无比慎重。

可是，程南喜欢的人，是Lee吧?

她有些怯怯地，不知该如何是好。

心中的那份失落，竟来自于自己已经决定的退出。

毕竟还未真的开始，即使心头的那一份感情稍稍萌芽，也不会伤筋动骨。

程西突然间放开他的手。“对不起。”

第十五章

—— 提案的提，就是提心吊胆的提 ——

任谁都看得出来，Lee 的心情很不好。

刚一进门就一脸凝重的样子，座位附近的空气更是集结了巨大的怨忿，让靠近的人纷纷煞到心惊胆战。

与此不同的是，BOSS 亲自介绍来的销售部新任命的经理 Alex，倒是一张喜笑颜开的清秀娃娃脸，和 Lee 的臭脸形成鲜明对比。

"当然是嫉妒啦！你看新来的销售经理和 BOSS 那么亲密的样子。"

"男生女相，说起来 BOSS 的口味还真是不错。"

谣言的结论总是令人哭笑不得。

Lee 捏了捏太阳穴，收到了 Titan 的邮件，被通知说今天早晨 10 点左右，上星期 brief 下去的某家公司，已经率先做出了 proposal，等一下就会过来提案。他另外附上了花了一个周末的时间总结的调查报告和数据，让 Lee 难看的脸色稍稍缓和了一些。

"顺便问一下，是哪家公司来提案？"他电话给 Titan。

"JWT。"智威汤逊，好，如果他没有记错的话就是莫臻所在的公司。

收拾好一些必要的文件准备去会议室，却无意中与程西的目光相撞。他总是改不了一走出办公室便要顺便去看一眼程西的座位的习惯。

“早。”礼貌性地打了个招呼。

程西欲言又止，只是点了点头，转过视线去专注屏幕。

莫臻和同行的几个人明显睡眠不足的样子，纷纷挂着憔悴的黑眼圈，想必这个案子他们耗费了心力，且一副势在必得的样子。一见 Lee 的出现，莫臻的表情有些奇怪。等待 Lee 递上名片，他这才有些尴尬地回过去一张名片，然后心虚地坐下。

似乎当着这个案子的总负责人追问预算的事情，他还是第一人。

“空调打得不够吗？莫先生好像很热的样子？”Lee 微微笑道。人前人后，他还是会学着尚学长的样子，斯文有礼，并且越是讨厌的那个人，他越是礼貌有加。唯有礼貌才足以划清楚两人的距离，唯有礼貌才足以冠冕堂皇地将人逼入退缩的境地。

“够，很够。”莫臻只觉得此刻凉意从心而起。

JWT 的客户总监显然不太了解两个人之间的过节儿，微微寒暄几句便进入正题。

“这一次 SOFY 卫生棉给过来的 brief 是希望在了解市场上所有竞品的情况下，找出一块属于自己的消费群体，并对这些消费者有针对性地进行情感和功能上的传播，以达到增加销售的目的。”

Lee 点了点头，的确是这样没有错。

然后投影仪上的 PPT 立刻转换到下一页。只听那个客户总监继续就策略层面进行阐述。从 SOFY 的竞品资料以及 SOFY 现有消费者数据分析，得出一个结论——越来越多的女性日用品都看准了时尚白领这个区域，卫生棉的产品也纷纷推陈出新，包罗万象，几乎女性能想到的所有需要，任何一个品牌都有相关的产品去满足

她们。所以，在功能上宣传产品，无异于落叶置水，虽然一时间可以漂浮在水面之上，但是说到底还是会被水面淹没。

因此，JWT 的提案，便是建议以情感诉求为主，功能诉求为辅。说白了，便是用一种情感上的理念来打动消费者，而不是单单只宣传 SOFY 的卫生棉有多么好用。

不得不承认，虽然有那个讨厌的莫臻在场，Lee 还是被那个客户部总监的一通策略分析引到频频点头。

“引申出我们的 core－idea 便是‘舒适你的心扉’，其中舒适和心扉合起来就是 SOFY 的谐音，并且也将情感诉求点 UP 到内心的高度，让消费者知晓这个产品是真正且全方位地为她们的舒适感着想的。基于这个概念，于是我们推出了以下的创意……”客户总监的话题完毕，伸手将话语权转给创意总监莫臻，示意由他来阐述下面的创意部分。

“好的谢谢。”莫臻擦了擦汗，稳住情绪，尽量不去注意 Lee 冷冰冰的眼神，而专注地看着大屏幕上的投影。尽管参与过无数次提案会议，他的声音还是不由自主地有些紧张和颤抖。

“我们的创意从 OFFLINE 和 ONLINE 两个方面都有涉及。OFFLINE 方面，TVC 和平面我们都有做出几套 DEMO……”屏幕的画面一转，出现的是一张颇具创意的平面广告图。

在一片碧绿可爱的青提中，加入了一些青色的葡萄干。而那些葡萄干组成的便是一个护翼卫生巾的形状。目的是为了突出说，SOFY 卫生巾有多么地好吸收，以至于把青提都变成葡萄干了。

另外一套的创意也和这个类似。在一片春光中，地面上有一滩融化的雪水，唯独有一小片未破坏的雪，也仍然是护翼卫生巾的形状。

众人都轻笑出声，分明是感受到了这套平面广告的创意和幽默。

单单 Lee 蹙眉说："奇怪，刚才明明在策略方面有说到是需要从情感诉求上来打动消费者，为什么出现的设计却是从产品的功能上来表现的呢?"

"虽然是这样没有错，但是只谈论情感诉求也是不行的。刚才我说的是情感诉求为主，功能诉求为辅，这套平面广告其实是用幽默的成分来凸显出产品的功能，达到让人印象深刻的效果。如果需要修改的话，我们可以再讨论。"客户总监连忙上来帮腔。

Lee 的微笑显然有些牵强。

莫臻有些口干舌燥，继续解释在 ONLINE 上的互动创意，"我们想设计一个 mini 网站，用 flash 的形式来展现一个 SOFY 收纳盒的概念。因为 SOFY 的品种太多了，初识品牌的消费者也许弄不明白具体的功能点。这个收纳盒容纳了从立体护围系列，到弹力贴身系列，再到动感丝薄系列的各种不同的卫生巾，表示说每个人每个月都有不同的需求，比如夜晚和日间使用的就不一样，外出和呆在家里的也不一样，甚至是某些习惯也各有不同。通过这个收纳盒希望消费者能够更加充分了解 SOFY 的各种系列的功能，从不知道，到知道，从知道到试用，从试用到喜欢，从喜欢到养成购买习惯。"

Lee 敲了敲桌子。"还是产品功能? 为什么客户部和创意部都没有达成共识就来提案了呢?"他起身站了起来，"其实时间还早，你们不用那么赶拿出方案的，等你们统一了意见再跟 Titan 约时间吧。"

"……"对方的客户总监几乎冷下脸来，又不能发作，只好瞪了莫臻一眼，不知该如何挽回错局。他觉得自己明明讲得没有问题，都怪创意部的阐述完全偏离了他原本的方向!

“李先生，如果你是因为那天的事情而故意刁难……我有权要求向尚先生直接提案。”莫臻不知道为什么突然说出这样的话。

“好啊。”Lee头也不回。连他这边也过不去的话，更别说那个挑剔致死的尚易辰了。他丝毫不担心这个提案会再度被原封不动打回去的结果会有所改变。

莫臻握紧双手，一副不甘心的样子。

“咦，大哥？你怎么在这里？”Alex被尚易辰领着在全公司转了一圈，走到门口的时候，却正好见到莫臻和同事臭着一张脸走出来。而那声招呼，明显是对莫臻打的。

“小松，你怎么在这里？”如果没有记错的话，他的亲弟弟应该在国外呆到老死吧？自从父亲母亲知道莫贤松的性取向之后，就与他断绝了往来，却没有想到会在这家公司遇见他。

Alex当然是不记仇的，兄弟好多年没有见，不免喜形于色："我来这边工作啊，你呢？"

“来提案。”莫臻下意识地摸了摸鼻子。他每每有什么不顺心的事情，总是喜欢低下头摸一下鼻子。

Alex是他的亲弟弟，自然知道他的这个习惯，揽过哥哥的肩膀，“不顺利？”

“嗯。要不要一起吃个晚饭？”

“好啊。”Alex笑得毫无心计。

Lee在办公室看着一同走出门的莫氏兄弟一眼，无语地望天。他对姓莫的果然是没有爱啊没有啊！

此刻Lee的门被敲了几下，进门的正是尚学长。按照常理来说，尚学长没有义务来关心他的感情生活，不过此刻他的话题非常具有私人化的倾向，“你有没有发现程西今天的脸都阴霾得要死？你得罪她了？”

Lee的垂下眼睑，浓密的睫毛和英挺的眉形形成了一个纠结的角度。他想起程西的那一句莫名其妙的“对不起”，应该是象征性地被发了好人卡吧。

尚学长拍了拍他的肩膀，一副“我了解”的神情说：“那也用不着在会议上刻意针对她的前男友。人家有跟我投诉说你的态度很凶。”

“投诉我？”他又没有学某婴儿用品的甲方那样骚扰乙方的女员工，乙方有什么资格投诉他？哼哼，Lee皱了皱眉。

“如果你不喜欢，大可不必叫他们公司来提案。”尚易辰瞬间转换了一张公事公办的脸：“我请你来是希望能帮我树立品牌的，不是来处理私人恩怨的。私下里我不管你们互殴也好，看对方不爽到死也好，希望工作上，乖乖地给我带笑脸。”

Lee露出八颗牙的标准笑容，僵硬地说：“这样可以了吗？”不爽，他心里严重不爽！拜托，又不是他想来这家公司做这种劳心劳力还吃力不讨好的工作的！若不是尚学长一纸协议将程西的资料卖给他，他才不会来这种鬼地方受气！

尚易辰随手摸出一枚保险套，在他脸上拍了一拍，“乖，这个赏你了。”说完塞入他西装的口袋中。

Lee被这个熟悉的动作勾起了回忆。果然，程西不愧是尚易辰的员工，连用保险套拍人脸的姿势，都学得出神入化。好！即使被发了好人卡，他和程西还是有赌约在先的，得不到她的心，得到她的人也可以！

Lee握了握拳头，怒火中烧地瞪着电脑桌面的四个大字。

他的电脑桌面，用淡黄色的文件夹图标密密麻麻累加而成了“销售翻倍”四个大字。还曾经被尚易辰嘲笑说“要是你不坐在办公桌前，光看你的电脑还以为到了销售部”。

不就是销售翻倍嘛！他拼死也要做给她看！

第十六章

冰释前嫌

“小西，你同事好久没有来家里吃饭了。”程妈妈放下手中的毛衣棒针，看着脚伤已经养好的程南正在活蹦跳乱地和程北搬东西，而程西难得的是周末也不出门去，只是待在家里看书，要么就去公寓附近的健身房出一身汗回来洗澡。那个长得很英俊的Lee和那位长得很秀气挺拔的尚先生，都不曾再来过，平时在电梯里也难得遇见。

“说的也是。”程南开心地指挥着弟弟把刚刚从出版社寄来的箱子搬到自己的房间去。她前段时间扭伤了脚，只好专心致志在家码字，终于按时交稿啦！编辑为了奖励她，特意寄过来一大堆同类的BL小说给她看，以犒劳她的守时。“小西要不要来我房间看书，估计我的责编又搜刮到了新的小说给我哦!”她眨眨眼。

说起来心里面还有想到另外一个人。那种洞若一切的眼神始终都是淡淡的，连笑容也像一抹云那样轻。在古代小说里，若是有这样的人，一定会有这样的形容——“当是时，月白风清，良辰好景，却敌不过他唇瓣的一朵笑云。他不是心头的朱砂痣，也不是天上的明月光，倒依稀是一支刚刚燃尽的销魂香，香气未尽，鼻翼间嗅到似有若无的惑。”

“大姐能走动了，难道不要去和楼上的那个帅哥约会吗?”程北

一句重创，逼得程西抬起头。

“什么帅哥！不要乱讲！”程南分明脸都有点红。

“凭良心说，我觉得他比那个Lee要帅也！我在夸奖大姐的眼力好！于是，可以分给我几本看吗?”程北总算觉察出来这个沉重到死的纸箱子里应该全是BL小说。

程西本来就很留意在听他们二人的对话，不由得心中格登一下。

只见程南的脸被羞得通红，很用力打了程北的头，“鬼扯什么，给我搬到房间去!”

“小南……”程西咬了咬嘴唇，似乎觉得最近堵到极致的胸腔中突然迎面而来一阵清风。她弄错了对不对?程南喜欢的是BOSS?

“嗯?”程南抬起头，看向不太对劲的妹妹。的确啦，她偷偷将失败的爱心藏在心里，毕竟对妹妹说自己喜欢上一个小GAY是件非常丢人的事情。咳咳。

“你喜欢的不是Lee?是不是?”

“神经病!”程南瞪她，“你觉得我可能对一个站在我面前却对我妹妹流口水的白痴感兴趣吗?”

谢天谢地!

原来是虚惊一场！程西松了一口气，兴奋地转过身就冲外面走。

“莫名其妙。”程南看着妹妹出门，奇怪地蹙起眉头，跟着程北进门了。此刻她完全没有功夫关心妹妹的不对劲，赶快把箱子里的东西拿出来检阅一番才是正经。她期待了很久的小菜和小谢的书，希望可以有送过来!

程西出门按下电梯，要从1楼到达28层的电梯运行缓慢。

数字一点一点渐变，仿佛笼罩在程西心中的阴霾也一点一点被吹散。这些天 Lee 早出晚归，几乎每天耗在 SOFY 的案子上。去茶水间倒咖啡的时候偶尔可以看到他日益憔悴的脸。

她放弃了等待，只不过一层楼的距离，拉开安全通道门，她径直走了上去。鞋子和楼梯发出清脆的响声，宛如踏在那些简简单单的误会之上，将它们的踏成尘土，变作灰尘。

2901 的门牌近在咫尺，她伸手触碰了一下门铃，等一下 Lee 出来，该怎么说呢？

向他道歉？

那一声“对不起”已经伤害了他的心。

程西记得自己放开 Lee 的手说那声抱歉的时候，Lee 的脸从欣喜的状态渐渐变得僵硬起来，而后他垂下眼睛，又抬起头展露了一个笑容，耸耸肩装作不在乎的样子。

她明明知道那句“我喜欢你”是发自肺腑的。

程西悔恨地站在门口跺了跺脚。

门在瞬间被打开了，Alex 一脸惺忪地朝外面打呵欠，“你找谁？”虽说尚学长也在隔壁睡大觉，但是身为小弟，主动开门的觉悟还是有的。

“呃……”这个不是那个新来的销售部经理吗？如果她没有记错的话，似乎那天在楼下和 Lee 纠缠不清引起风波的也是他。“Lee 在家吗？”她向里探视。

Alex 一个激灵顿时清醒过来。情敌在前，焉有不警醒的道理。“他不在！你找他做什么？”

程西看向这个娃娃脸的秀气男生，不得不说他的长相可以称得上是漂亮，尤其是一双黑白分明的大眼睛，仿佛洋娃娃一般。“自然是私事。”秀眉一挑，语气中也如同对方一般带着敌意。

“Lee同学昨天一晚上都没有回来。”Alex陈述详情。实际上Lee在公司加班到通宵，到现在也没有回来。而且这种事情已经持续了一连好几天了。从尚学长那边打探来的消息是，Lee和程西似乎订立了一个赌约。如果销售额能通过公关部的宣传策略达到下月翻倍，那么程西和Lee似乎有什么更进一步的发展。

拜托，现在他才是销售部的经理，怎么可能让这种事情发生嘛！

“没有回来？”程西想到那个PUB的经历，周末的晚上逛夜店逛到不回家也是正常的啊。Lee被她正式拒绝了也有两星期了，男性总有些必要的生理需求要解决吧？

可恶！

她转身就走。

“喂！听说你和Lee有订立一个赌约是不是？”Alex咧嘴一笑，模样像个天真无邪的孩子一般。

程西停下脚步，“是又怎么样？”

“既然是打赌，不妨也让我加入。”Alex的笑得毫无伤害的样子。“我赌Lee没有办法让SOFY的销售翻一倍。如果我赢了，你把Lee让给我。”

“没有人要跟你打赌。”程西看着他一张自信满满的面孔，不由得充满危机感。“Lee的心里喜欢谁，自然会有他的选择。”

Alex看着程西从容地走下楼去，露出一个必胜的笑意。

冷冰冰的声音从他的身后传了过来。“Alex。”是尚学长低沉并带着警告的腔调。“你知道前任销售部经理是怎么被fire[①]掉的吗？”

---

① fire，解雇。

“不知道啊，学长真讨厌，都没有对人家说。”Alex 右肩一抬，顺势点过去一个兰花指。

尚易辰微微一笑。“因为他没有令 SOFY 的销售翻一倍。”

Alex 依旧很开心，啦啦啦地扭动着腰肢跳跃着走进浴室。“我自然有把握让 Lee 赢不了，也让你不会 fire 掉我。”

尚易辰低头呡了一口酒，挑眉道：“愿闻其详。”

Alex 回过头，一手叉腰，一手做了个嘘声的动作，“秘密。”他将浴室的门关上一半，没过多久又打开：“不过，我有个条件。”

“说来听听？”听起来还蛮有趣的样子，很好，他就喜欢这样自信的员工。

“想办法让 Lee 接受 JWT 的方案。”Alex 眨了眨眼睛。

尚易辰看了他一眼，“这种事我从不干预。有本事爱情事业两手抓。顺便说，我对你的裸体没有性趣，以后记得在浴室里和我说话的时候，门关上就好。”

“啊……学长，你不知道吗，其实我喜欢你很久了！”Alex 夸张地作捧心状。

“可是我觉得你看 Lee 的时候比较像个白痴，看我的时候精明得像只狐狸。不是说恋爱中的人智商最低吗？”尚学长难得说很长串的话。

Alex 貌似已经放弃回应了，浴室中只听见哗哗的水声。

过了不久，他穿着浴袍出来，继续和尚易辰纠缠：“话说尚学长，你有惹到过什么人吗？”他从包包里翻了一本书，丢了过去。“为什么新出版的同志小说里，会用你的名字做男主角？还是 0 号哦！”

尚易辰眯起眼睛，凌空接过那本封面看起来像是两个男人赤裸交叠的图案，标题十分直白，叫做《吃干抹净不留渣》。随手翻了

几页，便看见里面有一行文字这样写道："尚易辰低低呻吟：'啊啊啊……我受不了了，快点进来……求你……'气氛因为这急促的喘息而变得暧昧不已，淫靡的因子散布在房间的各个角落，连呼吸都变得沉重起来。"

尚易辰合上书本，瞅了一眼书脊上的作者，署名钱夫人。很巧，玩大富翁的时候，他也很喜欢用钱夫人这个名字。

要认命地相信这只是一个巧合，自己的名字太大众化了，还是去查一查这个作者究竟是不是自己认识的熟人呢？

"学长是不是觉得只是巧合而已？"Alex 抓过书本，翻到其中一页，大声念起了书中关于"尚易辰"的外貌描述。

"俊逸的外表似乎来自精灵界，有一种和世间格格不入的隐秘气质。很少笑，看人的时候仿佛漫不经心，却又宛如对一切洞若明悉。难得见到他微扬的嘴角，几乎像是在月光下邀约一个 true love kiss。"

"我觉得很像学长哎……"Alex 别有用意地看了他一眼。

尚易辰一声不吭地去了 Lee 的房间，半天翻出了一张游戏光盘，然后拉开门下楼。

"学长你去哪里？"Alex 叫住他。

"去约人打电动。"

Alex 向他挥手道别，说起来，他下午也有事的样子。哎，人有魅力就是没有办法，除了被尚学长耳提面命担任现任公司的销售部经理之外，还有一家健身中心得知他回国，特意打电话邀约，一定要高薪聘请 Alex 到他们那里去做肚皮舞老师。

所以……Alex 对着镜子摆了一个兰花指的手势，亏他这把老骨头还能扭得动。看在人家诚心诚意的份上，还是去看看比较好。

第十七章

健身中心

程西摘下手中的拳套，很用力地吐了口气。刚才打沙袋的时候实在太过用力了，连出拳的时候都听得见虎虎的风声。

每次心情糟糕的时候，她总爱来这家健身中心练拳击。

相对来说，也很少有女性会挑选这样一种健身项目。最奇特的是，当程西第一次来学拳的时候还被男教练客套地问：“是不是走错了地方？瑜伽在隔壁。”毕竟，像程西这样身材正点又妩媚到爆的女孩子，不是练肚皮舞就应该去练瑜伽啊，要不然有品位一点的，就去学恰恰和弗拉明戈都可以，干吗跑来到全部都是男人汗臭味的健身室来学拳击。

恶狠狠地冲着沙袋打过去，不知是生自己的气还是生 Lee 的气，亦或是楼上那个看起来不男不女的新任销售部经理的气。

最郁闷的是，明明知道他住的是自己家的房子，还不能把他赶出去！

那个红色的沙袋一时间幻化成 Alex 的脸，程西恶狠狠地揍了过去，一拳又一拳。

那种突如其来的爆发力和精准度，几乎是男人也不可企及。

说起来，并没有人知晓，程西除了看书以外的另外的爱好，便是拳击吧？

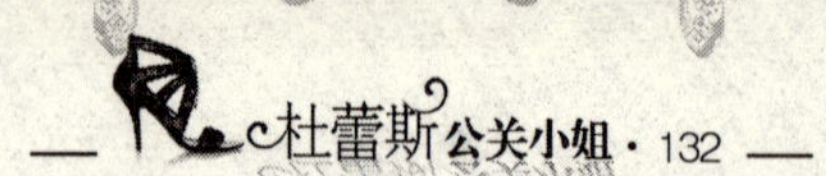

还来不及将手上的绷带一点一点解开，便听见隔壁教室的女孩子纷纷又笑又闹，尖叫不已。她好奇地站过去看了一眼，玻璃门外，可以觑见隔壁的教室正在上肚皮舞的课。

老师似乎是个男人，带着白色的深茶色眼镜，穿一件 V 领的紧身白色 T 恤，下边是一条玫红色的小腰链，隐约可以看见腹部的几块肌肉。

他的脸正好被一个女生挡住，程西只能听见他的说话声。

“上肚皮舞的初级班呢，就是修炼了 500 年的妖怪，有时候只能挣扎着变成人形 2 个小时，然后就会原形毕露了。（程西想他大概说的就是这些女孩子跳着跳着就会群魔乱舞的动作）中级班是修炼了 1000 年的妖怪，可以变成人形 4 个小时，只有喝雄黄酒才会原形毕露。（程西觉得这个声音很耳熟，不过听上去还蛮有趣的，居然扯到《白蛇传》上了。）那高级班就更厉害了，修炼的都已经是人了。不过呢，像老师我这样的，是什么你们知道吗？”

有个女孩子笑着说：“老师是神仙。”

“No，No，No!”那个教练摇晃着十指，得意扬扬的语气从里面传了出来，“同学们太高估我了，我这样的，就是人妖啦!”

程西原本沮丧的心情忍不住好了起来，蹙起的眉头也因此而微微展开。

这个老师倒是蛮有趣的嘛！她好奇心起，在门外看了半天，可惜那个老师总是背对着他，看不分明。倒是扭 8 字和甩跨的动作，做得十分专业。

“咦，为什么你们的手像鸡爪子一样！一点都不美!”男教练似乎很不满意初级女学生的手势，摆了个丁字步，双手呈兰花指状轻轻地横放在身体两侧。“大家有没有看过在欧洲的宫廷，公主仪态高雅地伸出手叫王子来吻。如果你们的手这样伸出去，会有王子吻

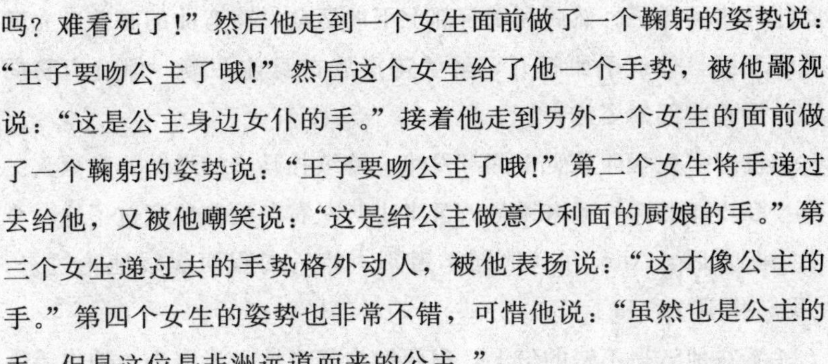

吗？难看死了！”然后他走到一个女生面前做了一个鞠躬的姿势说：“王子要吻公主了哦！”然后这个女生给了他一个手势，被他鄙视说：“这是公主身边女仆的手。”接着他走到另外一个女生的面前做了一个鞠躬的姿势说：“王子要吻公主了哦！”第二个女生将手递过去给他，又被他嘲笑说：“这是给公主做意大利面的厨娘的手。”第三个女生递过去的手势格外动人，被他表扬说：“这才像公主的手。”第四个女生的姿势也非常不错，可惜他说：“虽然也是公主的手，但是这位是非洲远道而来的公主。”

引起哄堂大笑。

程西也在玻璃门外笑到心情大好。

谁知那位男教师推门出来，向她鞠躬说：“王子要吻这位站在一旁看了很久的灰姑娘了哦！”然后伸出自己的手。

程西低头一看，简直不敢相信自己的眼睛。“Alex?”

Alex 抬头看向她，然后又看着她缠了绷带的手，挖苦道：“唔，这位是埃及金字塔里法老的手。”

程西有些哭笑不得，她并不知晓 Alex 居然会跳肚皮舞。就一个旁观者来说，他教课的风格幽默又风趣，姿势也十分到位，尤其是大大的眼睛在此刻变得格外妩媚动人，与女人无二致。

“要不要来上我的肚皮舞，刚刚开始不到半小时。”Alex 笑吟吟的，仿佛不记得上午两个人还针锋相对的赌约。

听上去似乎很有趣的样子。程西迟疑了一小会儿，终于点了点头，走了进去。

节奏鲜明的印度舞曲在刹那间响起，Alex 解下身上玫红色的腰链扔给程西，自己去包里翻出一条备用的宝蓝色的系在身上，然后风情万种地朝着大镜子里面的程西笑了一下，别有深意。

肚皮舞的基础其实很简单，不过就是双脚略略分开，膝盖弯曲成扎马步的样子。然后利用胯部上下的运动，将弯曲的膝盖直立就可以了。另外双手要打开，呈兰花指放在身体两侧，保持肩膀向后，挺直胸部的姿势。

没过多久程西就觉得浑身发热，持续扎马步的运动非常累人。

肚皮舞的课一般来说是一个半小时左右。愉快地度过了这一个半小时之后，Alex 和其他同学道别，然后向程西缓缓地走过来，“我们算不算讲和了?”

看在他教得不错的份上，程西勉为其难地点了点头，伸出手去和他握手言和。

“那，要不要跟我定那个赌约呢?”Alex 笑得很奸诈。

“你对 Lee 是认真的?”程西抱胸看他。

“你以为? 我可是从哈佛追到这里耶!”Alex 马上变了张很可怜的脸，“人家痴心一片，Lee 却移情别恋，叫人家情何以堪嘛!”说完扭动腰肢跺了跺脚。

“可是他看起来好像比较喜欢女人。”程西转动眼珠，“不然我介绍男朋友给你?”

“哦? 有 Lee 帅吗?”Alex 楚楚可怜的脸蛋立刻变得期许不已。

程西似乎渐渐习惯了他嬗变的表情，故意露出一个神秘的微笑，心中却对弟弟程北道歉了一万遍。逼不得已，弟弟就是用来出卖的!“适当换换胃口也不错，何必要在一棵树上吊死。”

“好啊好啊，你等下我。我们可以一边回家，一边在路上讨论。”Alex 非常积极。

“抱歉我还有事。”她突然很想去公司看看 Lee，是不是还在加班。

Alex 耸耸肩，做了一个“请便”的手势。

从楼下望过去，只有公关部还灯火通明。程西从健身房冲完凉径直去了公司。据说 Lee 在比较了各家 agency① 的提案之后，都不是特别满意，于是打回去叫那些公司重新提。在此期间，他也和手下的同事做了无数调查和准备工作。

当程西推开公关部大门走进去的时候，远远就能见到 SOFY 组的同事一脸阴沉地仍然坚守岗位。似乎对这个新来的上司魔鬼般的炼狱式工作十分不满。已经连续两个星期了，每天都是这样，大家脸上分明都写着"我要休息！我要睡眠！我要周末！"的呼声。

一见到程西到来，小男生 Titan 难免有些幻想。那一天他在程西的楼下手忙脚乱的时候，程西还微笑着帮忙咧。如果他没有记错的话，今天好像是礼拜六，她怎么会出现在公司里？

"Cindy?" Titan 原本晦暗的面色增添了一抹羞涩的红晕，小心翼翼地叫了一声她的名字，成功地看见她的视线对转到这里来。

他曾经看过一个报道说，起码有 90％的成年男性对办公室女性有过好感和追求的念头。

"嗨，请问 Lee 在不在？"程西走过来，朝他友好地一笑。

Titan 的心却被这句问话爆到心碎，"在……那边。"哦哦哦，弄了半天他自作多情在这里害羞，人家却是来找 Lee 的……呜呜呜，长得帅连女人都有倒追……

她顺着 Titan 所指的方向，Lee 并没有在自己的办公室，而是缩在公关部接待客户用的会议室里，把两张椅子并在一起，瑟缩着双脚躺在上面睡觉。他的身上盖着自己的西装上衣，即使是闭着眼，眉头也皱得紧紧的。

地毯上传来的些微脚步声却将他惊醒。

Lee 坐起身抬头看向来人，几乎以为自己是因为太过疲惫而看

---

① agency，代办处，经销处，代理机构。

见的幻象。

原来在脑子里想到一个人，居然在梦境里也能看见，而且如此逼真。逼真到 Lee 忍不住眯起了眼睛。

外面浓烈的太阳隐隐约约地从拉起的窗帘缝中透过来。

幻象中的这个程西，笑意吟吟的，妩媚的眼睛自然流露出一股怜惜的味道。即使是普通的运动装，她也能穿得冶艳性感，她是因为知道他加班辛苦才特意来探望的么？

“咳……” Lee 干咳了一声，几乎想凭借着最后的自制力离开这个幻想的画面，谁知道那个程西居然又向前了一步，伸出手抚摸上他的脸。

有温度！

程西美丽的面孔在一瞬间突然放大，越来越近，近到他能看清楚她卷翘的睫毛微微闭起，双唇轻轻吻住了他的嘴唇。

Lee 睁大了眼睛，马上意识到这不是幻境，而是真实的情况。因为程西的唇温柔而又有弹性，如蜜的触觉让他情不自禁地将舌尖滑入，与她亲密纠缠。

“你几天没刷牙了！”

程西很不客气地结束了这个吻，站起了身。

“拜托，是你先偷袭我的！” Lee 正吻得过瘾，谁知道她的急身而退让自己意犹未尽。而那个偷香者居然半点感激之情都没有，还在责备他有口气问题。

他每天都用李斯德林的漱口水好不好！

话说回来，她来做什么？他不是已经被程西发了好人卡吗？

程西从随身的包里掏出一大堆东西。

帮他买的牙刷、牙杯和牙膏、毛巾，还有换洗的内裤、袜子，甚至还有他的尺码的衬衫和一条有着草间弥生风格的圆点领带。

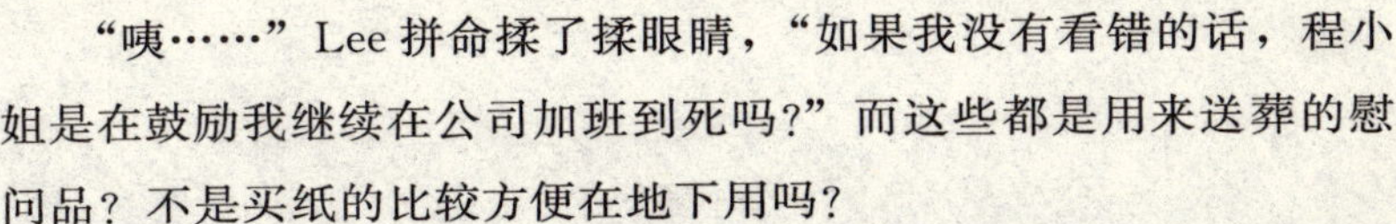

“咦……”Lee 拼命揉了揉眼睛，“如果我没有看错的话，程小姐是在鼓励我继续在公司加班到死吗?”而这些都是用来送葬的慰问品？不是买纸的比较方便在地下用吗?

“……”程西被他的一番抢白问到不知说什么好，扭头就走。她向来是确定了无法和对方沟通便采取不沟通策略的女生，有时候不说话往往比再说一句话而引来的争吵好得多。

Lee 拉住她的手，“给我一个解释或者收回你遗失在我这里的卡片。”

不得不说，Lee 每每认真起来的样子，会比他嬉皮笑脸的样子要让人心动一千倍。

此刻程西看向他的角度十分苛刻，这也不妨碍她能够将他深沉的目光尽收眼底。

那目光中充满了犹疑、彷徨、伤感以及憔悴。可是这些仍然掩盖不了他双眸中的希望之光。

似乎只要一句话，一个眼神，他们之间的微妙尴尬，就可以化解到烟消云散。

说不定下一刻就是一顿美妙的烛光晚餐在翘首等待他们的光临。

Titan 在一瞬间打开会议室的门。只听他结结巴巴的声音在这个关键的时候响了起来：“Lee，尚先生打来电话找你。”

第十八章

奸情浮出水面

程西又一次松开由他握住的手。

Lee 看了她了一眼，推开门去接电话。

他在进会议室小睡之前把手机落在座位上，此刻 Titan 好心地将他的手机拿了过来。

“什么事?” Lee 同学第一次如此暴躁地对尚学长说话。

“虽然我很感激你无条件加班，不过人也不要这样拼命。有时候还有比工作更重要的事情……”

Lee 很不客气地打断他：“我刚才就在做比工作更重要的事情。”都怪这个电话。

“唔，限你 6 点前到家，有人要 85℃ 的芒果奶霜，对了，还有一杯草莓百汇。”尚学长听起来很忙的样子，不知道在做什么。

Lee 看了一眼手表，现在已经 5 点 30 分。

“回去吧，跟大家说句抱歉，不过明天也不用来了。手头的任何工作，留到礼拜一再来。”他转身对 Titan 说，“好好休息，下星期我请饭。有什么事情打我电话。”

程西站在他身侧看他收拾东西，并没有要离开的意思。

“你要回去吗？我可以和你一道走。” Lee 转身问她。他的西装上衣搭在臂弯，扯开的领口看起来格外放荡不羁。

“你不是还有问题要问我吗？”她有些忐忑不安，不知如何解释这场乌龙事件，难道对他说，因为误会自己的姐姐喜欢他，所以发扬牺牲精神自动退出？掩面，这种事情不是只有琼瑶的女主角才做得出来吗？她是会怪力乱神神拳无敌的程西好不好，做这种事情实在太丢人了！

如果前面有一面墙壁，估计现在都被程西抓出爪痕来了。

Lee 看了那个装满日用品的包。不管怎么说，程西拿过来也是好心。他方才的赌气和调侃，不过是在私心报被发卡的一箭之仇。笑话，以他李卓的名号，在哈佛什么时候收过好人卡这种东西！

“没有了。为了感谢你千里送牙膏，我请你喝东西。”Lee 伸出手臂。尚学长有命，要去 85°C 买甜品。要命，他什么时候喜欢吃甜品的？

程西很习惯地挽了上去，“去哪里喝？”

Lee 报了那个被指定的名字，据说一瞬间攻占了 S 市，打败了星巴克，成为白领中的挚爱，连爱凑热闹的欧巴桑都免不了一大早排队去买他们家的烘焙食品和饮料。

“啊……小南很喜欢那家店，据说东西又便宜又好吃。我还没有试过。”

“小南？”Lee 皱了皱眉头，就是那个虽然是程西的姐姐，但是看起来却像她妹妹的女孩子？

“我姐姐，你有见过的。她很喜欢吃这家的芒果奶霜和草莓百汇。哦对了，还有布丁奶茶和不加冰块的蓝莓鲜果茶。”

Lee 发誓刚才也听见了类似的东西。潜意识里他并没有意识到有什么不对，直到他和程西一人拎了一堆甜品和饮料爬上楼，站在电梯外面就可以听见房间里传来的巨大笑声和交谈声，他才和程西对看了一眼，“尚学长和你姐姐，真的有问题。”

尚易辰很有礼貌地敲了敲门，过来开门的是程妈妈。此刻程南和程北正在房间里吵吵嚷嚷争执不休，远远的就能听见程南大声怒吼的声音，“给我放手，这本书我还没有看过，等我检阅完再说！”然后是程北的哀求：“拜托，人家没有功劳也有苦劳，我书荒很久了，正想看这一本！”

果然程家爱看书的传统真是叫人敬佩啊！

“程妈妈你好，我找程南。”他晃了一下手中的光碟，露出任何一个妈妈看见都会放心的笑容。

咦？最近小南情形渐长嘛……程妈妈笑眯眯地将尚易辰请进来，然后去程南的房间叫女儿，“小南，上次到家里吃饭的那位尚先生似乎有事情来找你。”

抢夺的行动似乎立即停止下来。程北从房间里探头出来，看见尚易辰就冲他点了点头，不由得心跳加速，面孔潮红。哦哦哦，帅哥不管做什么表情都是那么正点！

程南还来不及将盒子里面的书收拾好，便见到尚易辰走了进来，“有没有空？”似乎与她十分熟络的样子，“突然很想玩大富翁，所以想问问你要不要上楼来跟我一起玩？”

“啊……好啊。”程南有些被突如其来的邀约砸到话语紊乱，一时间摸了摸头发和脸，在看见镜子里面的自己暂时没有问题之后，才将盒子盖了起来，塞到程北手中，低声叮嘱：“我回来之前，随便你看什么。等我回来要看见箱子里一本书都不能少地放在这里。”

“玩得开心！”程北笑呵呵地接过盒子。虽然他承认看见这个大帅哥会有些怦然心动的感觉，但是怎么说还是BL里面的内容比较吸引他啊。最好是帅哥可以一直缠住大姐不放，这样他可以搜罗一堆原版书看个饱。

“你喜欢什么角色？”走回29楼的公寓，尚易辰打开电脑询问身后看起来面色有些红的程南。

“钱夫人好不好?”

“嗯，她每次的开场白都很有必胜的气势。”尚易辰一边替她选了穿着紫红色衣服的钱夫人，自己挑了孙小美。

果然一开始钱夫人那声“老娘今天赢定了”十分豪迈动人。

程南原本害羞的脸孔因为兴奋而涨得通红，钱夫人每每得胜之后，身旁都会跟着一大票男人匍匐在她的石榴裙下，啊啊啊，这简直是程南心中的梦想嘛!

很快，买地建设，玩小游戏取得点数，买卡片，买道具，埋地雷，设路障，各种各样的招数都开始用了起来，两个人玩的大富翁其实很容易失败，万一运气不好被狗咬或者住院或者被警察抓进监狱，其他一方就会很有利。一开始，钱夫人运气很好，整个地图都闪耀着钻石的珠光。而孙小美的红鞋子则很凄惨地被挤到一边。

“除了玩游戏，平时还有什么消遣?”尚易辰的主旨当然不会在玩游戏上，成功在卡片店购入红卡和黑卡，他转眼操纵股市大赚一票，财产一下飙升很高。“好的开始是成功的一半”这句话从孙小美的嘴里说出来果然很萌。

程南很专注游戏，口中却乖乖被套话，“就是和妈妈去买菜逛街吃东西什么的。”

“刚才看见你的房间里很多书……”

“那个，我比较喜欢看书而已。”程南看了他一眼，慌忙转移话题，笑话，当然不能让尚易辰知道自己是写耽美小说的，而且还把他的名字写了进去。

不料一分心，不小心踩到自己埋的地雷上，嘭的一声被炸到焦黑，住院 7 天!

“啊啊啊……”她忍不住抓起了头发。“你家有没有什么喝的?”

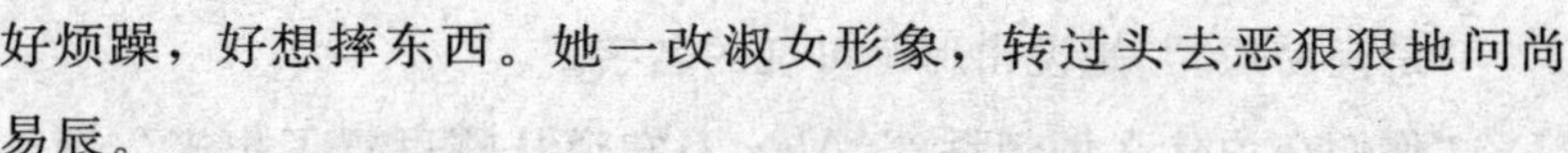

好烦躁，好想摔东西。她一改淑女形象，转过头去恶狠狠地问尚易辰。

“酒。”他指了那一排让她宿醉的东西。

“算了……我想要 85°C……芒果奶霜或者是草莓百汇都好啊……”她颓废地看着钱夫人在医院里面被关禁闭。然后尚易辰乘此机会攻城略地。

不过他仿佛很好心的样子，一边玩游戏一边给 Lee 打电话，“我叫他顺路买回来。”

“好啊，谢谢。”程南忍不住很开心。好在七个回合马上过去，她又精神百倍地投入战斗。

尚易辰看着她小女生一样气鼓鼓的面容，似乎很不耻自己趁人之危。

“本月新闻，钱夫人得到海外遗产 100 万！”程南忍不住拍了拍他的肩膀大笑出声。

此刻传来的门铃声将两个人的笑声打断。

“大概是 Lee 回来了。”看了看指针，6 点整。虽然说 Lee 有迟到的缺点，不过在他的严格监控下，似乎这一习惯已经有所改善。

Lee 和程西在门外等了不久，果然见到程南一脸红晕地过来开门，见到他们，还忸怩地拉了一下棕色格子长衬衣的下摆：“啊……我喜欢的甜品……”她看见 Lee 手中拿着的 85°C 的包装袋，忍不住去抢。

Lee 眼疾手快地躲过去，从她身侧走进门。

程西顺势扶住姐姐，同样是一脸怀疑，“小南……你上次说自己有喜欢的人了……”

“呃？要先回答问题才有东西吃？”伸出去的手还停留在半空中，程南俏脸一皱。

“是尚易辰？”她说出那个可疑的名字。

“你们在说什么悄悄话？”Alex 不知道从哪里冒了出来，看见程西手中拎着许多甜品和饮料，毫不客气地抢了一杯在手，“我听到了哦……你们在议论尚学长！”他好奇地打量着又不知道从哪里冒出来的漂亮女生，蹙起眉：“程西……你说话不算话！”

“哪里有？”程西莫名其妙。

“你明明说给人家介绍男朋友的！为什么会带一个女生过来！哼！”Alex 气势汹汹地指着程南，扭动着小肩膀就回房间生气去了。他一面忿忿然地喝着程西带过来的饮料，一面还喃喃咒骂：“靠，为什么那么甜！我好不容易一下午消耗的热量这下都回来了！”

程南被妹妹命中红心的猜测窘到一言不发。默默取了要喝的东西进门去，却见尚易辰倚靠在门边别有用意地看着自己。

“钱夫人。”他突然唤她。

“啊？”程南不知道为什么莫名其妙地答应了一句。

虽然她的笔名的确是“钱夫人”没有错，但是去聚会的时候大家最多叫她“钱钱”或者什么的，很少有人会这样连名带姓地喊。下意识还是觉得尚易辰在说大富翁的游戏。

尚易辰的手边不知什么时候出现了一本书。他修长的手指捻着书脊，食指正指上面的作者名，“如果我没有弄错的话，这应该不是巧合？”他的面孔离程南越来越近，一双深不见底的双眸洞若明悉地看着她，唇角之上还微微凝着一抹笑意。

Alex 转过头来，一口茶差点喷出来。早上他递过去给尚学长的同名小说，他这么快就找到嫌犯了？

“那是什么？”Lee 不明就里地走上前，被 Alex 死死拉住。

程西离他们最近，看了一眼那本书的封面，不由面色骤变。钱

夫人，她不会连自己姐姐的笔名也不知道。只是她并不清楚，为什么那本书会令自己的大老板露出那种可怕的笑容。

程南心虚地向后退，不小心撞到了妹妹身上。

大富翁里的钱夫人似乎再也无法发出“老娘今天赢定了”的豪言壮语，此刻她只想逃跑。要命，那本书尚易辰从哪里得来的！她自己都没有拿到样书！

尚易辰揪住了她的衣领，“我们需要好好谈一谈。”然后不由分说地拖她进了自己的房间，嘭的一下把门关上。程南根本连说“不”的时间都没有。

留下在场的三个人面面相觑。

Lee打破沉默，“我不明白……”他看了看似乎很有默契的Alex和程西。

Alex耸耸肩，喝了一大口奶茶含糊不清地解释说：“她惹到尚学长了。”其实就这么简单。

“那有什么关系?”Lee仿佛旁观者清，“他们本来就暧昧得要死。所以那天才会彻夜不归……”

“你说什么?”程西脸色一变，露出惊诧的表情。为什么她不知道？Lee的意思是，小南和尚易辰大BOSS，已经进展到那种程度了?

Alex伸手搂住他们两个人，“好了好了，我打赌我们再站在这里说话会立即被fire的。不如由我做东，我们去吃大餐好了。”

Lee怀疑地看了他一眼，这个人什么时候这么大方了?

第十九章

私人恩怨和公事公办

果不其然，去的地方看起来十分昂贵，是一个日式的私人会所。干净整洁的小包间内，早已有一个人等在那里。

Lee眯缝起眼睛，拉住了程西。如果他没有看错，对方是莫臻无疑了。

程西也是身体一僵。

“我大哥。”Alex笑着解释，“因为大嫂和程西有些误会，所以特意来请客赔罪。”

程西又是一脸想夺路而逃的表情，Lee及时拉住她，“有些事情总是要解决的，面对面讲清楚对大家都有好处。”

“我对那种人没什么好说的。”

“那你吃东西，选最贵的，不能便宜他！”Lee很坏心地建议。

程西被他的话逗得不由笑起来。

Alex挥了挥手，喊他们坐下来：“你们两个，能不能不要当着单身人士的面打情骂俏。”程西虽然可恶抢走了他心爱的Lee，但是相反看他们在一起还蛮赏心悦目的。好吧，看在她答应给自己介绍男朋友的份儿上，这口气他可以忍。

最关键是，解决大哥的一个小要求比较好。

静静出没的身着和服的侍者为他们端上点好的日式料理。

Alex语气轻松地对莫臻说："大哥，你不是有话要对程西说吗?"

"是。上次那件事情，实在很对不起!"莫臻的眼中尽是诚恳的神色，"我也不知道我太太去找过你。如果有给你带来困扰的地方十分抱歉。"

Lee紧紧地握住程西的手，冲她一笑："这个很好吃，要不要尝一尝?"

"太远了搛不到。"女人都是会撒娇的。

Lee干脆用自己的筷子喂她。

"果然很好吃。"

Alex看见他们含情脉脉的眼神，不由可怜起自己的哥哥来。在热恋的人面前，他这个前任似乎离这两个人的世界越来越远。他们俩压根就把莫臻当空气。Alex不由地咳嗽了一声："Lee，还有一件事，是我想拜托你的。"

"哦?"Lee塞了个鳗鱼手卷在嘴里。看情形，这件事一定不是私事。

"我大哥，有向你提过SOFY的案子。"Alex居然直接说了出来，面孔仍旧是笑意吟吟，"虽然我和公关部八竿子打不到一块，不过如果自己人同心协力，相信提升销量应该不是什么大问题。"说话间他拍了拍莫臻的肩膀，将他搂近了一点，表示他是"自己人"。

程西怀疑地盯着他。不知道是谁早上还想和她打赌，说一定不会让SOFY的销售提升的。Alex真是古怪又多变，不知道哪一句话是真的，哪一句话是假的。

"我不过是公事公办。如果莫先生能在下周一的提案里给我一个满意的创意，我自然会将SOFY的全案交给贵公司来做。"Lee

也微笑地端庄有礼，言下之意是，他满意与否还要再说。

程西抬起头，挑眉道："Alex，关于和我的赌约……"听上去和他对 Lee 的承诺是完全违背的。

Alex 狐狸一般地笑了笑，"我和你说的是叫他没有办法在销售上翻两倍，但是没有说不允许翻三倍或者四倍。"不过现在这个赌约，who care?

Lee 很紧张看了她一眼："什么赌约?"若不是知道 Alex 不喜欢女人，他早拽着程西走人了。

"没什么。"程西暗暗咬牙，幸好之前没有答应他，否则自己无论如何都是输家。

"Alex，销售部本来就是以广铺渠道提升销量为己任，不管你做到几倍，都是应该的。"Lee 等于是软性地回绝了他的提议，"不过我答应你，在同等条件下，我会优先考虑莫先生的提案。这样可以了吧?"

Alex 点了点头："我会记住你说的话。"他红润的嘴唇一直保持微笑，最后凝成一个嘟起的动作，飞给了正坐对面的 Lee。不要紧，他反正还有另外一个杀手锏，实在不行，做个小小的坏人也无所谓。反正 Lee 的心不曾在他的身上，以后也不会有。

一顿饭吃得索然无味。

有时候人的兴趣只能集中一个，吃饭就只聊八卦或者笑话，谈工作和谈政治都只会毁了胃口。

"不知道程南和尚学长现在在做什么?"Lee 看着 Alex 去结账，然后对程西眨了眨眼睛。

"我不是故意的！对不起啦!"程南抽抽噎噎的声音自卧房中传了出来，被一把丢到床上的样子感觉很恐怖，抬头看见尚易辰的面孔仍旧是不动声色的，看起来像个要侵犯高中女生的怪叔叔。

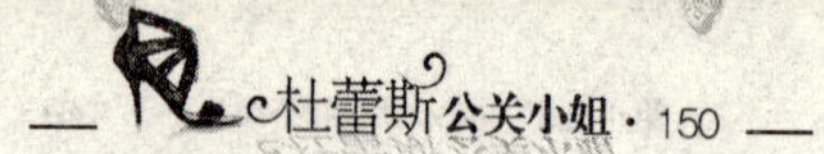

那本书被丢到她的脸颊旁边。

“来，我们做一个朗读游戏。”尚易辰笑得很邪恶，手掌按住她的翘臀，“把所有我的名字替换成你的名字就好。读错了要被打一下屁股。”

程南拼命挣扎，“我不要玩!”什么嘛，这本书完全是情节不够床戏凑的版本，“尚易辰”这只小受的台词不是轻呻就是重吟，不是喘息就是邀约……叫她当着他的面读出来，还要不要人活了？天知道她一面写就一面偷偷脸红，再照本宣科念出来，还不知道要发生什么事呢!

“由不得你。”尚易辰的大手高高扬起，在她的臀上重重拍了一下，痛到她直掉眼泪。他居然是来真的……呜呜呜……

“你这个坏人!”她含泪咬住被单。知道躲不过，只好翻开书页开始一页一页读了起来。抽泣声伴随着毫无感情的朗读，让这个密闭空间的气氛显得格外奇怪，一旦念错，尚易辰的巴掌仍然会毫不客气地落下来。

将里面尚易辰的名字替换成自己的，然后自己读出自己接受那种性爱场面的台词十分地别扭。程南一边念到面红耳赤，一边忍不住鄙视自己为什么要写得如此淫荡。最关键的是，为什么尚易辰会得到这本书，这太匪夷所思了!

“写得很不错，文笔优美，高潮迭起。”尚易辰不知是挖苦还是赞美。而且她的描写显得十分有经验的样子，这让他突然一下心头十分不爽。

程南幽怨地看了他一眼，那个坐在床边的俊逸男子仍旧是一脸不快的表情。

“我渴了，我要喝东西。”她念到口干舌燥，虽然才不过念了前面十几页的内容。趁他不注意打算溜下床，她记得 Lee 和妹妹带过来的奶茶还在客厅里放着当摆设。

一个更严重的抛物线将她再度丢到床上，这一回覆上来的不是他的手掌，而是他整个人。轻微的喘息就在她的耳后，只需要轻轻一扭头，就能吻到他嘴唇上。

程南吓得不轻。

虽然……她很喜欢这个男人没有错，但是，不知为何面对他的时候仍然有种气势上的低弱感。他的光芒迫到她不敢抬头看她。程南深深地吸了一口气，尚易辰的双唇却在不期然间吻住了她的。

“唔……”程南瞪大了眼睛。她吓到一动也不敢动，就连尚易辰的舌尖启开她的双唇，滑入她的口中都没有任何反应。

好吧，他皱着眉头结束这个吻，然后不情不愿地解释说：“你要是再说口渴，我不介意再把我的唾沫通过这样的方式接济给你。”

此刻窄小的床上，她与他肌肤相贴，隔着衬衫就能感觉到彼此的体温，呼吸声尽管再克制也仍然显得情欲十足。他的手臂贴在她腰间没有要挪开的意思。

她的面孔红得像只熟透的虾，身体紧张地弓了起来，重新去找寻书本的手，却不留神触碰到了他的胸膛。“我，是不是要继续？”她说的是继续那个可怕的朗读游戏。

“你说呢？”他语意不明，低头觑见她通红的面孔，忍不住有一种胜利的快意。

程南颤颤地翻开书，手指在书页间摩挲，细长的食指点到方才停下的部分，不由深深吸了口气。

这一段不是别的，正是书中的“尚易辰”邀请对方进入自己身体的描写。

“啊……”她小声而又羞涩地叫了一句：“我受不了了，快点进来，求你……”

尚易辰挑了挑眉，手撑住枕头看着她的朗读："糟透了，这一段重来，要读出 sex on fire[①] 的感觉。"

"不行……"气氛太过暧昧，她觉得自己已经快要熟透了！程南拼命摇头，这种话怎么可能再来一遍？尤其是她和尚易辰还躺在一张床上，看起来真的好像自己向他求欢呢！

她几乎是带着哀求："我受不了了，快点进来，求你……"长衬衫下摆的热裤露出修长的一双美腿，程南觉得这样的装扮仍然不够清凉。她要逃离这个带着诡异气氛的地方，尤其是拒绝看他的眼睛。尚易辰的眼睛有一种奇怪的魔力，总是让人无法将视线从上面移开，然后渐渐就被他虏获。

这几句话几乎让她连托住书本的力气也没有了，轻轻的喘息带着痛苦的意味，尚易辰简直是在让她自己羞辱自己。

"我已经说过对不起了，能不能不要再玩这个游戏了。"程南几乎难过到哭。

"那我们玩另外一个游戏？"尚易辰嘴角的笑意更浓。

① sex on fire，你让我欲火难耐。

第二十章

好人家族

“脱衣服先。”

“啊?”程南掩住胸脯。看不出来，他居然是这样的人！她脸色突变，害怕地挪到角落里，但还是被尚易辰抓住衣领，开始解她长摆衬衫下面的几颗扣子。

程南一动也不敢动，闭上眼睛一副英勇就义的样子。他明明知道自己喜欢他，若是他要强迫她也不会反对，可是貌似他只是解开她的衬衫下摆，然后用力打了一个结，露出她雪白而平坦的小腹。

呃?

“这样应该差不多了，跟我来。”尚易辰拉起她的手，打开门走了出去。

“去哪里?”终于知道他不是要强迫她了！程南松了一口气，忍不住问了一声。

只见浴室里面有两只怯生生满生泥浆的小狗，看见陌生人，凶猛而嗷嗷地叫唤着，不肯让他们上前一步。灰扑扑的毛色让它们看起来脏脏的，很不可爱。

“现在来做给小狗洗澡的游戏。你确定不要脱掉衣服吗?会弄湿的哦!”尚易辰仍然笑容满面，言语却依旧邪恶。他找来一个硕大的浴盆，将水放满，为了增加趣味性甚至往里面放了两只黄色的

小鸭子。然后抱住其中一只小狗，扔了进去。

“啊……这样会把它溺死的！”程南慌忙蹲下身来，将奋力伸出头来的小狗抱住，却被它溅到浑身水花。

两个人开心地在浴盆里帮非常不合作的小狗洗澡，弄到全身湿漉漉的。

“它们从哪里来的？”程南一边给它们抹沐浴露，一边躲开小狗的尖牙利爪。

“在楼下拣到的。”尚易辰回答。

“嗯，洗干净看起来好多了！是一公一母，我可以给它们取名字吗？”程南的取名欲又昭然显现。

“只要不叫我的名字。”他耸耸肩。

“公的叫面团，母的叫包子。看起来很像一家人的哦！”程南喜笑颜开，丝毫不理会小狗的嗷嗷抗议。

“还不如叫我的名字呢。”尚易辰忍不住蹙了一下眉。

“咦，真的吗？那公的这只叫辰辰，母的这只……”叫“小南”会不会被他鄙视？程南很心虚地看了他一眼。

“你确定你不想再玩刚才那个游戏了？”尚易辰挑眉。

“好啦，就叫面团和包子啦！”她沮丧地拍了拍小狗的头。谁叫你们的主人太坏，只能给你们取一个这样蠢笨的名字。

低头看了看自己一身湿漉漉的衣服，尚易辰也好不到哪里去，衬衫贴在他的胸膛之上，隐隐能见到他结实的肌肉，仿佛一只刚刚自水中跃出的豹，刚健矫捷，尤其是那一双眼眸，更是像要捕杀世间一切所能看见的猎物一般。

程南被那双眼睛所摄，呆呆地不知道要说什么话。

尚易辰的唇又一次贴了上来，这一次舌尖传来的力度比刚才要强大许多，酥酥麻麻，仿佛一刹那有几万伏的电流击中了她，轻声

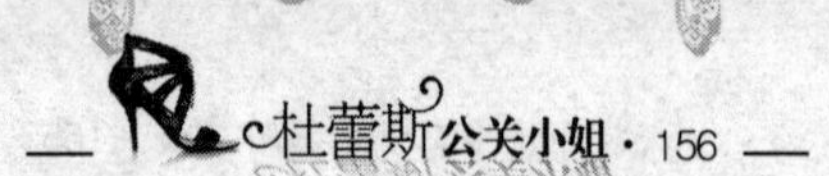

嘤咛，终于渐渐回应他的深吻，唇齿缠绕间太过忘情，几乎忘记了怀中抱着的小生物。

“汪汪汪……”它们睁着两双琥珀色的眼睛，不知道为什么冲正在热吻的两个人怒吼。

“尚易辰……”她终于喘息着推开他。“为什么？”

为什么要吻她？

现在她湿漉漉的看起来一点也不缺水的样子，他的借口在哪里？

“算是，感激你帮小狗洗澡的报酬。”尚易辰的手将她再一次拉近，“顺便说，你还欠我找零。如果没有带零钱也没关系，你可以吻偿。”

什么？程南呆滞的模样十分可爱，笨拙地眨眼睛的样子又一次叫他露出欺诈的笑容。尚易辰再一次吻住了她，不过很快因为浴室闯入了外人而被迫分开。

“呃？我只是看见浴室亮了灯……”Lee 露出一个心知肚明的笑意，抱歉地举起双手退了出去。他关上浴室的门，冲站在外面的程西眨了眨眼睛，悄声说：“他们浑身湿透地在接吻。”

“噢！”程西捂住嘴。姐姐和 BOSS……

程南从浴室里面走出来，拧了一把湿漉漉的长发，怨恨地看了 Lee 一眼，然后不忘抱着客厅里的甜品和奶茶下楼。

“小南……”程西追上前去。她好奇地想要知道这件事情的八卦。电梯门合上，两姐妹一时间并无言语。

“那个……”程西开始打哈哈：“什么时候开始的？”言谈中她还得知姐姐有一次夜不归宿的经历！为什么她一点都不知道？

程南从袋子里翻出奶茶来喝，低头装没听见。

电梯缓缓下沉，“叮”的一声开启。

打开门，却见到 Alex 浑身湿漉漉地站在浴室门外，摆了个 pose 跟她们 say hello。

“你怎么在这里?”程西惊异 Alex 的无孔不入。

Alex 轻蹙眉头，做了个西子捧心状，“人家也不想的，只是有的人占了人家的浴室，不得已只好借用一下你们家的。幸好程弟弟人很好……还借我穿他的衣服……”Alex 趁机摸了一把站在一旁发愣的程北的胸，“谢谢你哦……”

换作是以前，程南一定兴奋地跳脚。她每每见到真实的小 GAY 总是双眼放光，恨不能拿相机拍下人家的照片回去细细揣摩，从神态到话语，从穿着到细节，事无巨细地重现在她的小说里。

此刻她也不过是淡淡看了 Alex 一眼，辨认出他依稀是楼上三位房客中的一位，然后意兴阑珊地回房去了。

就连自己的弟弟程北被袭胸这种夸张的事情，她都没有半点反应。

反而是程西很努力地维护弟弟的安全，“周一上班，我去问 Sam 要联络方式。”她拿开 Alex 放在程北胸膛上的手。如果记得没有错的话，上回 DUREX 的访谈特别组，似乎有不少单身人士。比如那个对 Lee 示好的花衬衫!

“什么联络方式?”Alex 迷蒙的眼睛看起来天真无邪。

程西忍不住握紧拳头在他鼻尖晃了晃，“我答应要给你介绍的男朋友啊。”其言下之意当然是，如果敢染指自己的弟弟，恐怕她的拳头不太会长眼睛。

“唉哟，小北，你姐姐好凶，人家好怕哦!”Alex 一副柔弱的样子拼命往程北的怀里钻。

这个小男生看起来健康又阳光，虽然一副尚未被调教过的面孔，但是有他 Alex 在，不难想象他们光明的未来啊……尤其是荤菜吃多了换这种清粥小菜尝尝也不错啊……他早就受够了星条旗国的肌肉男了!

“不要这样客气了。”程北手忙脚乱地推开 Alex，他承认自己是同人男没有错，但是遇见一个真的看起来很漂亮又会撒娇的男孩子站在自己面前，他还是会忍不住产生怪异的感觉。似乎这种事情发生在自己身上还是有点可怕，不过，Alex 的手指还是让他感觉一阵触电般的惊悚。

好可怕，自从楼上搬来了新房客之后，他觉得生活越来越不正常了!

程北瞅准时机，从正在争执的两人中间逃离。

“程家弟弟，不要害羞嘛，你的衣服我会洗干净还给你的哦!”Alex 挥舞着兰花指道别。

“我爸妈还在家！你收敛点好不好!”程西瞪他。

Alex 用大毛巾擦了擦头发上的水珠，帅气地甩了甩头：“你弟弟是人家喜欢的类型嘛，忍不住想要亲近一下，反正大家都是熟人。”他笑得很无辜。

“条件呢?”她抱住手臂，“离我弟弟远一点。”

Alex 狐狸般地看着她，眨眨眼睛，“这种姐弟情深的戏码真叫人感动。可是我也是有哥哥的。”

“我尽力劝说 Lee。”她就知道，如果 Lee 不接受 JWT 的提案，Alex 说不定会把那个笨蛋弟弟勾引上床的。

“小西，你真是个好人……”Alex 双眼含泪。

“你才是好人，你全家都是好人!”程西推他出门。现在她对研究公司的任何工作都没有兴趣，她只想知道姐姐和 BOSS 的八卦而已。

周一一大早，销售部的办公室就传来一阵热闹的调笑声。

全是因为销售部的经理 Alex 穿着一件黑色的 T 恤来上班，宽大的 T 恤前面是一个悲伤的小人头，上面写着一行大字："好人出没请注意"。后面是一个大大的"囧"字，然后在它的周围有一圈小字写着："好人修电脑，坏人床上搞——2009 全国好人协会"。

原先的销售部经理是位不苟言笑的大舌头，地中海的风情十分引人注意。此刻新任的销售部经理年轻而活力十足，并且相貌赏心悦目又格外幽默出位，实在博得了不少下属的好感。

甚至他还为了挑衅，特意去公关部绕了一圈，在确定程西看见了他的 T 恤之后，这才笑嘻嘻地上前打招呼："坏人坏人，我是好人，我是好人，现在是好人大反攻时间，收到请回答。"

程西没好气地看了他一眼，"有事？"

"就是你有跟 Lee 说过提案的事情吗？"脾气这么暴躁，真奇怪 Lee 看上她哪一点？Alex 努了努嘴。要论相貌和身段，他也有啊。

"他似乎正在会议室听好人家族的提案。"

Alex 想了想，还是推开会议室的门进去旁听了。

JWT 果然对方案进行了非常大的改动，几乎是颠覆性质的。所有的利益点都在促进销售上做文章。不管是超市买赠活动，还是降价促销，免费派送试用装，填写试用心得的抽奖活动，都是围绕着促销来展开的。甚至 Alex 还以销售部经理的身份，建议公司来一个卫生棉和保险套的促销装组合，反正是家庭用，不管男士女士，快速消费品总归都要用到的吧？

Lee 仍然百般刁难："虽然这些方法可能会很有用，销售也可能会翻倍，不过贵公司之前提出的那些好听的情感诉求和功能诉求，这次可一点都没有提及。还是说，SOFY 这个品牌，做成那种铺天盖地的超市货就好了，不需要去计较它的品牌形象，也不需要有它的品牌价值在里面？"

“我们没有否认 SOFY 的品牌形象和品牌价值，在目前看来，抢占市场比顾及形象和价值更重要。如果消费者不因为这些优惠而得知这个品牌，如何从中知道原来这个品牌的产品是这样的好用，而它其实又代表着年轻女性自由奔放的生活方式呢？”JWT 的客户总监仍然是伶牙俐齿。

Lee 淡淡一笑：“了解了，我会考虑的，本周内给你们答复。谢谢。”

三两句话将对方的逼宫推了回去。

“Lee，你答应过我的事情拜托咯！”Alex 笑嘻嘻地走到他身边。

“那也要我看完其他公司的提案才可以。”比如李奥贝纳的团队创意就很不错，不仅兼顾了销售还有非常有趣的创意。相比之下，Lee 还对他们创意部的女性副总监十分有好感，她提案的时候是扎了一个马尾过来，一袭粉蓝色的 T 恤上是自己手绘的图案，十分运动系，一点也看不出已经 30 岁的年纪。据说这位副总监曾经在 JWT 的莫臻手下担任过职位，相当于是莫臻一手带出来的高徒。

以上如果可以算是恩情的话，那接下来 Lee 也打听到这位副总监带出来的一个十分优秀的设计，被莫臻挖了过去，此刻李奥贝纳的那位副总监也视莫臻为仇敌一般，见了面也不过是淡淡一笑，连寒暄都不曾有。

Alex 当然知道他在想什么：“程西有给 DUREX 做一个活动，关于环保的内容，你知道吗？”

自然知道，那是他和程西共同加班讨论的结果。Lee 偏了偏头，示意他继续。

“想必你和我一样，刚回国，似乎对国内的广告法还不太了解。”Alex 摸出一本薄薄的册子扔给他，“那个活动现在在地铁车

站的视窗中热播，广做宣传。但是国内的广告法有明文规定，性用品是不允许在电视媒体这种大众传媒播放广告的。”

“那又怎么样?”

“也就是说，我们亲爱的程西小姐所做的策划，在可执行方面要打个折扣咯。”Alex 是一副幸灾乐祸的口吻。说严重一点，甚至还可以以执行不利的理由开除掉她。因为这条广告一旦禁播，所有的媒介预算都打了水漂。

“于是呢?”他自然知道 Alex 话里有话。

“幸运的是，这个广告偏向于活动方面，而且偏偏扯到了环保上。照理来说，DUREX 以环保的名义来召集一场活动，倒是又有可以疏通的地方。只是这个度，要审查的人才说了算。”Alex 笑容满面，当个坏人还真是辛苦，他真的一点都不会做狰狞的表情，看来以后要对着镜子演练一下再来。“十分凑巧的是，我的一个朋友恰好在处理这方面的审查……”

Lee 眯缝着眼睛打量了一下 Alex，然后合上笔记本走出了会议室。他的意图很明显，拿广告审核制度来威胁自己。权衡利弊，他宁愿看见莫臻那张让自己不爽的脸也不想看到程西负责的案例有什么失职之处。

坐在办公室对着电脑叹了口气，透过半开的百叶窗还能看到程西忙碌的身影，时不时她的视线也会飘看过来，然后和他对视一秒，便低下头继续忙手头的事情。

Titan 在周一的下午下班前接到一个电话说：“通知 JWT，他们赢了。”

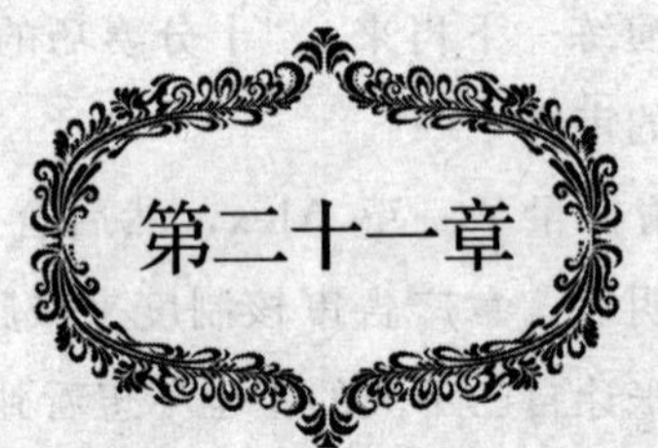

第二十一章

我们做爱吧

“有心事?”程西递过去一杯水果茶。

没有错,Lee在这个星期又恢复了下班去程家做客吃晚饭的惯例,最强大的尚学长和Alex也厚着脸皮一起来,至于意欲何为他就不太清楚了。吃完饭到阳台小憩,忍不住舒了一口气,却不知微微皱起的眉头叫程西瞧出了端倪。

Lee接过那杯消食健胃的水果茶,轻轻地攥在手中。

“在想怎么把你骗上床。”他不正经地笑笑,饶是如此仍旧挥不去眉头的“川”字。

程西喝了一口茶,似乎不介意他言语上的调情:“想到了吗?”

“你看我一脸沮丧的样子,当然是没有答案。”Lee挑了挑眉。

夏末秋初的夜晚十分惬意,晚风徐徐吹来的感觉令人舒畅。

“听说,JWT赢了SOFY的案子。”程西瞅了他一眼,“如果是因为我的关系……”她当然不知道Alex利用她的工作漏洞去威胁了Lee同学。

他用手指掩住她的唇,“不关你的事,他们的提案的确有可取之处。”事实上他还真的蛮期待Alex和好人家族的莫臻通力合作,可以如约将销售提升2倍及以上。

如果的确是这样,那么他的表情怎么会是这样?

程西自然不是傻子，她仰头将杯中的茶饮尽，面孔出现一抹奇怪的红晕。可是她的长发被风扬起的感觉又格外英气逼人："我们做爱吧。"

Lee 正在喝茶，听见她的突然提议，差点把口中的水果茶喷出来。自然，正常的男性听见这个要求都会很兴奋很欢心，恨不能立即脱光衣服大干一场。不过这个提议太过突兀，让他不免生出程西是代替莫臻肉偿的念头。

一想到这里他立即性趣缺缺，稳住身形将手放在程西的肩膀上，轻轻地拍了拍："这种要求不是通常由应该男性提出来比较好么？"

程西看他的眼神十分炽热，"你忘记我们第一次见面做过什么了？"衣服都快脱光了好不好？

Lee 试探性地去拉她的手，发现程西的身体烫得惊人，"我自然没有忘记，不过你看起来好奇怪……发烧了？"他摸她的额头，几乎可以烫熟一颗白煮蛋。

"怎么了？"程南跑过来查看情况，毕竟当着一家子老老小小的面在阳台上做出有伤风化的举止，实在是很可耻的行为。尤其是，那个贴上去的人好像是自己的妹妹！

"像是发烧了。"Lee 将她抱起身，程西的神智已经有些不太清醒，下意识地抱住 Lee 的脖子，全身蜷缩起来像一只虾。口中还在喃喃自语道："我讨厌你们这些男的，明明想推到别人滚床单，却偏偏要压抑着自己的性子慢慢来，又是约会又是吃饭又是看电影，真的好无聊。"

程南在一旁听见妹妹的话开心到爆，忍不住笑出了声。

"喂，你笑什么！"Lee 十分恼火。

"你没听见小西在邀你上床啊？"程南瞪他。

拜托，程家人的脑子都有毛病是不是？“她在发烧好不好？说的都是胡话。”Lee把她放到卧室，程西却抱住他的脖子不肯松手。

“唔……我们程家人有个毛病和别人不一样。”程南一语道破机关：“别人是酒后吐真言，我们程家人天生就是发烧才讲真话。”

“好吧，那我其实应该很开心咯。”他好容易才摆脱掉程西的双手，转向程南：“有没有冰块和退烧药?”

“小西发烧了吗?”程妈妈在门口露了个脸，递过来医药箱和冰过的毛巾。这种时候父母姐弟不是更应该比他还着急的吗？为什么卷起袖子找水和敷毛巾的事情都是他来做？要命，程家三姐弟到现在还能活蹦乱跳真是世界第九大奇迹！

Lee像一只忙坏的陀螺一般照顾发烧的程西。

隔壁程北的房间里却因为塞满了人而热闹得炸开了锅。程北最近从姐姐程南房间里偷来的小说还没有看完，被眼尖的Alex一把拽了出来。

“程家弟弟原来你也喜欢看耽美小说啊……”Alex用一脸“我们真是同道中人”的激动表情握住了程北的手。

工科毕业的程北因为经常做实验的缘故，手指有些粗糙。但是Alex偏偏最喜欢这样的手，摸起来才有男人味啊……他忍不住拿了程北的手在胸口摩挲。

尚易辰递了纸巾给他。

“做什么?”

“把你的口水擦一擦。”

Alex讪讪地接过纸巾，笑嘻嘻地印了自己的唇印，然后塞在程北的上衣口袋里：“这是我送给你的见面礼哦，要是想我的话，拿出来吻一吻，我就会感应到的。”说罢抛了个媚眼过去。

可怜的程弟弟什么时候见过活色生香的小gay了，只得瞪大眼

睛张大嘴，愣愣地点了点头。

程南从小西的房间转出来，看见这种情形，恨铁不成钢地一巴掌打了过去。

“小北，把书放到我房间去！”程南从 Alex 手中抢过书，塞到程北的手里。最好支开这个笨蛋弟弟，否则那个看起来很妖媚的男人说不定会把弟弟的魂魄勾走一大半。

“学长你看，你家小南对我家小北好凶哦！”Alex 缩去尚易辰怀里扭动。

“我们去楼上。”尚易辰推开 Alex，拉住程南。

去楼上做什么？他什么也没有说，却仿佛什么都说尽了。

程南忍不住又面孔通红起来，伸出手去握住他的。尚易辰的手白皙修长而又指节分明，仿佛经常拉大提琴的手。

Alex 看着他们踏出程北的房间，忍不住插了一句嘴，“如果你们要给包子和面团洗澡，麻烦换个地方。”

“我不介意在你卧室给它们洗澡。”程南吐了吐舌头。

Alex 觉得自己的好心当成了驴肝肺。这个笨蛋程南，难道还没有搞明白尚学长的居心么？他耸了耸肩，认命地闭上了嘴。

28 和 29 层楼不过 1 楼的距离，有些人总是要乘坐电梯这种交通工具。这种罪恶的做法如同在大清早从 1 楼坐到 2 楼的上班族，非常令人鄙视。

人家说恶有恶报，这种事情总是会发生的。

此刻程南和尚易辰心照不宣地出门去按电梯，想不到电梯门一打开，一个矮矮胖胖的男人捧了一大束香水百合出来，见到程南，眼都直了，差点兴奋到翻起白眼。

“小小小南……想不到我们这么心有灵犀一点通，你居然知道我要来。”矮胖男在第一时间送上鲜花，然后单膝跪地，从西装上

衣中摸出一个绒面小盒子，打开递过去，“以今晚的美丽月色做我们的见证，请你嫁给我吧！”

程南原本害羞的表情此刻抛至九霄云外，一把抓住矮胖男人的花，朝他的头打了下去。那只可怜的绒面小盒子更是被她打到角落而不见踪影。

甚至觉得用花束打头还不过瘾，程南临了又加上一脚，直踹矮胖男的面门。

“嫁你个头啊嫁！谁会嫁给你这种只会送花下跪的胖子！”程南似乎被求过无数次婚，一副恨来人到死的样子，捋起的袖管更添太妹作风。

一甩头，才发觉身旁有异，尚易辰正站在旁边露出很玩味的眼神。

不等那个猪头男睁开眼睛看清状况，程南早已拽了尚易辰进了电梯。

“听我解释……”程南用最快速度在电梯里说清来龙去脉。

比如说刚才那个挨打之后还不敢回手并且肿得像一头猪的男子，是某国企公司的档案管理员，因为有一天在书店和程南的偶遇之后一发不可收拾，利用各种档案管理学的知识打听到程南的姓名电话年龄甚至是住址，出于礼貌，程南和他去爬过一次山，天晓得把首次约会定在下雨天爬山是什么感觉！她在言语上对天气有稍许微词，对方便能从辩证的角度哲学的思想美学的观点来深刻论证在下雨天爬山有诸多好处。

然后他顺利地以为约会被应允就表示有机会，于是隔三差五就上来送个花求个婚什么的。程家人对此早已习以为常，偶尔看不见这个胖子还会在茶余饭后感叹说：“小南的求婚者最近好久没来了哦……”至于程南看见对方的反应便是暴力又剧烈。

因为她觉得和一个自己说任何拒绝的语言都听不进去的外星人几乎没有沟通的必要。

唯一可以告诉他的，就是地球人是不可战胜的，赶紧滚回他的火星去是正经！

“和一头猪沟通都比跟他沟通快！”程南如此断言。

尚易辰很认真地在听，而且此刻他也露出了思索的表情。所以……他可以不可以这样理解：程家的人喜欢的流程不是约会吃饭看电影而是直接来真的？

这种时候言语简直是一件多余的事情，尚易辰直接在电梯里用唇堵住了仍旧喋喋不休的程南的嘴。

有时候肢体的沟通比语言愉快得多。

程南比前一次更加有经验地回应了他。

2901的门被暴力地踢开，然后衣物散了一地，浴室的水声渐渐响起，性致正浓的两个人如胶似漆地缠绵在一块，却忘记浴室里关着的两只小狗，正配合着他们一起一伏的动作有节奏地汪汪叫。

在小狗的眼里，实在不能明白这对入侵者怎么可以这样无耻地光溜溜地在自己的地盘做这种刺激人的事情。

它们瞪着两双琥珀色的眼睛，凶恶地朝两个人叫唤。刚开始还能配合节奏叫得很合拍，尚易辰也就不去理会它们。不过两只小狗仿佛对自己不受重视的处境十分不快，于是将伴奏的节拍换成此起彼伏。叱咤风云的尚学长什么时候遭受过这样的侮辱，只好蹙了蹙眉，停下自己低头正忙的运动。

第二十二章

事出有因

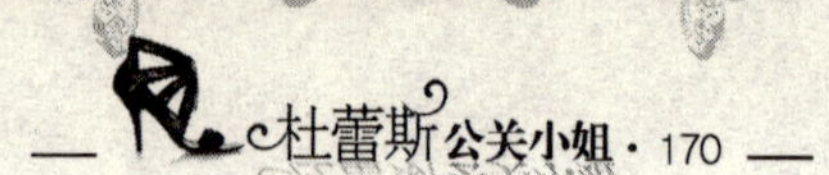

“你知道吗？”Alex 神神秘秘地捅了捅 Lee 的腰，明显有吃豆腐的嫌疑。

Lee 一副严重睡眠不足的样子背靠在 TAXI 后座上。昨天夜里大概因为照顾程西比较辛苦的缘故，几乎整夜没睡。好在她今天早上终于退烧，看她沉沉睡去之后他才和 Alex 结伴去上班。

此刻他萎靡不振地闭上眼睛补眠，自然不爽 Alex 的骚扰。Lee 同学懒洋洋地睁开眼睛，没好气地问：“什么事？”语气不爽至极。

“你昨天没有回来，自然是有八卦要跟你报告。”Alex 笑得一脸灿烂，扬起的嘴角几乎可以挂两条鱼在上面。

Lee 捏了捏鼻梁，漫不经心地回应：“你找到新目标了？”昨天在饭桌上 Alex 倒是不断对程家弟弟进行地毯式的骚扰，媚眼抛得几乎让旁人担心他眼皮抽筋。程妈妈和程爸爸居然装作没看见，面不改色地谈笑风生。

他是不是应该放串鞭炮庆贺以示甩掉了这颗牛皮糖？

Alex 的表情三八兮兮的，笑容神秘又微妙。凑近他耳朵，仿佛怕被人听去似的悄声说：“尚学长今天不上班。”

“他是老板，自然想不上班就不上班了。这有什么大惊小怪

的?”Lee 虚弱地说。

“咦，堂堂的哈佛 MBA 居然都没有听过‘春宵苦短日高起，从此君王不上朝’的典故吗?”Alex 反问一句。

Lee 的大脑因为疲惫而慢了一拍，不确定地看了 Alex 一眼，这才试探性地问道：“程南?”

“唔，我什么都没说。”Alex 端坐回去，闭上眼假寐。

好吧，“大家都是成年人，这种事情没什么大不了的。”关键是你情我愿正好有需求。Lee 很委婉地表达自己的意见。想不到程西的一句邀约，却成就了程南昨夜的韵事，果然程家人素来奔放，不能以常理来论。

想到多年不见的尚学长如此迅猛的猎艳手段，果然不愧是自己的学长，连拐女孩子上床这种事情都比他迅速、果断、卓有成效。

“可是他们为什么霸占浴室那么久，吓到面团和包子了！它们昨夜几乎吠了一个晚上。喏，你看我，黑眼圈都出来了！真讨厌，人家要和学长理论!”Alex 指着自己的眼睛下方几乎看不出来的眼圈说。

“你确定尚学长不会把你踹出门去?”Lee 看了他一眼，“你还是把 SOFY 的销售给我搞定再说。”

“好啦好啦，说工作多无聊。”Alex 伸出手指观摩着自己的指甲。昨天乘失眠干脆做了全套的手部护理，今天的手指看起来果然又白又润。至于销售方面的事情，山人他自有妙计。

Alex 跟着 Lee 下车站定，一大早空气清新心情爽朗，却不留神碰见公关部的 Menlanie 脸色苍白地从出租车上下来，见到他们，无力地招了招手。

Lee 好心上前扶住她，关心地问了一句：“怎么了?”

“有没有看见 Cindy?”Menlanie 的嘴唇在发抖：“我们的地铁

广告被停播了!”

Lee 转头看着 Alex 红红白白的一张脸，“怎么回事?”

“我去打电话问问情况先。”Alex 逃一般离开现场。

前几天 Alex 曾经以此事要挟过 Lee，结果他以为这件事情最好在当事人不知道的情况下敷衍过去，Alex 手段多多，应该值得信赖。想不到的是，居然东窗事发了，结果他的合约也和 JWT 签订了，广告也被禁播了。Lee 忍不住恨恨地咬牙。

这边 Melanie 详详细细跟 Lee 说明了缘由。

今天尚易辰不在，她无法请示谁，只好和平级的 Lee 商量。尤其是这个案子的主要负责人程西今天也请病假，两方面加起来，当然只有他们这些尴尬的中层来擦屁股。

“为今之计，只有我们亲自上门道歉，然后看看有什么补救措施。PR① 活动也好，路演也好，如果能够弥补这一块造成的宣传漏洞……”

Melanie 摇头:“来不及了，这个活动的宣传周期本来就短，性质和路演也差不多，如果说要用一场路演来宣传另外一场路演，不是很奇怪的事情吗?”

Lee 蹙了蹙眉，“我们进去再说。”

Alex 哭丧着脸正在办公室打电话，好说歹说，他认识的那个关键人物才点头应允，答应今天晚上跟他们吃晚饭。Lee 揪住 Alex 的衣领:“你给我到场!”然后自己当然也是要去的，尤其是负责 DUREX 项目的 Melanie 作为总负责人，她也需要一起去。

如此一来，原本只负责 SOFY 案子的 Lee 无端端被临时应付起了 DUREX。最糟糕的是 Melanie 拿出今天的报纸，还看见上面

---

① PR，public relationship，公共关系，简称公关。

用硕大的字体报道了 DUREX 在某超市以“开学价”促销的负面新闻。

该新闻指责性用品以“开学价”促销，误导学生提前进行性行为，将 DUREX 堂而皇之地推上了败坏社会风气的风口浪尖。

“请问你，这是怎么回事?”他把报纸扔到 Alex 面前。“我们是不是要把停播广告等突发事件升级成公关危机?”

Alex 虽说对广告停播的事件心有愧疚，不过对这件事情十分镇定，“必要的促销手段啊，你们要提高销售，我总得想出新办法。不扩大消费者我怎么拿数据给你们看?”

“那你至少也要知会公关部，否则人家怎么配合你。”

Alex 第一次对 Lee 冷笑了一声，“你怎么知道我没有知会公关部? 我跟程西有打过招呼，料想到了这件事情，她早和我想好了应对方法了。”

Melanie 拉开剑拔弩张的两个人，“是我不好，这件事情 Cindy 有抄送邮件给我，不过我太忙没来得及看。现在我的电话忙个不停，还麻烦 Alex 告诉我，一会记者来采访，你当初和 Cindy 沟通好的说辞是怎么样的，我好去出面应对。”

Alex 推开 Lee，跟 Melanie 简单说明了应对的要点。

比如将责任一口推给超市，指明是己方在不知情的情况下无辜被谴责。

另外一方面联络超市发出申明只是单方面的促销行为，因为摆放柜台的缘故，把学习用品和保险套放在一个货架上，才会出现“开学价”促销这样的误会。

这个 8 小时过得非常不愉快。

Lee 好死不死地给尚学长打了个电话，对方似乎还没有睡醒的样子，“唔”了一声之后做出示下：“晚上我会亲自到场。不过你们

先可以想想最坏的后果该如何应对。”

所谓最坏的结果，就是停播以后再也没有转圜的余地了。

所以，这一顿饭就意味着，如果谈不好，DUREX 这一场环保项目的公关费就等于打水漂了。更糟糕的是负责人程西也要受到严重处分。以职能描述而言，她本应该将广告法这一顾虑在策划阶段就考虑清楚。

当然 Alex 压力也很大。

Lee 也是。

当然 DUREX 的正牌负责人 Melanie 也忧心忡忡。

临走时坐在出租车里，她还鼓励坐在一前一后座位上的两个人：“不要生气了，现在我们应该团结起来一致对外啊，还没有看到最后结果，你们两个就已经剑拔弩张不太好吧？要不要握个手，言和一下？”

Alex 半推半就地伸出一只手。在此之前他还特意打扮了一番，大大的眼睛看起来格外无辜的样子。

Lee 转过头来和他拍了一下手，完毕又一言不发地坐在司机旁边。

“尚学长怎么说？”Alex 低声问了一句。

“他叫我们做好最坏的打算。不过他说会赶过来。”

Melanie 乐观地点了点头，“最坏的打算我们已经讨论好啦，只盼那个负责人可以回心转意。”

三人赶到约会的地点，有服务生领他们进包房。

结果却被告知，对方已经先到了。

Lee 和 Alex 对望了一眼，心下暗道不妙。只得硬着头皮走了进去。

“咦，是你？”Lee 定睛一看，居然是上次在 DUREX 特殊组进

行调查的那个花衬衫！此刻花衬衫轻轻蹙起眉头看了一眼手表，对走进来的三个人招了招手。看见 Lee，惊喜地将微微眯起的慵懒眼神稍稍撑开，收放间显得格外媚惑。

“Alex，每次你约我的时候，总是会迟到。”他含起唇边一抹笑，伸手去拉了 Alex 刚刚养护过的手，触感极佳，总算让他将蹙起的眉头微微舒展开来，“还没有请教这两位？”花衬衫站起身，将 Alex 拉入自己一旁的座位，另一边则示意 Lee 坐下来。可怜的美女 Melanie 只好拣了个说话还算方便的地方就坐。可恶的是尚学长到现在没有到。

“这位看起来好眼熟，是不是我们曾经在什么地方见过？”花衬衫假装记忆短路，兰花指轻拂了一下额头。

Lee 忙递过去自己的名片。这种时候，他自然不敢不给联络方式。

花衬衫接了过去，手指趁机按住他的手，摸了一把，随后将名片放在自己的唇边，双眼如丝，斜斜地看着 Lee。

“阿常，我们边吃边聊好不好？”Alex 将二人之间的尴尬收入眼底。Lee 的那种魅力指数，连他都无法抵抗住，何况是这个喜欢滥交的阿常？

“你说好就好咯。”花衬衫微微一笑。

这家餐馆的菜色以改良的本帮菜为主，口味还算不错，不过卖得却是服务和环境。静谧的包厢内，服务员会殷勤地上前端茶递水。Alex 将他们都打发走了，自己亲手来帮这个叫阿常又喜欢穿花衬衫的男子夹菜添酒。

“说起来，你电话里讲得并不明白，找我什么事？”阿常抬眼望了望几个表情各异的人。

第二十三章

直的不是弯的

Alex给他斟了一杯酒，慢条斯理地说："是这样的……"他简单将那件广告停播的事件说了出来，发现阿常漫不经心在听的同时，眼睛一直盯着Lee看。

"阿常……你可以不可以帮这个忙？"

"啊？什么？我刚才没有太听明白。"阿常回过神，浅笑着伸出手去："先不谈公事，来，我敬Lee一杯，就当是为了……重逢罢。"

"重逢？"Alex苦笑一声，心下暗叫一声"不好"，阿常已经见过Lee了。

"是呀……正所谓有缘千里。"阿常笑靥如花，抬头饮尽杯盏中的液体，兰花指托着杯底一抬示意。

Lee只好闷头喝了酒。却不曾想阿常的手摸到他的大腿边，害他一跃而起，不小心把没有喝完的酒倒在了阿常身上。

"哎呀！"阿常嗔道。

"对不起！对不起！"Lee的表情没有丝毫抱歉的样子。

Alex跟他使了个眼色，从口袋里找出干净的手帕替阿常擦拭。

"我要去趟洗手间处理一下。哎哟呃……怎么得了，我新买的裤子耶……"而且很不巧，那杯酒泼的是关键部位。

待阿常走开，Alex 瞪 Lee：“你什么意思？”

“摆明我的立场。”Lee 擦了擦手。

“你只需要敷衍一下就可以……”

“你看他的样子像是吃个甜点能满足的人吗？”他又不是傻瓜。

记忆中那一场恐怖的调查，花衬衫自始至终都在看自己。尤其是调查结束后就直接要联络方式，简直有辱他的正常取向。

早知道 Alex 认识的都是这种人，他就不该来掺和这趟浑水。

不过想到还在床上昏沉入睡的程西，他又有些不忍。

“算了，Lee 也不是故意的。”Melanie 劝他们和解。

Alex 摔下杯盏，“哼”了一声，追着阿常的背影走了出去。

“阿常……”他走进洗手间，阿常正对着镜子站在盥洗台前打理。

“你我这么熟了，你知道我要什么。”他对着镜子里的 Alex 轻浅地扯动嘴唇。Alex 知道他是动了怒。

平时的阿常，虽说是百般心计，却从来都是笑容挂在脸上，风情万种地看着别人。

一旦他不笑了，自然是受到了很严重的伤害。

“我没有逼他……我也知道我们这种人，要不来一生。我只想认识他，和他做个朋友。你知道有种人只要见了一面就藏在心头不走了，你挥不去那个影子，只能半夜里挠着墙叹气。他不喜欢我，我瞧出来了。”阿常喃喃地说，手指在胸前下意识地拧成结，又分开。再拧，再分，来来去去，也不知道他是在说服谁。到底是解开了，还是重新结上了。他想了想，终于从镜子前面转过来对着 Alex，“走吧，我想清楚了，既然要不来一生，要一次也是好的。”

“阿常。”Alex 突然握住他的手，眼睛闪闪发亮，“除了这个条件，我什么都答应你。”

Lee没有想到会是这样的结局。

他和Melanie站在马路边，看着Alex和阿常钻进出租车扬长而去的时候，突然觉得心里面被狠狠地撞了一下。

Alex挥手道别时候脸上带着微笑，他看了Lee一眼，故作轻松地挽住阿常的手说："今天可以叫我小紧紧哦。"他舒展的表情却因为眉头的微蹙而泄露了心事。

阿常捏着他的鼻尖娇俏地笑，"小紧紧，这个名字倒是有趣。"

关上门的刹那，"砰"的一声叫Lee几乎想把他拉下来。

但是最终还是忍住了，Lee沉着脸站在路边，目送他们远去，忍不住从口袋里抽出一包烟，挑了一根捻在手里。点火的时候手指无端抖动了一下，好长时间才点着。一明一暗的幽光照在他轮廓分明的脸上，辨不清他此刻的表情。

明明已经解决了一件事情，为什么他会觉得有股无处言说的悲哀自心底冒上来。

"终于结束了……" Melanie低低叹了一口气，希望明天广告能够重新播出，"我还要回公司去处理一些事情，你呢?"

"我回去看看程西有没有好一点。" Lee和Melanie道别，径直回了虞景公寓。

2801的大门永远为Lee敞开。他按了门铃，是程北开的门。Lee站在门口，似乎没有迈腿进去的打算："她好点了吗?"

"好多了，刚才喝了清粥又睡过去了。应该没事了。"程北问他："要不要进来坐一坐?"

"不了……我要回去洗个澡。" Lee转身上楼却被程北叫住，"我大姐……我是说程南……昨天去你们那边就没有下来过。你好不好顺便去看看?"

Lee听到"没有下来过"时微妙的表情实在很震惊。"尚易辰，你若是肯出面参加晚上的约会，Alex 也不会为了那条禁播广告而陪上自己！”他握紧拳头，似乎打算冲上去反抗一把尚学长。

他揣着暴力的念头摸出钥匙开门，却不期然看见门被打开，露出程南美丽的带着红晕的脸。

“要走？”Lee 侧过身子让她。

程南揪住自己的衣领，一言不发地奔出门去，害羞的模样和平时飞扬的御姐[①]气质完全不同。不过任谁都看得出来，她脖子上的吻痕泄露的事情太多了。

此刻尚易辰刚刚从浴室出来，裹着一条浴巾正懒洋洋地靠在沙发上擦头发。

连空气中都弥漫着一股淫靡的气息。

Lee 忍不住打开窗子透气。

“事情解决了？”尚易辰仍旧是懒洋洋地看他一眼。

“为什么不到场？”Lee 不回答他，气势逼人地反问一句，“你答应过要来亲自解决的。”

尚易辰停下手中的举动，站起身，慢吞吞地走到 Lee 跟前，拉住他的领带在手指绕了几圈，“Lee，有时老板的承诺，你可以当他在放屁。”

而爽约的事实其实是这样的。

他接过电话仍旧昏昏欲睡，却不期然有一双手冰凉地握住了他的关键部位。睁眼一看，却见程南不知道从哪里摸出一把尺子，在认真量他的尺寸。

“你在做什么……”他翻身将她压在身下，看她泛红的面孔红润可爱，忍不住吻住她的唇。却听她在接吻中断断续续地回答他：

① 御姐，日文中本意是对姐姐的敬称，这里引申为成熟的强势女性。

“我只是好奇而已……”

“好奇?”好奇到拿把尺子来?尚易辰挑起眉，邪恶地看着她的手。

“我看见网上说，亚洲男性的平均尺寸……所以……”这种好奇来自于根深蒂固的创作欲望。要是能知道具体数据，写起书来不就更有说服力了吗?

“所以你想知道我有没有达到标准?”他堵住她的唇。

程南结结巴巴地应答:“似乎……达到并超越了……”

尚易辰抽空伸出手，将手机关机了。我们俊美帅气迷人又爱吐槽的尚学长，突然在接吻的时候意识到一件事情，Alex这个人，精明犹如狐狸，忧心忡忡的Lee同学，大概被他摆了一道都不知道吧。

所以，他躲在外面做旁观者，看看未来发展未尝不是件好事。

如此一来，剩下的时间还可以给程南上一堂身体教学。比如高于亚洲男性平均水准的器官是如何造福女性这一深入浅出的话题。

“……”Lee第一次甩开了尚易辰的手，一言不发地冲进了浴室。

尚易辰继续擦着头发，嘴角噙着笑:“Lee，你总是太过认真。”这是他认识Lee这么多年来的客观评价。

若不是经过了这么多年的调教，Lee甚至连开玩笑也不会。

他做事拼命是没有错，有时候往往太注重得失而丢掉了其他乐趣。

尚易辰看了一眼挂钟。晚上11点整，想必今天Alex是不会回来了。

第二十四章

心生芥蒂

公司的销售报表在这个月末就已统计完毕。令人惊奇的是，Alex果然不负众望，除了让SOFY的销售比前一个月高出了近2.5倍之外，还将DUREX的销售提升了两成。尚易辰特意吩咐他的男秘书买了香槟，在临近下班的时候开给大家喝。

公关部，销售部和产品部，每个部门都显得人心振奋。Alex凑到Lee的身旁，用臀部撞了他一下，举起酒杯冲他眨了眨眼睛。

"做什么?"Lee倒是柔声细气。

Alex掏出一盒DUREX塞进他的衬衣口袋，"别说我不够义气。你和程西的赌约，现在可以去兑现了。我好不容易去产品部帮你要了新的浮点型试用装。不过只有三枚，你省着点用应该够的。"他下意识地瞟了一眼Lee的两腿之间，暧昧地说："不过我不知道你的SIZE……"

Lee瞪了他一眼，这个人总是能成功地在三分钟内激发他想打人的欲望。

若不是看在DUREX上次广告停播是Alex献身的份儿上，他早就挥拳而去，打向对方那张是可以和洋娃娃媲美的精致的面孔了。

此刻那只洋娃娃好整以暇地喝了一口香槟酒，远远地冲着程西

挥手：“这边这边，Cindy 来这里，Lee 有话要跟你讲。”

“什么事?”程西前阵子因为生病的缘故，并没有知道那场可怕的危机。事后也没有人告诉她，只是有同事在言语间简单提起过。不过只是停播了 24 小时而已，所以即便被问起来，Melanie 也仅仅以地铁媒体负责人弄错了为由推搪。

毕竟这一件案子是程西负责的，说起来她要担当不小的责任。毕竟在广告法上，她至少在事前应该去获悉这方面的资料，将这场虚惊及时避免。

“你们聊，我先走了。”Alex 扭到其他同事那边去寒暄，微笑的眼睛余光始终瞟过来。

“呃……”Lee 很不好意思地抓了抓头发。程西盯住他的样子很认真，让他又想起她发烧时候的呢喃。说起来，这个赌约本就是气话，他也不知道应该如何提起来。

程西饮尽杯中的香槟，一双妩媚的眼睛似水含情。他们的关系总是这样吃吃饭握握手，一点进展也没有，她似乎都要怀疑 Lee 是不是被 Alex 勾引走了。

“看起来你不是很高兴的样子?”程西指着他衬衫口袋里微微突出的东西问。“这是什么?”

“咦这个……是 Alex 给我的试用装，那个……”他从口袋里掏出保险套，手忙脚乱不知道怎么办才好。

“你的记性已经退化到连 Alex 都不如了吗？我记得，这个赌我输了。”程西吐气如兰，凑到他的耳边轻声说了一句，“晚上我去你房间。”

很多时候成功往往只有一步之遥，之前的各种努力，拼搏，惊扰，折磨，甚至是灭绝式的摧残，全部都因为在头脑中幻想成功的喜悦有如何美妙而轻易度过。可是真的到了那一步，却会觉得心底

又没来由地生出恐慌的情绪，不敢上前领取本应属于自己的东西。

就仿佛近乡情更怯。

Lee很努力地让自己镇定下来，突然提议：“我们先去看电影好不好?”直接爬上床的做法太没情调了，他才不要学尚学长！如果他记得没有错，晚上似乎有一部广受好评的电影公映，叫做《灯花不堪剪》。

程西点了点头。手指划过他的衣领，沿着领带一直抚摸下来，反而让Lee像处男那样紧张起来，顿时涨红了脸。啊呀，他这是怎么了!

深呼吸，Lee告诉自己，然后将程西的手轻轻从领带上拨下来。“下班我去找你。”

程西怀疑地看了他一眼，有些奇怪地松开了Lee的手。

Lee转身而去。

“他是怎么了?”程西蹙起眉头，以前Lee刚进公司的时候，态度可不是这样的。正好一旁走过来的一对公关部的同事，似乎咬耳朵在轻声笑着。

只听一个说：“新来的销售部经理长得好漂亮哦，没想到果然是个有本事的人。”

“还不是靠他那张脸才拿到的业绩。我跟你说……记得上次DUREX项目组广告被停播的事情吗？外面都在传言，说是这位漂亮的经理亲自出面陪了相关负责人一晚上才搞定的!”

“啊？有这种事情?”

“是呀！最奇特的是，那位负责人居然还是个男人耶……”

程西拉住其中一个问：“广告停播不是说媒体那边弄错了吗?”

“哎哟Cindy，做公关这么久了，官方发言你也信啊……不都是我们公关部写出来的软文吗?”说八卦的女生一脸暧昧。

“这么说，就是我一个人不知道了？”那一天，她刚巧生病没有来。

“大概你休假？反正那一次还借调了 SOFY 组的经理来参与这个事件呢。你不是和他很熟吗？怎么，他没有跟你讲啊？”

程西摇了摇头。这么一说，Lee 是亲自参与了这件事情，并且亲眼看着 Alex 用身体来取得广告续播的契机的了？

难怪……难怪他对自己的态度突然转了一百八十度，礼貌且矜持，而相反对 Alex 的态度却亲昵又有趣。

Lee 的参与，分明是为了维护自己。

Alex 的献身，却是为了维护 Lee。

再没有什么能以牺牲自己去换取别人的利益这种事情，更能打动心爱的人了！

程西突然觉得一阵心寒，晚上的那场电影，究竟会上演一幕什么戏？

香槟入喉，竟尝出一丝微苦的味道。

此时有准时下班的同事拿着员工卡在打卡机上刷了一下。嘀的一声仿佛是揭幕令。程西抬头看了看 Lee，后者正在办公室收拾东西。

“走吧。”Lee 冲她笑了笑。

“咦，你们要去约会吗？可以不可以让我搭个顺风车……”Alex 很不识相地挤到两个人中间，拉开他们叫好的车钻了进去，“拜托啦！”他双手合十跟程西说，抬起头的样子楚楚可怜。

Lee 和程西并排坐在后面。

“先送你吧，要去哪里？”Lee 拍了拍 Alex 的肩膀问。

Alex 说了地址，和他们随意聊了起来。突然间不知道说到什么话题，他转过头去问程西：“你知道不知道 Lee 和他妈妈的

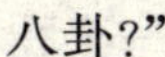

八卦?”

“咦？没有听说过。”程西貌似从未听 Lee 说过自己的家人。

“还是大学的时候，Lee 的妈妈有一次去学校看他。然后我们才发现他妈妈好年轻好漂亮哦！Lee 很苦恼地跟大家说，他和妈妈去餐厅吃饭的时候，服务员没有看过这样像姐弟的母子，于是一直怀疑长相英俊的 Lee 同学是牛郎。结果到结账的时候，是 Lee 的妈妈掏的信用卡，服务生就把‘怀疑是牛郎’的目光直接换成‘果然是牛郎’了!”

“Alex!”Lee 叫了他的名字，及时阻止 Alex 爆更多的料。

程西浅浅地笑了一下，对这个笑话似乎不感冒。她除了知道 Lee 是 Lee 之外，似乎他的习惯，爱好，经历，家庭，一切的一切，都不如 Alex 了解得多。

算起来，她和 Lee 压根就没有正式清算过彼此的关系。

Lee 既不会当着旁人的面介绍自己说“这是我女朋友”，也不会说任何亲昵的语言。

似乎那个坐在 Lee 旁边的人，应该换成 Alex 才合适。

Alex 终于在中途下车，挥舞双手很暧昧地冲程西笑。“明天见，今晚约会愉快。”

为什么她反而会有不祥的预感?

抱着饮料和零食进场，Lee 很认真地坐在位置上开始看电影。

故事其实讲得有些暧昧。全篇一个女人也没有，始终是男人的戏。

春秋战国的背景，某国的君王在一夜之间毙命。本应继承大位的公子晗被乱党围攻，慌忙出逃，途中只带了一名瘦弱的食客苏紫和李姓护卫以及零零落落的亲信。

故事便从苏紫为护卫买药开始说起。

虽说两个人都对公子晗忠心耿耿，不过一个瘦弱单薄，一个孔武有力。一个只求能陪伴于公子身侧，一个却时刻维护公子安危。逃亡途中，几乎断粮。苏紫弱不禁风，染上风寒。而护卫千方百计保护公子的安危，使命极重。

"如果一定要舍弃一个，你会选择谁?"程西悄然问 Lee。

"自然是那个弱不禁风的食客。" Lee 吃了一口爆米花，"不过护卫还是有点用的。"

果然，仅剩的食物只能供给给公子与护卫，食客挨着病痛与饥饿，一起挣扎在逃亡的路上。只要逃到邻国，借得兵权，光复帝位便指日可待。不期然，苏紫乘坐的青马却被追杀的敌人射中了，苏紫只得与公子晗共乘一骑，谁知伤痛的青马因为识主，久久不肯停歇，仍旧忍着伤痛追逐着公子晗一行人。"如此跟随，实在是个麻烦。"公子晗如是说道，起身下马，抚摸青马的脖颈，一副爱恋的模样。最终却抽出了护卫的剑，将青马斩于剑下。

青马之死，错在过分愚忠，该去便去，才是明智之举。

程西看到这里的时候，突然有一丝动容。

最终，就要到邻国的途中，公子晗一行人中了敌人的埋伏，寡不敌众的三人夺路而逃。苏紫却中了一箭，默无声息地跟着公子走了一路。翌日高烧不退，他亦知道该是自己离开的时候了。

他笑靥如花地欺骗公子晗说，自己有旧友在此附近，想投奔于他，自己并不想过此颠沛流离的生活了。说罢深深鞠躬，踉跄而去。

看见屏幕上苏紫离去的画面，Lee 仿佛看见了 Alex 亲手将他交给程西一样。

影片结尾，是公子晗登上王位重回旧地探查的时候，亲眼见到就在苏紫与自己分手的那片土地上，仍旧埋有一段枯骨。手中还紧

握着公子晗临别时赠他的玉佩。

“我有话对你说。”

找了一家咖啡厅坐下，程西一面搅拌着饮料一面抬眼望着Lee：“我觉得，我们需要分开一段时间好好想清楚。如果我和Alex一定要有一个人离开你，你会选择谁？等你想好了再来告诉我。”

大概是因为耳濡目染的缘故，程西总是理所当然觉得，和一个男人做情敌这种事情，再正常不过了。

Lee这一次倒是回答地十分认真，“好。”他简单地喝了一口咖啡，捏咖啡的手一直在轻轻地颤抖。

如果是在以前，他一定会觉得这个问题实在太过简单了。不过仔细思量，不知道是不是Alex最近一直在自己眼前晃荡的关系，他的存在感太过强烈，几乎达到令人目不暇接的地步。

他摸了摸自己的鼻子沮丧地想，完蛋了，他不会真的有双性恋的倾向吧？

第二十五章

叹气已风靡2901

“周五有没有空？去出席一下这个会议。”尚易辰丢给 Lee 一封请柬。

金色的邀请函上，用很是斟酌的语气写着时间和出席的地点。是艾瑞网的邀请书，据说届时有颁奖典礼和 2009 年艾瑞网评选出来的互动新媒体奖，以及很多著名的广告公司的 CEO 都会带来精彩讲演。每年的 10 月份，象征收获的季节，各家广告公司也能从中得到或多或少装裱公司门面的光环。

当然，要是有某家甲方所推出的品牌获得了广告大奖，也会被应邀出席。

好死不死的是，DUREX 和 SOFY 都有名列其中。

前者所获得的是最佳创意奖，获奖的公司自然是 JWT。想必那个莫臻定是要风光一把的了。

另外就是 SOFY 的营销策略获得了 2009 年度新媒体奖。多亏了上一次尚易辰提醒 Lee 做的那个小计策，成就了 Amy 同学在媒体策略方面的大奖。不过因为她是以个人名义做的媒体策略，所以出席领奖的只能是 Lee 了。

打开一看，艾瑞网总裁杨伟庆的照片和亲笔签名都在上面，Lee 看了一眼，“这种会议应该叫 Alex 去啊，这个总裁看起来就是

Alex 喜欢的类型。而且名字取得好烂，没明白阳痿有什么好庆祝的，还要大肆张扬。”

“叫你去你就去啊，废话那么多。”尚易辰从电脑后面抬起头看他一眼，“你和程西吵架了?”最近去程家吃饭都没有看见他，相反自己和 Alex 去得比较勤。奇怪，程西的脸一看见 Alex 就一副闷闷的样子，别过脸去，连咀嚼饭菜都特别用力。

当然那一天晚上 Alex 也很神奇，从口袋里摸出两只黑色的管状物品递给程南和程西。程南欢乐地接过去，程西却闷声不吭，冷冷的目光像冰晶射线一样，看得 Alex 寒毛直竖。

“这是什么?”程南拧开那只管子，右手拔出刷头，不小心按了一下金色的开关，“哇！会动也!”

“一直承蒙程妈妈和程爸爸的关照，每天都来蹭饭实在不好意思。于是带了点小礼物给你们。这只很厉害的哦，是兰蔻新出的振动睫毛膏，据说一分钟可以振动 7000 多次，有 360°包裹睫毛的功效。”Alex 用手指比划“我特意从美国带过来打算送给朋友的啦!不过好像国内要明年 1 月才上市。像小南这样的女孩子，如果有像洋娃娃那么好看的睫毛，不是更漂亮吗?”

程南拿着那只电动的睫毛膏玩得乐不可支，满脸的笑容分明在表示——似乎有个会讨女孩子欢心的 gay 蜜也不错。

程西听着他拍程南的马屁，努力地咽下最后一口饭：“我吃饱了。”分明是不 care 对方送的新奇玩意。

于是尚易辰看见了这一幕，本着男人也八卦的原则，追问过来。

说起来 Lee 真的每天下班只是窝在家里看那种很无聊的八点档电视，然后把脸皱成一团。看见 Alex 的时候又露出一点点惊慌，又有一点点尴尬的表情，不知道在想什么。

“Lee，要不要来玩检查身体的游戏？”

Alex经常在Lee发呆的时候，吐气如兰，用食指点着后者的胸膛打圈圈。

Lee马上就会跳起来，飞奔回房间，“砰”的一声关上门。

实在是很不对劲的一件事。

所以找点事情给他做，也未尝不是件好事。

“好吧。”Lee将请柬拿在手里，却不曾料正好看见程西进来和尚易辰汇报某项工作。相视间看见程西投递过来的眼神，公式化地朝他笑了笑。Lee也只好堆了一个同事之间惯常的笑容送过去。起身推开自己房间的门，才觉得稍稍松了一口气。

不知道为什么，看见程西还是心里紧张。

仿佛是因为自己莫名其妙地答应了她那个“好好想一想的提议”。关键是，即使现在看见活蹦乱跳的Alex，他想的仍然是“这个人什么时候能消停一下”。而看见程西，却会因为愧疚而有些心里发酸。

这种感觉有种微妙的苦涩。说不上是喜欢还是不喜欢。仿佛一场没有硝烟的战争，一个眼神，一个表情，一段话语，就是刀光剑影，挥矛设盾的战场。那种惴惴不安，互相揣摩对方的心思，眼神的含义，话语的玄机，实在是一种很甜蜜又苦痛的事情。

Lee捧着甜蜜又苦痛的心脏小心翼翼地出去。冷不丁听见程西说了一声：“Lee，你要带人一块去吗？”

“啊……大概要。”说来也是，总不能他一个人独揽胜景。刚想问她：“你有时间吗？”却被程西一句话堵掉。

只听她抢在Lee的前面说：“刚才碰见Alex也兴高采烈地拿了请柬了，你们可以约到一起。”

尚易辰挑起眉假装看着电脑，并不介入他们之间的口角战。

Lee把要说的那句话咽了回去，看了程西一眼，闷声不吭地走了出去。

她要把自己当作包袱一样丢出去给别人，那他就做给她看好了。

“Alex，明天我们一起去参加这个会吧。被人指说可以和你一起。”Lee径直走到销售部的经理办公室，敲了敲Alex的门。

“好哇!”对方眉开眼笑。

请柬上写得含含糊糊，并没有说明哪些人会做演讲，哪些人会出席，大家都不过只是去凑个热闹。

下班回家，Alex春风得意地吹着口哨，在镜子前面将自己的领带一字摊开，一条一条往身上比。尚易辰懒洋洋地看了他一眼，“你在发什么春?”

“啦啦啦，Lee主动和人家约会耶，当然要打扮得fashion① 一点啦!”Alex选了一条黑色缎面的领带，上面是白色镂空椭圆形的几何图案，看起来倒是某个大品牌的时尚新品，“学长，这一条怎么样?”

“还不错。”尚易辰扬了扬眉。对于Alex，他倒是一反常态没有毒舌相向，继续翻着手中的书本，蹙着眉头看里面的桥段。只见封面上依然写着“钱夫人著”四个大字，看出版日期是比较旧的书，尚学长倒是不遗余力拜托Alex找了出来，在闲暇之余拜读程南的作品。

Alex继续吹着口哨。顺便看了一眼正在看书的尚易辰，“好奇怪哦，学长你这几天好安静，为什么不去找程家姐姐玩?”

“唔，暂时没什么需求。”尚易辰看着书，程南脑袋里的想法，

---

① fashion，时尚、流行的意思。

他当然要搞搞清楚。他可不想让一个有着自己的姓名自己的相貌的人出现在某本娱乐小女生的书里，让她们看着自己和别的男人搞。

“咦？”Alex将脸转过来，“你对程家姐姐没有感觉的吗？居然说出这样的话？”

尚易辰抬头看他一眼，眼神中分明是“你管太多”的含义。

Alex只好讪讪地将头转过来，继续臭美地照他的镜子。嗯，时尚的领带搭配尖领白衬衫和同色系的黑色紧身外套，下面穿铅笔牛仔裤和淡金色的板鞋，看起来好IN哦！就这样定了！他朝镜子里面的自己眨了眨眼睛，却没来由看见尚易辰一张幸灾乐祸的脸。

“为什么我觉得学长好像知道什么事情，却瞒着我？”Alex精明如狐狸。

尚易辰看了那个恋爱中的傻瓜一眼，缓缓说道：“我要是你，我就不会去。”

“为什么？”Alex水汪汪的眼睛充满渴求的疑问。不过是一个会议而已，有Lee陪在身边会出什么事？

尚学长淡淡一笑，“你知道这种会议一般出席的人很多，说不定有些你不想碰见的人，却偏偏碰见了。”

Alex笑容牵强，撅嘴道：“学长，人家听不懂你在说什么。”

尚易辰继续低头看手里的书，让僵持的气氛弥漫到Alex的脸上。

只见镜子里的那个人有些颓唐地拿下领带，将那一堆各色配饰抱回房间里面，轻轻掩上了门。门后传来一声极细微的叹气声。

Lee从浴室里出来的时候，顺带问了正在客厅里看书的学长一声：“Alex呢，我正要问他明天几点走。”

“他多半是去不了了。”尚易辰轻轻抬眼，“你现在去楼下约程西，还来得及。”

听见 Alex 不去出席，Lee 突然觉得松了一口气的样子。至于说要去约程西，他看了一眼挂钟，已经 11 点了，“我去睡觉。”再被拒绝一次，叫他面子往哪里搁。再说要怎么解释？告诉她 Alex 不去所以他必须找个女伴吗？

他闷闷地走回房间，同样也轻轻地关上了门，叹了一口气。

尚易辰挑了挑眉。这个世界是怎么了，无端端，连男人也要叹气。

他站起来伸了个懒腰，查看了一下自己的手机短信。

20 点 10 分的时候分明有一条程南的留言——今晚要更新文章，不上来了。

那个需求的问题，压根就不是关键。

关键是，一旦习惯了身旁有个人一起，突然失去的时候就会觉得很不习惯。

尚易辰也学着前面两个人叹了一口气。

第二十六章

关键发言人

程西猫着腰挪到 Lee 身旁的空位的时候，台上演讲的正是艾瑞网致开幕词的杨伟庆先生。Lee 诧异地看了她一眼，低声问："你怎么来了？"

"被勒令前来开会。"一大早她去公司上班，难得看见老板尚易辰居然也准点到了。

他将她拦在大门口，"无论如何，公司需要一位形象佳气质好的女性员工去出席！"尚易辰一边将程西的包丢出门去，一边如此解释。

最奇怪的是程西看见 Alex 一脸落寞地站在尚易辰的旁边，奇怪他不是要和 Lee 一起去的吗？

Lee 想起昨夜入睡前尚学长的告诫，无论如何，尚学长尽管毒舌又腹黑，还是很照顾他的。他忍不住开心地露出了一个笑容，听见上面开始宣布各类奖项了。

在宣布年度最佳广告创意奖的时候，他看见莫臻上台去代表公司领奖了。好人家族的莫臻这会儿一扫往日的阴霾，意气风发起来了。

Lee 上前去领了 SOFY 的奖项，听见台下观众对女性用品竟然是一个男性出来领奖十分唏嘘。不过冲着台下微笑的时候，传来更多的尖叫。不管怎么说，混迹于公关广告这个行业，Lee的形象还是十分抢眼的。他看见台下的程西看着自己露出了难得一见的笑意。

轮到DUREX的时候，程西上去代表公司领了奖。对于频频出现的俊男和美女，振奋了原本无聊的会议。大家都在台下猜测说刚才的一对男女究竟是谁。

许多公关公司、媒体公司、还有各类广告公司都纷纷派人出席这场颁奖典礼。艾瑞网力图将典礼搞得声势浩大，不过居然没有准备工作餐，冗长的会议之间很多人偷偷跑出去买吃的和饮料。

企图结识Lee和程西的一个人乘此刻观众空虚的当儿，摸了上来，递过名片给他们两个人："你们好，我是S市传媒部的主任，我叫桂翔。"

Lee礼貌性地接过了他的名片，"传媒部？"

"是，鄙人主要负责的是S城的移动媒体以及地铁电视楼宇等等广告投放的审核工作。"桂翔推了一下自己的眼镜，对于新兴媒体的推广和发展的论题，他刚才有在大会上发言，"不知道你们认识不认识一位莫贤松莫先生？"

"Alex？"程西突然有种不好的预感。

桂翔先生一副很无奈的口吻，"莫先生欠我一个解释。我最近一直在找他。刚才听闻贵公司得了两项奖，特意过来恭喜一下。顺便问一问，他最近有去上班吗？"

程西刚要说话，却被Lee拦住了："不知道Alex欠你什么解释？方便的话能不能告诉我们，为您转达？"

桂翔叹了一口气，"说起来这件事是这样的，涉及到贵公司的一件媒体投播的问题。前段时间莫先生打电话联系我说，关于贵公司的某个广告在地铁上面的投放，因为活动内容有些修改，他要求我暂时将广告停播一天，然后会寄送上最新的活动TVC给我。但是我按照他的意思停播了 24 个小时之后，再联系我的却是贵公司的法务部，要求我为停播的 24 小时做出解释。我没有办法，只能告知对方是莫先生的意思。不过贵公司的法务部要求我拿出证据，否则保留追诉我的权利。所以我最近一直在联系莫先生，希望他出面跟我去法务部解释一下这件事。我真的很无辜。”

Lee 听完这一番话，将拳头握得紧紧的。

Alex!

那个该死的 Alex!

真是一出好看的苦肉计!

Lee 觉得此刻自己杀他的心都有了!

不知道为什么，Alex 今天的眼皮一直在跳。10 月的天气原本秋高气爽，他却无端端地打了个寒战。

“Alex”，尚易辰敲了敲他的办公室门，“下班了，你要不要跟我一起回去?”

Alex 一副被吓到的表情，见到是尚易辰，这才心不在焉地点了点头。奇怪，遇见这种不喜欢加班的老板还真是好命：“好啊。”站起身简单收拾东西，手指却被崭新的 A4 复印纸划破，一道小小的伤口渗出薄薄的红意。

他忍不住蹙起眉头，将伤口放在嘴里吮吸。

“程西呢？她不是也顺路吗？要不要叫上她?”不知道为什么想起情敌来。Alex 一面查看伤口一面含糊地问。

“她去开会了，到现在还没有回来。”尚易辰转动着手中的钥匙，“你要是再磨蹭我就先走了。”程南叫他顺路买奶茶和甜点回家，还特别有发消息给他说今天很不开心，因为更新的文章一个长评都没有，短信的后面打了一长串“O (︶︿︶) O……”的表情。

“等等人家嘛……”Alex手脚伶俐地收拾好了东西，跟着尚易辰出门。一路畅通无阻，实在太平得不像话。

他躲在房间度过了胆战心惊的一晚。连程南和尚学长蹲在客厅赤裸裸的调情都提不起他偷窥的兴趣。关键是，Lee呢，为什么还不回来。他是在和程西一起开会吗？他们会不会在会议上遇见什么人？尚学长昨夜的那句“碰见不该碰见的人”究竟是什么意思？

抱着头，Alex迷迷糊糊地睡过去。再度睁开眼睛的时候，却在门口看见气势汹汹冲进来的Lee。

跟着Lee同学进来的还有程西。

程西的怪力此时派上了很大的用场，她拉住Lee的时候后者根本没有办法挣脱。“Alex!”Lee只好以挥舞双臂的方式表示自己的愤慨：“该死的，你设计我!”随便找了一个什么都不是的花衬衫，前来扮出可怜兮兮的苦肉计，博得他的同情，使他甚至一度还在考虑，究竟Alex和程西之间，他应该选择谁这个问题。

相较于擅长计谋的尚学长，Alex同学的小动作实在让人不齿。

被当面拆穿的感觉真糟糕。Alex抱着肚子醒过来，才发现那是一场噩梦。

迷迷糊糊地出了一身汗，他跑去浴室洗澡，出来的时候看见Lee被尚学长的军号声吵醒，在陪着尚学长在客厅里跑步。真奇怪，楼下的2801的住户不会上来反抗吗？

说起来，Lee昨天什么时候回来的？

他一面擦着头发，一面心虚地看着Lee。

不过Lee同学被虐得很惨，一面跑步一面被尚学长鞭笞：“就是因为不锻炼才会这样没用啊……”

“学长饶过我吧，我今天要和程西去约会……”Lee痛苦地弯下身子，双手扶住膝盖，用力地喘气。余光瞥见Alex在看自己，

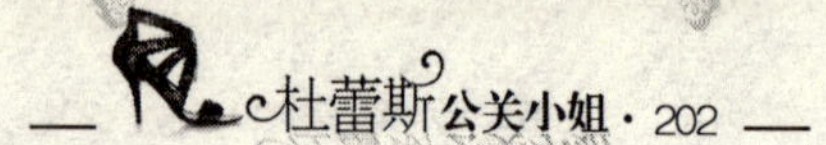

大方地冲他打了个招呼，“早啊。”

“早……”

Alex呆呆地站在那里。

只是这样而已？

没有梦境里面的挥戈相向，也没有幻想中的气势汹汹，所以……其实是他多虑了对不对？

想到这一点，他终于扬起了眉毛，将昨日笼罩心头的阴霾一扫而光，露出一个喜滋滋的笑意。

“约会，带我也去好不好？”

Lee同学擦了擦汗（他真的是满头大汗），微微喘气的样子十分和善，“好啊，一起去吃个饭也好。”

“好啊好啊！”Alex拍手，眼睛笑弯成一条缝，“我知道有家意大利餐厅很棒哦——情调高雅，菜色又经常翻新……”

Lee打断他：“不如去那天和阿常定的地方吃。我对那里的菜色还是蛮怀念的。比如招牌苦肉酱、隔岸观挑趣……”

尚学长突然笑了一声。

Alex看了他们一眼，笑容僵在脸上，一言不发地拉开冰箱，找了一片冻到硬邦邦的吐司叼在嘴里。

“咦，不要和我们一起出门去吃饭吗？”Lee一副很大度的神态。

Alex第一次举手投降，“祝你和程西胃口好。”不得不说，在这件事情上，Lee没有拆穿他，已经很给他面子了。他一面向前走，一面与Lee擦肩而过。这样近，却那么远。一步一步走回自己的房间，心底目测着和他的距离，一步，两步，三步，咫尺之遥，却恍若隔世。

“Alex。”Lee叫住他。

Alex没有回头。

门轻轻地被合上，这一回，Alex叹出来的气是真的沉重。想必那个念头，他当真该做个了断才是。

强扭的瓜不甜，不是自己的，终归不是自己的。

房间里突然下起了雨。

浴室里的面团和包子在汪汪大叫，犬吠不止。

因为大楼的管理员上来讲，这幢公寓不允许养宠物，吩咐尚易辰将他们送走。那对小小的棕色的小狗却很恋旧，尽管住处一再会被怪叔叔们打搅，它们仍然觉得此处甘之如饴。程南也上来眼泪哗哗地和那对小狗道别。尚易辰将它们装在一个小提包里面，交给Lee和程西。

"送给桂先生，就说是法务部骚扰他的赔罪小礼物。"尚易辰对程西眨了眨眼睛。

"呃?"程西瞪大眼睛，她完全没想到原来法务部那通威胁电话，是尚易辰的授意。

"约会愉快!"尚易辰将他们推出门，最后说了一句："Lee，我有在你衬衫口袋准备礼物。记得查收。"

第二十七章

杜蕾斯的厄运

愣头愣脑的Lee同学显然有些摸不着头脑："有什么是我不知道的吗?"他觉得中间肯定漏掉一拍。尚学长自从以程家人自居之后，对程家人总是特别好。看他和程西的表情简直像暗通款曲，看到他忍不住心头嫉妒。

程西小心翼翼地抱着那两只小狗，"有，桂翔先生的地址，在我衬衫口袋里，麻烦你拿出来看一下。"

程西今天穿的是一件休闲款的红色方格衬衫，胸部（XIONG-BU）上有一个口袋的设计。衬衫下面是一条简单的黑色窄脚裤，显得她的腿笔直修长。脚下是一双匡威的黑白帆布鞋。这样看起来很像学生的装扮。直发披下来，摘掉了框架眼镜，清纯中间带着妩媚的眼神，让Lee情不自禁地咽了一下口水。

可爱宠，休闲日，回归的质朴装扮，这些元素加起来，分明就回到了学生时代的恋爱。

衬衫的……口袋？Lee看了一眼程西的胸部。

"这里面?"他怯怯地伸出手。

程西被他的表情逗笑，"放心，我不会大叫非礼的。"她还记得第一次见面用力踩在Lee的某个部位上他扭曲的神情。

Lee一副"好吧我豁出去了"的神情，伸手从程西胸部的口袋里面摸出一张纸条。好吧，瞬间的接触他不得不承认心思有点恍惚地飘了出去，仿佛触到了柔软而又极富弹性的 QQ 糖。

“这个地址，恐怕要点时间。”程西瞅了一眼 Lee 手中的地址，心里计算着路程。

“我开车，你指路吧。”他毕竟对 S 市仍然不熟。光是有哪几个分区他都不清楚。可是脸上忍不住露出小小的兴奋，即使再多花一点时间又有什么关系，只要和喜欢的人在一起，开车兜风也未免不是件乐事。

秋日阳光正好，风也是和煦的。金色的阳光洋洋洒洒地从树阴之间洒下来，落了两个人一身。Lee 干脆将车顶敞开，程西钻出去半个身子，伸出手去开心地大叫。

两只小狗似乎也感受到车内两个人的兴奋，拼命大叫以示存在感。

“Lee！”程西将双手在两颊旁边，冲着前方大叫。

“嗯？”他专心开车，时不时注意车速和前后方的来往车辆。可是双眼忍不住瞟见了程西无意中拉上的衬衫上摆。此刻她立在座位上，露出雪白的腰线，几乎叫他鼻子一热。

完蛋了，Lee 同学你的自制力上哪里去了！

“我喜欢你！”程西冲着公路上的树木表白。

“汪汪汪汪！”她的表白被更大的犬吠声盖过。

可怜的 Lee 只关注他即将流出来的鼻血，却没有听见程西的爱的告白。

听见被那通法务部的骚扰电话不过是个误会的消息，桂翔忍不住露出松了一口气的表情。接下来眼镜后面诧异地看见程西怀中抱过来的一对小狗，有些公式化的眼神也不免变得温柔起来。

“这是……”桂翔已经大方地伸手接过，修长的手指逗弄着那

对看起来十分不和善的小狗。说起来也奇怪，原本在2901生活得十分凶悍的包子和面团，遇见了桂翔反而一改秉性，耳朵耷拉下来，随意地摇着尾巴，仿佛对他的逗弄十分惬意。

“尚先生送给你的一点小小心意。”程西笑笑。她倒是不知道这位桂先生会对小动物那么感兴趣，“算做是那通打错电话的赔罪。”

“还不知道这两个小东西有名字了吗?”

程西想了想，“公的叫做包子，母的叫做面团。”

“好可爱。”他像个年轻的女性那样温柔地笑了起来。

程西也微笑点头，“是啊，我姐姐取的名字。”要不是公寓不让养宠物，相信小南都不会舍得将它们送走。

桂先生是个斯文有礼的人，对程西的温柔笑容怔了怔，红了红脸，“要不要进来坐一坐，喝一杯茶？我这里有上好的茶叶。”

Lee怀疑地看了桂翔一眼，什么嘛，这小子当自己是死人啊?他咳了一声，示意程西我们还有约会。

程西看了他一眼，笑得很开心，“好啊。反正我们也没有事，是不是?”她居然应允了！

Lee瞪大眼睛看着程西跟着另外一个男人进了房间，只好气呼呼地跟上前去。

他在玄关换下鞋子，不得不说这个看上去是单身的男人家里十分整洁。

将两只小狗寻了个地方安置，桂翔引他们到自己的客厅。

客厅宽敞，布置简洁。与寻常男性喜欢的现代与科技感的调调不太一样，这里是十分舒适和宁静的布局。客厅中间是一张日式的榻榻米，中间摆放了一个根雕的茶几，一套同色系的茶具摆放当中。一旁设计了一个一米见方的鹅卵石台，以玻璃做底，上面搁了一块体积不大的太湖石。不知从何处引来的水，就在这一米见方的湖石上缓缓游走。

“看不出来桂先生喜欢茶道。”跪坐在榻榻米上，Lee 半酸半涩地说。

“谬赞了。不过是闲暇的一点兴趣。不知道两位平常爱喝什么茶?”桂翔的双手纤细洁白，修长的手指仿佛沾染着艺术气息。

“我都可以，Lee，你呢?”程西新奇地跪坐在榻榻米上，专注地看着桂翔点燃酒精灯开始煮沸水。

“菊花茶。”正好降他现在的火。

桂翔笑笑，“虽然说现在已经是秋天，菊花茶可以解秋燥，不过我还是推荐在秋天的时候喝一些健脾益气，补中和胃的乌龙茶比较养身。”他挑出一罐上好的大红袍，挑了几枚放到茶杯中，缓缓开口说：“市面上的大红袍都是用小红袍嫁接的品种，大概是我运气好，好容易托爱茶的朋友弄来这么小半两，一直舍不得喝，今天不如托你们两位的福，正好可以尝尝。”

“这有什么稀奇的?”Lee 不谙茶道，小小嘟囔了一声。被程西一个眼神止住。看起来，她倒是十分想喝一杯桂先生沏的茶。

桂翔似乎听见了 Lee 的抱怨，并不答话，只用沸水烫了烫茶杯，流云般的手拂过茶盘，一来二去之间，两杯颜色浅碧的茶便摆在 Lee 和程西的跟前。

“请尝尝看。”桂翔手掌向上呈礼让的姿势，翻飞的手姿十分美妙。约摸是热爱茶道久了，连手指都沾染上茶香，整个人也如茶一般，淡淡的，初识尚觉得一股涩味，久了反而芳香满溢。

“……真是好茶。”程西呡了一口，笑着夸赞。

Lee 一口牛饮。蹙了蹙眉，什么也没察觉出来。他平日里喝惯了咖啡，对这种喝起来平平淡淡的东西没什么兴趣。看看手表，已经快下午 5 点了。真不知道今天的约会还有多少时间能留给他们两

个单独在一起。

“有个不情之请，想麻烦程小姐。”桂翔吞吞吐吐地说了一句，脸已经羞到通红。

Lee 的眉头拧到更难看，简直像个妒夫。早就知道，这杯茶不会白喝的！哼！

“家母下个月要来 S 市探望我，因为我一直是一个人独处，曾经为了逃避相亲而骗她说我已经有了交往对象。虽然这个请求十分荒谬，但可不可以劳烦程小姐，在家母来 S 市的那几天，假扮我的女朋友？”

“不行！”Lee 摔了杯子站起身，抓住程西的手就往外走。

靠！他就知道这个看起来羞答答的小子不是什么好人。

程西难得见到 Lee 在人前这样重视自己，忍不住想将玩笑开得彻底，“桂先生也很可怜……Lee，你让我自己做决定好不好？”

“你！”看程西一脸戏谑的样子是打算答应的了？Lee 忍不住额头青筋直露。

桂翔担心地看着他们两个人，模样仍旧充满期待。毕竟程小姐比那个 Lee 看起来要好说话得多。

“我考虑一下再跟你联络。”程西看了 Lee 怒气十足的表情，笑得很开心。

“好……”好了好了，希望大过失望。

Lee 简直是用拽的，才把程西从桂翔家拽出来。“女朋友！”他说得咬牙切齿。

“我现在反正是单身，权当帮忙，有什么不对？”程西抱胸站立，说得气定神闲。

“那我们算什么？”他将她迫到墙角，几乎能感受到彼此的呼吸。

"你说呢？"程西不动声色。

Lee 低头吻住了她的唇，恶狠狠地。

这个吻来得猝不及防，程西不由轻吟一声，却令他的舌尖趁虚而入。

虽然她承认他的吻技不错，直叫人惊惶失措，浑身酥软。Lee 同学不愧混过风月，食过花雪，双手沿着早就觊觎的腰线一路上行，几乎触碰到她的酥胸……不过在关键时刻，程西还是一把将 Lee 推开，整理好被他揉乱的衬衫，走了出去："请你载我回去。"声线中还残留着一丝颤抖。天知道她多么渴望他的吻，不过这时候要是让他得逞，不就很无趣了吗？

Shit！Lee 同学用力捶了一下墙壁，这算怎么一回事嘛！

似乎是命运的诅咒，但凡 Lee 身上带了杜蕾斯，一定会遇见厄运。他气得将身上那一盒三枚装的杜蕾斯扔进了垃圾桶。这才愤愤然地追上程西。

第二十八章

做，爱做的事

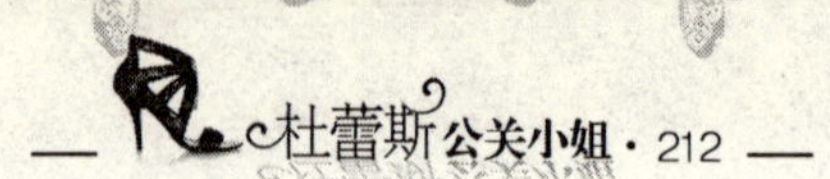

一路上气氛空前纠结。

程西干脆闭上眼睛坐在他身边假寐。

Lee 则是寒着一张脸开着车，与来时的心情截然不同。

待到天色渐暗沉，华灯初上之时，程西才睁开眼。

“咦，这是哪里?”看了看车窗外的景致，似乎与来时不同。这个路痴 Lee，该不会是走错方向了吧?

仍旧是气鼓鼓的 Lee 同学几乎是用牙齿缝发的音：“我迷路了。”谁叫她不睁开眼睛指路。

“干吗不叫醒我?”程西瞪他一眼，这才找出随身携带的地图。不过天色黝黑，很难辨认他们现在在什么地方。如果没有记错，刚才闭眼之前他们刚刚经过某某路，如果沿着这条路直开的话……

Lee 同学的肚子很不合作地咕咕叫了一声。引来程西的轻笑：“我包里还有点吃的。”

他赌气道：“用不着。”哼，他又不是她的什么人。方才那件事情直接刺激到了 Lee 同学的小心肝，什么嘛，他都明摆着自己的一颗心了，临了却被那个姓桂的小子横插一脚。即使是假的，谁知道会不会就假戏真做了。

这个家伙，该不会是没听见自己在来时的路上说的那句表白吧？程西怀疑地想。否则这浓浓的飞醋从何而来？答应桂翔假扮女朋友的时候只是考虑而已，不过她想自己多半会答应。毕竟如此刺激又鲜活的经历，谁都想尝试一下的不是吗？总坐在办公室里有什么意思！

“这样走……”程西低头研究了半天地图，才总结出来一条路线。

Lee 一言不发地按照她的指示开车，总算在折腾了个把小时之后成功地找到了他熟悉的地段。程西松了口气，抓住地图的手稍稍松懈，人也极度疲倦地闭眼稍事休息。方才迷路的感觉十分不爽，尤其两个人之间的气氛也相当诡异。腹中的饥饿感接踵而至，一个急转弯使她乍然睁开眼睛，却发现 Lee 开车的路线并不是回虞景公寓的。

“Lee，你要去哪里?”

“程西小姐，”Lee 的语调透着深深的怒气，“你似乎还忘记了，我们有个赌约要履行。”

他分明还在吃飞醋嘛。

程西刚想安慰他，却不留神 Lee 同学来了个急刹车，直接让她失去平衡。然后车门被迅速地拉开，Lee 同学仍旧是用拽才将程西拽出副驾驶座，直奔目的地。

等一等，为什么她觉得这里好熟悉?

好像是她和 Lee 第一次酒醉后来的地方。

“Lee……”

被他的样子吓坏，程西甚至在忧郁地想，是不是方才对桂翔笑得太过亲昵的缘故，才导致 Lee 同学的一张臭脸一直保持到现在。

没有半分预兆，Lee 很不客气地将嘴唇覆了上去，唇齿相交，柔软的舌尖熟练地挑逗着彼此的激情。

扯掉该死的领带。

扒去束缚的衬衫。

抽去烦躁的皮带。

让长裤褪至地板一脚蹬开。

一切的步骤都和上次一模一样。

没有条件也要创造条件。

没有关系也要制造关系。

他恨透了自己此刻的心境，也恨透了那个羞答答的桂翔的请求，更加恨透了此刻怀中的程西，她就不明白她微笑的样子有多么美吗？Lee的嫉妒心上升到极致，恨不能将程西包裹起来放进口袋里。

两个人同时摔倒在柔软的床垫上，程西的衬衫纽扣在瞬间瓦解在Lee的手掌之下。他的手掌继而成功占领了两座柔软的山峰，“Lee……”程西浅浅地低吟了一句，几乎在默许他的举动。

所以有句俗语说夫妻吵架总是床头吵，床尾和。任何罅隙和不快，都能在抚慰中得到净化。水乳交融才是社交礼仪的最深奥义。很明显，眼前的两个人绝对深入学习过社交礼仪教程，并且成绩斐然。

抚摸，亲吻，互相脱去最后一丝阻碍。两个人赤裸相对，Lee同学俯身就要做冲刺状，却被程西最后的理智一把阻止：“……你带DUREX了吗?”

“带了……”他捞起床下的衬衫就要寻觅，却一拍脑门，他好像丢在了桂翔家门口的垃圾桶里！

程西用怀疑的眼神看着神情尴尬的Lee同学，“你又忘记了！”

“我真的带了……只是不知道丢到哪里去了！”撒谎的时候鼻子会变长的，所以Lee每次撒谎的时候都会下意识地摸摸鼻子。

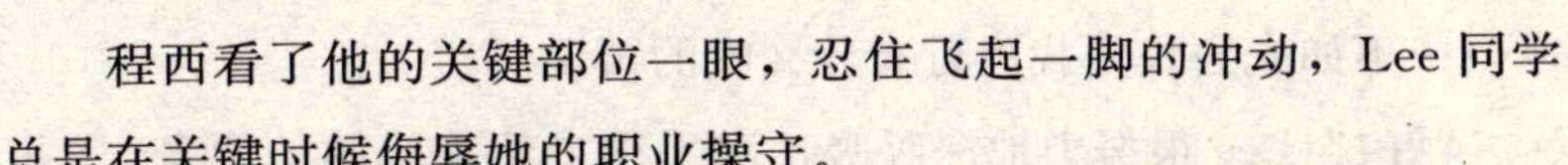

程西看了他的关键部位一眼，忍住飞起一脚的冲动，Lee同学总是在关键时候侮辱她的职业操守。

箭在弦上，不得不发。

做，还是不做。这实在是个很严重的问题。

“Lee……”程西凑到他耳边，吐气如兰：“限你五分钟，去车里把我的包拿来。”好吧，自从有过和Lee的一次不愉快经历之后，程西总是会提前在包里放一些样品。刚才被他拽得急了，几乎没有时间拿出自己的包来。

“Yes!”他顿悟，比划了一个握拳的手势，立即冲下床去用最快的速度套了长裤和衬衫，跌跌撞撞地跑了出去。（至于跌跌撞撞的原因，望天，请大家自行演唱：啊……大象大象，你的鼻子为什么那么长……）

程西的包包，程西的包包……Lee同学一边从酒店的电梯去到停车库，一边叨念着首要的目标，然后他顺带想起来车钥匙刚才在开门的时候顺手扔在了地板或者柜子的什么地方：“Shit!”不得已，他只得再折返回去，匆忙之间又忘记了自己的房间，推门进去却看见另一对正在床上进行他渴望已久的运动，被骂个狗血喷头之后终于找对了自己的房间。

可是五分钟已经过去了。

程西穿好衣服在房间里等他。

“你忘记了带车钥匙。”她拎着钥匙晃到Lee的跟前。

他挑起眉：“所以？”看她的架势，是打算到此结束了？

一记声音不合时宜地从Lee和程西的肚子里同时发出来。天知道他们一整天除了桂翔家的那杯茶之外，就什么也没有吃。

程西的手指沿着Lee的脖颈滑到他的胸口，然后百般诱惑似的发声：“我不认为我们饿着肚子，能做出一些美好的回忆。所以……不如先去找一找附近有什么吃的再说。”

“好！”Lee很努力地深呼吸，双手很自然搂住她的腰身。“可是我们叫酒店服务不是更快？”

“酒店服务能为我们去车里取回我的包吗？”程西挥舞着手中的钥匙。某些人精虫上脑，果然智商很低，“走吧。”她打开门。

这家餐馆的服务生尽管经验丰富，但也从未遇见过这样的男人。按照正常速度上菜，却仍旧被抱怨说太慢。看在用餐的两人都是俊男美女的份上，他这才忍住了没有冲他们的饭菜中吐口水的冲动。不过，哼哼，要是让他再碰见一次，他不确定自己会不会像这次这样好心。

“两位的菜都已经上齐，请慢用……”这位服务生话还没说完，就看见这位男性客人心急火燎地开吃了。

一旁的妩媚小姐似乎是他的女朋友，无奈地抽出纸巾递给他。

最让人羡慕的是，她还旁若无人地捻了男性客人嘴角的那粒饭，轻轻地放进自己的嘴里，细细咀嚼，含笑的样子十分可爱。

唉，不看了，再看也是别人的。

服务生垂头丧气地默默走掉。

面前的饭菜仿佛一时间都变成了程西的样子，Lee恶狠狠地往嘴里吞咽，直到胃部有些微微下垂，引起胀痛的感觉才停下来。

“身体是革命的本钱，食物是体力的保证，体力是冲刺的最佳支援……”Lee在心中信奉着这样的信念。

啊……他爱秋天这样美好舒适的夜晚！

他已经开始幻想起和程西在房间里大战三百回合的激烈场景。哼，一夜十七次郎算什么！Lee雄心勃勃地开始妄图超越这个数字。

从车里取出了程西的包包，她摸出手机看了看，一连有十几个未接来电。

程西蹙起眉拨了过去，对 Lee 噤声说："是程南打来的。"

只听电话里面程南很焦急的声音从那边传了过来："小西你在哪里？爸爸突然被警察抓起来了，那边要我们赶过去，我们现在在路上。"

"什么？被警察抓起来了？"程西倒抽了一口气，这种事情怎么可能发生在老实又可靠的程爸爸身上？

第二十九章

提前来临的协议

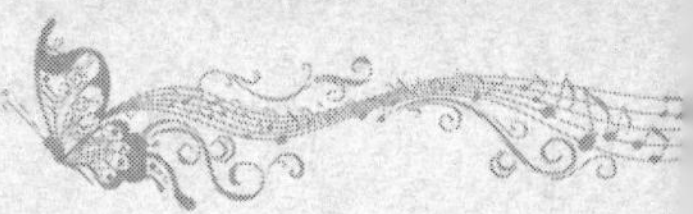

警察局里格外热闹。不过只是一起简单的交通案件，却纠结了一大家子的人。程家爸爸坐的计程车在路上和另外一辆计程车相撞，结果双方其实都没事，关键是对方乘坐计程车的偏偏是个外地来的欧巴桑，车子被撞烂了，计程车司机叫她下车再找一辆，她不干，偏偏要拉着另外一辆计程车司机讲道理。本来程家爸爸可以先溜掉，却被纠缠到死，被赶过来的交警一起请进了警察局。

闻讯而来的程妈妈、程南、程北、程西和 Lee 同学，围着程爸爸看了一圈，确定没有事之后，问完笔录就回家了。

Lee 同学心情十分不愉快。

只见那位多事的欧巴桑突然挥手朝门口大喊一声："小翔，小翔，我在这里！"似乎因为方才自己孤单一人没有人来陪比较寂寞，此刻的嗓门叫得全警局的人都能听见。

程家一行人倒是没有留意，Lee 同学闲来无事地看向门口，只见方才和他们分手的那位羞答答的桂翔桂先生，此刻正扶了扶眼镜，一脸不安地走了进来。

"妈妈，你不是要下个月才来的么？怎么提前来了也不通知我一声？"桂翔即使稍有微词也说得一点气势都没有，软绵绵的，倒像话家常。他留意到 Lee 和程西也在，视线碰上 Lee 之后一脸诧

异，点点头算是寒暄，径直走过去接住欧巴桑手里的包。

“我心急嘛！你好不容易找了个女朋友，我当然想快点过来看看啊。要是条件合适，我就要忙着操办起来了。喜宴啊，请柬啊，这些零零碎碎的事情不都需要时间定下来吗？对了，酒店一定要挑个气派点的地方，大堂可不能有柱子！”那位桂妈妈自打儿子进来之后双唇就没有停歇过。

Lee将这番话听在耳朵里，双眼却向程西瞟去。

原本和姐姐弟弟爸爸妈妈在一起的程西自然不会不留意这位桂妈妈的大嗓门，抬起头，目光却看向桂翔，让Lee一阵气结。

“我们回去再说……”桂翔分明一副被奴役和压榨的面孔，胆战心惊地看了Lee和程西一眼，想拼命离开这个诡异的地方。

“怎么能现在就回去呢？”桂妈妈双手在桂翔的衣兜内灵巧地翻动，将他的手机拿了出来，递给儿子，“我好不容易来了一趟S城，现在出车祸了，你的女朋友不应该也来接我的吗？打电话给她，不然我是不会走的。”

本来嘛，倒霉的一天唯一快乐的时候就是看见有人比自己还要倒霉。

Lee同学站在旁边，幸灾乐祸地看着桂翔，不知道这场戏怎么收场？

“伯母？对不起，我不知道会这样巧……”程西上前一步，简直如天仙下凡去解救受难的桂翔，“我就是桂翔的女朋友，我叫程西。”

“哈？”某人的嘴巴差点脱臼。

程南更是八卦地抬头用手指着Lee，“你们不是……”

程西冲姐姐眨了一下眼睛，程南只好把手放下，顺带摸了一下Lee的脸，“哎呀，你的脸好烫哦，是不是在发烧？”

……自己喜欢的女人去假扮别人的女朋友也就算了，自己还被这样的怪胎摸脸。Lee 气急败坏地甩开程姐姐的手，跳到一边。眼不见为净，地球太可怕，他还是早点回火星比较好。

桂妈妈将程西上下打量了好一阵，时间充裕到程家人绝对可以坐下来喝杯茶。桂翔用很恳求的眼色一直双手合十感谢程西和 Lee 的不动声色。没办法，程爸爸和程妈妈尽管一脸八卦，还是被程南驾走了。

“Lee，你是不是开车来的？送我们回去。”程南站在门口召唤他。

Lee 同学看了程西一眼，她一副帮忙帮到底的表情。

一狠心，Lee 同学招呼程家人上车，绝尘而去。

“咦，这么早回来？”Alex 和尚学长好像窝在房间里一整天没有出去过，见到 Lee 脸色灰败地回来，Alex 好死不死地戳着他的痛处，“你和程西又怎么了？”真是老天开眼，即使他不捣乱，还是有事情阻隔在这两人中间。

哼哼，Alex 心理极度阴暗。

捏了一下鼻梁，甩开烦躁的思绪。Lee 同学反问他：“你有没有听过假扮女朋友这种戏码？”

“哦……就是八点档电视剧里常常上演的？”Alex 干脆扒拉了一只抱枕拖到沙发上坐下，“真脑残！”

“是啊。”难得一次让他觉得 Alex 的话说得完全正确。

“你该不会是说程西吧？她去假扮别人的女朋友了？”Alex 眉毛一挑，这个消息真是振奋人心，他忍不住又露出兴致勃勃的样子，凑近 Lee，呼了口气，“究竟是谁那么有魅力？可以教唆程西做这种事？”

Lee 一把将 Alex 推开。说起来，要不是因为 Alex，程西和他也不会认识什么桂翔桂先生，更不会因为去送小狗而惹麻烦上身。

“说嘛说嘛，说不定我可以帮忙出主意。”Alex 屡败屡战，凑上前去，眼珠骨碌乱转。

恶狠狠地瞪了那个祸害一眼，Lee 同学完全没有话讲，脱下外套准备去洗澡睡觉。

却不留神 Alex 一语猜中，“难道是那个桂翔?”

“你倒是很聪明。”Lee 语意不明，不知是讥讽他还是赞他。

“Lee 同学，你还真是!”Alex 夸张地大笑起来，好死不死地上前拍了拍他的肩，“这种飞醋你也吃，你真是逊毙了!”

“什么啊，你有话说清楚。”他烦躁地将 Alex 拉开，拍了拍自己的肩膀，仿佛怕被这个祸害煞到一样。

“桂翔那个家伙，有这种要求是应该的啊!”Alex 唇角上扬，“因为他压根不喜欢女人!”

尚易辰洗完澡从浴室里出来，发现 Lee 的门紧紧关着，从里面发出接二连三的怪声音：“怎么了?”

Alex 头也不回地说：“Lee 同学在玩扔飞镖。”

第二天早上起来，Lee 已经不见了踪影，尚易辰顺便去他房间里看了一眼，那只飞镖的底盘上写了三个英文字母，被扎得千疮百孔，不过依稀也能辨认出是“G”“A”“Y”的字样。

“你和 Lee 怄气?”他拿了那个东西去问 Alex。

“当然不关我的事。”

不知道为什么，Alex 看见这个单词有股寒意上头。

所以，Lee 同学现在应该和程西和好了？他搓了搓泛起鸡皮疙瘩的手臂，抓住尚易辰问：“我可以不可以要求休假一礼拜?”

Lee 同学自从知道了桂翔同学的性取向之后格外放得开，该干吗干吗，最强大的是他干脆一大早跑去程西家吃早饭。就着油条豆

浆米烧粥吃得格外痛快，一点都没有昨日的臭脸孔。害程南一个劲地鄙视他——因为他几乎把家里其他人的份都吃光了。

“我说，你和小西到底怎么回事？”她在桌子底下踢了 Lee 一脚。他们昨天不是还高高兴兴出门去约会么？结果弄了一个羞答答的桂翔出来，变成了程西的男朋友，真是让程家人大跌眼镜。尤其是那个桂妈妈，天呀，她以为只有在天涯的坏婆婆和怪媳妇的那种八卦贴里才会出现的！

“没事啊，很好啊。”Lee 同学埋头呼噜呼噜喝粥。除了 XXOO[①] 没有进展之外，一切都很 OK。

“好个屁，那个羞答答的眼镜男是怎么回事？”程南直接用对付小北的暴力口吻对待 Lee。本来嘛，作为学长的暧昧对象，她也用不着和 Lee 客气。

“他恳求程西在他妈妈探亲的这段时间，假扮他的女朋友。”Lee 吃饱喝足，满意得打了个饱嗝，这才满条斯里地说。

“看出来了。只是小西也是，为什么要答应？”程南一副两害相权取其轻也的表情。和那个桂翔比起来，还是 Lee 同学看着更顺眼。如果一定要在他们两个人里面选一个做自己的妹夫，她还是比较看好 Lee。

“为什么不答应？人家看起来很可怜……”程西刚起床，看见 Lee 在餐厅，好心情地和他打了个招呼，在他旁边坐下来。

“是，而且我已经做过调查了。”Lee 好心情地拍了拍胸脯，“他对女生没性趣的。”所以他很放心，只是那个桂妈妈比较棘手。如果没有听错的话，她甚至还有说到办酒席发请帖之类的事……

程南翻了个白眼，摊了摊手：“好吧，随便你们。”只不过她觉

---

① XXOO，网络用语，俗指做爱。

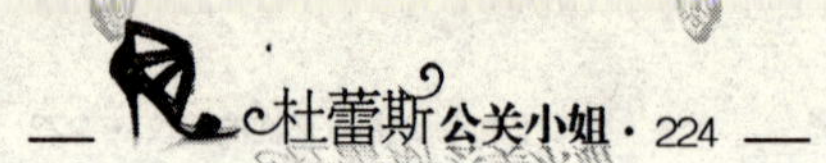

得Lee和程西实在在这件事情上太过乐观了。

“我有和桂翔通电话订协议的。从今天开始，周末每天都要去他家报到。不过呢，周一到周五，我是自由的。”程西朝Lee眨眨眼睛，悄声在他耳畔挑逗：“我们可以找一天，把没有做完的事情搞定……”

出现了！

Lee不失时机地打了个嗝。这一次他一定要把所有的准备工作做好！

“什么事？”程北弟弟愣头愣脑地问。

“吃你的饭！”程南一巴掌拍在他的后脑勺，“大人说话小孩子不要插嘴！”

“所以……今天你要去桂家报到了？要不要我送你？”Lee受到鼓舞，很是大方。

“等我吃完早饭就要出发了。”程西昨天晚上一直在和桂翔通气背诵一些必要的细节，甚至还做了详细的小抄在口袋里。准备一会儿在车上继续复习。仿佛打仗一样，好久没有经历过这样刺激的事情了：“喏，我复印了一本，你可以在路上帮我练习。”她将小抄扔了一本给Lee。

只见上面很详细地列着桂翔的生活和工作作息。从生日到喜好，从幼稚园到工作岗位，事无巨细，列得详细又分明。

好吧，知己知彼，百战不殆。Lee接过小抄本，胜利之心油然而生。

第三十章

CS的研究

“喜欢的牙膏牌子?”瞅了一眼小抄本，Lee 向开车的程西提问。

为了回答方便，程西干脆和 Lee 交换了司机的角色。由她来开，Lee 来提问。半路上还可以温习一下更多的细节。

“黑人吧，我不确定。”程西瞅了 Lee 一眼，耸耸肩笑得很抱歉。

“薄荷味还是绿茶味?”Lee 在怀疑自己的追问究竟有没有意义。唉，帮助自己的女人去熟悉别的男人的习惯，程西几乎连他喜欢什么牌子的牙膏都不知道！哼！真是便宜那个小 GAY 了！

“薄荷? 唔，或者是绿茶?”一晚上真的不能消化太多东西，脑子都快成浆糊了。程西揉了揉太阳穴，明显有些累。本来答应桂翔就是友情帮忙，不过完全没有料到他的妈妈厉害到那种程度，现在，几乎有点赶鸭子上架的错觉了。

Lee 好脾气地放下手中的小抄本，“要不要休息一下?”

程西找了个地方停下车来，和 Lee 换了一下位置。幸好 Lee 倒是一反常态，甚至还好脾气地来送她。真是叫人感动到哭。贴面过去顺便吻了他一记面颊权作感谢，却被 Lee 反客为主地与她纠缠良久。

“要迟到了！”她娇嗔一句，推开 Lee，招呼他继续上路。

“好好好……程二小姐请坐稳。”Lee 吊儿郎当地回应她。

何苦来，要是她不答应桂翔，说不定现在他们两个人都跑到房间里滚床单了。

“他是谁？”打开门，桂妈妈指着随同而来的 Lee，气势汹汹地抄起手中的漏勺。

“妈……”幸好桂翔及时跟过来抓住桂妈妈的手，“这是小西的邻居，因为小西住得太远，好心送她来。”他很不好意思地走出来，接过程西手中的礼物，“Lee，一起进来喝杯茶。”说罢不由分说地将他们两个人扯进来。

桂妈妈重新抓起漏勺回到厨房忙，一副驾轻就熟的模样，倒是没有功夫来管他们三个在悄声说什么。

“对不起。”事到如今，他才有机会当着两个人的面道歉，“我不知道我妈妈来得这样突然。昨天真是麻烦你们。”

不得不说，有这样一个妈妈，也难怪羞答答的桂翔同学会不喜欢女人了。估计是从小被吓到心理障碍了。Lee 突然油然而生一股怜惜之意，喝了杯茶一个人告辞。

车子突然空出一个位置的感觉，寂寞地让人凭生一股苦涩的滋味。只不过 Lee 说不出来，这股滋味是从心里冒出来的，还是那杯茶给闹的。

回家的时候尚学长好像兴致高昂，走过来问他：“你 CS 打得如何？”

Lee 摸不着头脑，只好回答：“一般般。什么事？”

尚学长塞过来一份资料：“恭喜你。我现在明白了，为什么下午 Alex 跟我打 CS 的时候总爆我的头。”

Lee 接过来一看，只见上面写着：

“据 BBC 报道，对约 200 名荷兰男性的研究发现，高潮来得太早的人可能与一种控制荷尔蒙血清素的基因有关。有这种基因的男性要比常人早一倍时间射精，血清素的水平决定高潮来临的快慢。研究人员指出原发性早泄者一般反应都比较快，他们比较擅长玩电脑游戏，如《使命召唤》《光晕》CS 之类。

参与试验的有 89 名志愿者是原发性早泄者，即从第一次性接触开始就受此困扰。在一个月内，志愿者的伴侣在每次性生活时都要用秒表计算他们射精开始的时间。

通过和另外 92 名没有此类疾病的男性对比，发现在早泄男性大脑中控制射精能力区域的神经当中，血清素不太活跃。低活跃性的荷尔蒙意味着神经信号没有按正常方式传送。这一研究反驳了通常的看法，认为原发性早泄者属于心理失调。”

“太扯了吧？这项研究可靠吗？”他一脸疑惑地回头，却见 Alex 从房间里走出来，见到尚易辰和 Lee 坐在客厅里，背贴墙壁，胆战心惊地一步一步地从房间挪到浴室去。

“所以，证实这件事情就要靠你了。”尚学长塞给他一只秒表，“Alex 我们不能指望。”

Lee 同学一脸沮丧地将秒表扔还，并没有去想 Alex 今天奇怪的态度：“算了吧，短时期内，你还是不要指望我。”程西都去做别人的女朋友了，不管是不是假装，他们之间总得保持一定距离吧。

“真扫兴。”尚学长蹙了蹙眉头，他以为 Lee 和程西早就水到渠成了才对啊，“你和程西又出了什么问题？”

Lee 回答得云淡风轻，不过表情分明还在抽搐，“很好啊。”除了他们每次 XXOO 进行中的时候，都会像拍电影一样被导演喊一句 cut 之外，基本上都很好啊。单独相处总是气氛融洽，肢体语言丰富，连开车兜风都能开到精虫上脑。

唉，只是，不管刚才尚学长拿过来的研究是逗趣也好，恶搞也罢，鉴定真伪的实验权，短时间也不在他这里。

Lee重重地叹了一口气。

尚学长拍着Lee的肩膀教育他："在哈佛的时候，你又不是没有和有夫之妇交往过的经验。打起精神来，把程西当作是那个人妻，然后尽情发挥你的魅力，想想被人捉奸在床该有多么刺激。"

"我想象不出来桂翔那个羞答答的男人举一根棒子在我眼前挥舞的样子。"这个比喻一点都不好笑。照理说，桂翔会针对的也只是Alex那种取向的人吧？

尚学长笑意很深，"不，你可以想象一下桂翔的母亲在床头大叫'红杏出墙'的样子，一定很有趣！"话就说到这里，该怎么做，想必Lee同学会自己思考吧？

Lee同学一副被煞到的样子，"算了吧，我可不想被那个可怕的欧巴桑追杀。"

"怎么会！"光是想象一下那个画面都足够有趣。尚易辰绝对很想拿Lee同学当实验品，"她又不会24小时跟踪你们。"

"在说什么？"程南不知道什么时候跑上楼了，抱了一堆零食和漫画，分明有在这边过夜的打算。自然而然地挤入尚易辰怀中，她笑得很奸诈："Lee你要不要下去看看小西，她刚回来，一副很不高兴的样子。"——分明是在嫌弃Lee做了灯泡。

被桂翔硬插一脚已经很不爽的Lee，更加被程南这一刺激的举动触怒。慢吞吞地起身，把手中的资料递过去给她，"尚学长在和我研究CS的技能，顺便说，他要用秒表来计算时间做个实验。所以……我还是下楼去比较好。"成功地看见尚学长变了脸色，Lee这才准备下楼。

"Lee！"刚刚拉开门，便有一具柔软的身躯扑进了怀中，将他的空虚和寂寞填个满溢。熟悉的洗发水的味道自发尾传过来，分明是一脸不悦的程西。

“被桂妈妈排斥了?”想必是这样。

她不语，只是抱紧他。似乎自己的坚强和自信在那个不讲道理无法沟通的长辈面前吃了瘪。她甚至以为全天下的爸妈都应该像自己的爸爸妈妈那样讲道理。可是此刻说出来，未免太丢人了。只好硬生生地咬紧牙关，什么也不说。

他亦能猜中十之八九。

说到底，一切都是她妄而为之的，可是事情的发展却始料未及。如今之计，只能继续把这场戏演下去。

Lee 握了握她的手，从楼梯慢慢踱下去，找了处看起来还干净的台阶坐下来，去刮她的鼻子。

程西倒没有生气，原本愁云密布的脸上偶尔展开一个自嘲的笑容：“我这是不是叫做自讨苦吃。”

“是，现如今像你这样的好青年已经不多了。”Lee 语带宠溺，却也含着稍许嘲弄。

“喂，你还来嘲笑我!”程西娇嗔一声，拳头已经落在 Lee 的身上。

“哇……”他吃痛地大呼一声：“程女侠！小人早已领教过女侠的高招，甘拜下风，请程女侠高抬贵手放过小人吧！女侠若有什么其他吩咐，小人愿意肝脑涂地为女侠分忧!”Lee 同学除了抱拳投降还能怎么样呢?

心中的不快被 Lee 几句言语轻松带过。程西收手，看着地面轻声叹了一口气。

“好吧，如果不想见那个可怕的欧巴桑，就在周末找一天偶尔去露个脸。其余时候，我们可以去约会啊，看电影唱卡拉 OK 做什

么都好……”反正桂翔家住着离他们活动的地域有十几公里，基本上不会有什么交集。

“只能这样了。”她看了Lee一眼，笑着凑过脸去，亲了他一记。貌似她对看电影和K歌都没有兴趣。

Lee趁机抓住机会扮可怜，“我还没有吃晚饭。”都是为了送她去演戏。

“怎么不早说?”程西站起了身，“跟我回去看看家里还有什么可以吃的。”

“还是小西对我好……”Lee泪眼婆娑地跟在她身后。程妈妈的饭菜他好久都没有吃到了。

打开门，大概是慢了一步，程北那个家伙坐在电视机前把程妈妈做的最后一口晚饭吞下肚了。理由是“不吃会浪费啊”。

“你真是猪。小心发胖没人要你了!”程西抱怨了一句，径直走进厨房拉开冰箱。

“不知道还有什么材料。不嫌弃的话我煮碗面给你吃?”她伸出头来看着站在客厅里很是可怜的Lee同学。

好啊！只要是程西亲手做的，毒药他也吃！Lee同学双眼放光。

她从冰箱里摸出两颗鸡蛋，一颗硕大红润的西红柿，还有一把尖椒，一枚大蒜，打了个响指：“西红柿鸡蛋面怎么样?”

“好啊。”Lee从来不挑食。

程北一副幸灾乐祸的模样，看着Lee，忍不住开口问他：“你确定要吃我二姐煮的面?”

“你嫉妒啊?”沉浸在幸福中的男人看任何雄性动物都抱有敌意。

“不，你慢慢享受。”程北咽了一口口水，继续看他的喜羊羊和灰太狼。真是的，灰太狼加把劲啊，早点把喜羊羊搞到手呀!

第三十一章

程家人的手艺

Lee抽搐着转过头，爬去厨房，看见程西将披散下来的长发随意挽在脑后，然后寻来程妈妈常穿的半身围裙，任谁看见那种背影一定会在瞬间被秒杀。此时此刻，围裙作为制服的一种，其诱惑魅力也是异常巨大的。

Lee差一点要去寻纸巾擦鼻血。

看她熟练地在碗里敲上鸡蛋，拍碎蒜瓣切成蒜末，将尖椒取了两枚又切成小块和蒜一起下锅炒香，盛出备用。接着煎蛋皮备用。再下来把切成小块的西红柿炒出浓汁，再放入蒜末和辣椒末及蛋皮，放盐入味，加入水煮沸，撇去浮沫之后下入面条。盖锅几分钟之后盛了出来。

“哇！好香！”Lee喜滋滋地接了过来。

程西一脸成就感地看着他，忍不住捏了筷子去喂他。

“咦，门铃响了。”程北在同一时间去开门，却不料门外冲进来的是拉拉扯扯的桂氏母子。

“我说嘛，那么着急撇下小翔回家，连饭也不吃，就是为了给邻居下碗面？”桂妈妈看见正在和Lee互相调情的程西，她手中正捏着筷子在喂Lee吃面。“邻居”两个字咬得格外重，分明是怀疑Lee和程西的关系不仅仅是邻居那么简单。

桂翔则是一副小媳妇的胆战心惊的面孔。一方面死死扯住自己母亲的衣服，一方面灰白的面孔上投射过去的尽是抱歉神色。

在一个经验丰富从四邻八里中探听过无数偷情史的欧巴桑的眼里，程西简直就是那个对男友不忠心的潘金莲！（具体形象请参考杨思敏单立文版本的《新金瓶梅》，杨思敏的胸实在太好看了！捶地!）

最尴尬的就是Lee同学，几根面条吸也不是，不吸也不是。低着脖子忍痛咬断，才发觉这碗面条的美味无敌。哇！小西的厨艺简直可以媲美程妈妈。好感动，这种女生怎么可以被其他人占有！Lee的眼中分明冒出必胜的决心。

“看好你的女朋友！别戴了绿帽子也不知道!”桂妈妈恶狠狠地瞪着自己的儿子。她看着Lee还未动筷子的面条，气势汹汹地把桂翔向前推了一把，“正好没有吃晚饭，你女朋友煮的面，难道不应该给你吃吗?”

“妈!”桂翔的声音透着一丝稍稍拔高的尴尬。

Lee倒是很识相地咳嗽了一声，把嘴里的美味用最快的速度咽下去，背着手站到了一边。

似乎无法忤逆悍母的举动，桂翔露出像小鹿一样惴惴不安的眼神，抱歉地看向程西和Lee，意思是“我可以吗?”

程西想了想，还是把筷子给了他。不过却站在了靠近Lee的一边。

那碗面尽管很美味，桂翔却在众目睽睽之下，吃得异常艰难。

程北料想不到结局会这样急转直下，一副欲言又止的样子。

“这才像话嘛!”桂妈妈拍了儿子的脊背，差点把面条从桂翔的嘴里拍出来。

好容易止住咳嗽，桂翔拉住自己的母亲，几乎是哀怜：“时间

不早了，我们回去吧。”

“有这样的母亲真是人间惨剧。”Lee这样想。

程爸爸和程妈妈很聪明地藏在房间里，不想看见那个车祸的肇事者出现。此刻没有出现在现场，否则一定会多几双可怜桂翔的眼神。那种眼神一定可以在程家人例如在场的程北身上看见。

因为程西的厨艺，并不是不好，可是，她就是能把每一种美味做到吃完的人在一小时之内一定会腹泻不止。程家人屡试不爽，此后再也没有人敢吃程西做的食物。即使去做细菌检查，人家也说在正常的范围之内。可能是体质的关系，有人天生有染指食物后的腹泻导入症你也没有办法是不是？

所以程北的眼神是双重的可怜，甚至可以说是怜悯。

有这样一个可怕的妈妈已经不幸了，何况一小时之后还要腹泻……

唉，他小声地叹了一口气，目送桂氏母子出门。

桂妈妈在出门前狠狠地瞪了Lee一眼，一副“奸夫出没，贞妇小心”的模样。（画眉举手——请大家自行想象一个邪恶的欧巴桑穿着女仆装拿大剪刀的图案，上面写着“你的JJ还要么？”）

回过神来，程北很哥们儿地拍了拍Lee的肩膀：“要不要我重新煮一碗给你？”实在是看不过去了。当然，这也不失为一个缓和气氛的转折。

“那麻烦你。”Lee的声音明显矮了半截。一丝兴奋点也没有。

哼哼，程北拿眼神当箭镞射他，居然敢小瞧程家人的手艺！

几乎是奇迹般地，他从冰箱里找出鲜嫩的青菜，居然还有虾仁这种程西完全没有翻出来的高档货。扒下程西的围裙，程北一脸要捍卫程家人“厨艺高手”这块金字招牌般斗志昂扬地冲进了厨房。

弄得Lee很好奇，他探头探脑在程北旁边看了几眼，害得程北一边恶狠狠地把他推进程西的怀中，一边怒斥："程家的翡翠鲜虾面，是绝不外传之秘！想吃就在外面待着。"

似乎从未见过小北这样男性气概十足的样子，Lee倒是乖乖地点了点头，拉着程西坐下。

"没事啦。"笑眯眯的Lee同学乘机摸摸她的小手，增进感情。

刚才那一幕真是可怕。

谁会料到桂妈妈和程西闹别扭之后会一路追杀过来？

还好只是假扮女朋友，要是真的有一个媳妇儿，说不定要被那种婆婆生吞活剥了。

"嗯。幸好大家都在。"程西点了点头。当时若不是程北和Lee都在这边，想必她的下场一定很惨。

"说起来，小北的厨艺比你如何？"实际上的确有点饥肠辘辘了。刚才那一小口面满足不了他的欲望。

程西刚要回答，门铃却再度响起，不由脸色一变。

"我去看看。"Lee拉开门，却见Alex一脸郁闷地站在门口。见开门的是Lee，忍不住向后退缩了一步，又忍不住怯怯地问："我可以不可以来这边坐坐？楼上实在不方便。"

"进来吧。"他让开一步。

Alex又是像刚才那样几乎贴着墙走进去。看见程西，又是一脸惨白，小媳妇一样默默低头点着手指坐在餐桌旁边。

"吃饭没有？"程西好心问他。

Alex摇了摇头。

她冲着正在厨房里面忙绿的程北喊了一声："多下点面条，大家一起吃比较热闹。"

程北伸手比划了一个收到的手势，继续忙碌。手法十分娴熟。

过不多时，托盘端了过来。

Lee 和 Alex 的碗比较大一些。除了雪白的面条规规矩矩地仿佛排队一般盛在碗底，汤色清亮，上面排着几颗碧绿的青菜和鲜嫩的虾仁。看起来就十分美味。

程北将两个小碗端给二姐和自己，颇有成就感地看着两个人："翡翠鲜虾面，可以开动了。不够厨房里还有。"

"看起来真是像模像样！" Lee 赞了一记，大口吃开。

Alex 那原本与平时大相径庭的矜持模样在吃了第一口之后倏然改变。晶亮而嬗变的眼神，刹那间盯住了还穿着围裙的程北。

"怎么样？" 程北仍旧傻乎乎地问着那个拥有变质眼神的男人。

"好……吃。" Alex 抬头盯着程北，说"好"的时候吞了一筷子面条入喉，仿佛在吸食美味一样弄得咂咂作响。在说"吃"的时候甚至拿舌尖在嘴唇外围诱惑地舔了一舔。害程北下意识地吞咽了一口唾沫。

为什么，他会觉得瞬间有种危险的感觉逼近。

Alex 明明吃的是一碗面啊，可是为什么他觉得在那碗里的食物，仿佛是他自己一样？

这种紧张的气氛，无法呼吸的错觉，瞬间潮红的面颊，究竟是怎么了？

程北扯开围裙跑到阳台上呼吸新鲜空气去了。

Lee 一边吃，一边看见 Alex 又重新恢复了得意洋洋的姿态，正摇头晃脑地继续吃着碗里的面。

"真可疑。" 他小声地咕哝了一句。

Alex 恢复了精神，忍不住八卦起来："话说我下楼的时候在电梯门口碰见桂翔……" 说到这个名字的时候他轻轻咳嗽了一声，仿佛为了扯开那件广告投播风波的事，吃了口面，继续说道："为什么他和一个欧巴桑神情不爽地从你家走出来？" 视线直指程西。

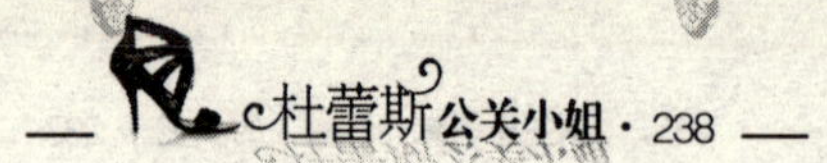

“他妈妈和我吵架。”程西耸了耸肩。

“咦，好端端的为什么会吵架呢？”重点更在于“为什么要和桂翔的妈妈吵架”。Alex双眼含笑一心要挖出别人内心秘密时的神情格外欠揍。他想起Lee曾经说过程西假扮桂翔女朋友的事情，不由得嘿然一笑。

Lee看了他和程西一眼，并不吭声，装作十分专心的样子吃自己碗里的东西。

程西被Alex说中了心事，忍不住抢过他的碗，却被Alex死死拽住。

“好啦好啦，我不问啦，让我把亲爱的小北为我特意煮的爱心面吃完嘛……呜呜呜，你这个坏人……小心我画圈圈诅咒你！”他哭丧着脸拼命抱住碗。

“想吃东西就少说话！”程西恨恨地掐了他的脸，成功地看见Alex的脸上多了一道血红的指印才放手。

Alex又恢复了刚才一副被虐的模样，小心翼翼地低头吃面，又忍不住抬头看了程西一眼，见她继续盯着自己，又像饮水的小鹿一般迅速低下头。

“还有……”程西大姐头一回撩开裙摆坐在Alex的对面，害他一个激灵再度抬头看她。

“什么？”Alex呆呆的样子比他平时古灵精怪的算计模样可爱得多。

“少打我弟弟的主意！”

第三十二章

山人自有妙计

Alex反唇相讥，“啊，怎么一个姐姐一个妹妹，相差那么多。”相比之下，程南都在光明正大和尚学长滚床单了，这楼下的两个人还在玩这种期期艾艾的恋爱游戏。有没有搞错，谈恋爱嘛，虽然以前大家都是以谈为主，可是现在都什么年代了，做才是王道嘛！“不过就是假扮桂翔的女朋友，不用冲我发火嘛！”有本事她就上了Lee呀，哼哼。

Alex瞅了Lee一眼，看见他仍旧是一副尚未到手的模样，忍不住白了他一眼。真没用。

不多时，程西的手机响起。她接过一看，发现是桂翔发来的短信。不外乎就是表示歉意，并且小心翼翼地问她什么时候方便过来和自己的妈妈吃个便饭。

刚想回过去，那边却直接将电话拨打过来了。程西接通电话，对方传来的却是桂妈妈哭天抢地的声音：“你这个歹毒的女人，我儿子究竟哪里得罪你了，你要给他吃泻药，这么恶毒！我跟你没完！呜呜呜，小翔啊，妈妈这就带你去医院，你忍着点……”

因为声音太大，程西把电话拿得远远的，被一旁的Lee和Alex听见了。Lee一副“程北果然没有骗我”的庆幸表情，而Alex差点把面条从鼻子里面喷出来，兴致勃勃地问：“我刚才错过

什么精彩的演出了吗?”

难得的是程西和 Lee 十分有默契，两双筷子一同敲向 Alex 的头，异口同声地说：“吃你的面!”

“好啦，我有个主意。既能够帮到程西对付桂妈妈，又能够让桂翔轻松过关。”Alex 不甘心，仍旧笑容满面。

“说来听听。”

“喏，你看，最近程家姐姐在楼上常来常往，我住在那里十分不便嘛。反正 Lee 同学我也揩不到什么油了，不如搬去桂翔那边住一阵子。有我在场，桂妈妈有分神的人了，自然不会有时间为难程西咯。”Alex 自告奋勇，简直十分具有牺牲精神。

“真的假的?”程西瞪他。不过这个办法可以让 Alex 离小弟远远的，倒是不失为一个妙计。

Lee 点了点头，“听起来比较可行。可是你怎么知道人家愿不愿意让你住进去啊……”

Alex 拍了拍胸脯：“山人自有妙计。”桂翔可是有一个重大的把柄在他手里呀呀呀呀呀……不过想到待在桂家那么远，Alex 同学又哭丧着脸，“为了犒劳我的自我牺牲”，他一面说一面将空碗向前一搁，“麻烦亲爱的小北再给我煮一碗翡翠鲜虾面吧!”

程西一个眼神过去，小北乖乖地从阳台上走出来，一脸忸怩害羞的神情让 Alex 笑话个半死。

吃饱喝足，三个人闷头在程西的房间商议具体流程。

公关出身的程西和两个哈佛商学院的同事，一并制定了详细的可执行的反攻方案。

“Perfect! 就这么定了!”Alex 得意地弹了弹手中打印出来的 A4 纸。凑近重焕光彩的程西：“今天晚上可以不可以借你家弟弟一用?”

“做什么?”程西的声音充满防备。

Lee更是叫了起来，似乎太早把自己也当作是程家人一般，“你真是得寸进尺!”

“上帝啊……请饶恕这对思想肮脏的男女。”Alex装模作样在胸前画着十字，“我那么多东西，今天不找个苦力帮我，明天怎么可能搬家!”

“没关系，我们帮你。”程西笑得很像保护小鸡的母鸡，顺势拍了拍Lee的背，“吃饱了顺便运动一下。”

“好啊。”Alex钻去厨房打算和程北拥吻道别，把小北吓到脸色煞白。幸好被程西及时揪了出来。

“快点给我上楼!”程西长腿一抬，正中Alex的屁股。

“好啦好啦。你们真讨厌。玩笑也开不得。”Alex笑得高深莫测。他怎么会喜欢小北呢?只是觉得看见了很多年很多年前的自己，忍不住要贴近他寻找那时候的记忆而已。

这么多年以后，他甚至都在想，那个十七岁夏天发生的事情，是不是让他变成了另外一个人。而以前的那个莫贤松，却遗失在了那个十七岁的夏天。悲哀的事是，此刻他只能从别人的身上找到自己的影子。

三个人蹑手蹑脚地开门，发现里面没有传来可疑的声音之后，这才偷偷溜进Alex的房间。

“这是做什么，像小偷一样。”程西咬牙切齿。

“你以为我愿意啊……”Alex“切”了一声，指指隔壁的房间，“程南和学长在里面。话说回来，我走了之后，Lee你不如和程南换换房间?”

“我也想啊……但是不可能!”Lee很理智地拒绝了他的提议。

从衣柜开始，Alex轻声交代他们应该去收拾哪些东西。他的

宝贝衣服自然是不舍得别人碰，只好自己来。其他的杂物和书籍，则交由 Lee 和程西去处理。

眼尖的程西从抽屉里翻出一本厚厚的相册。

“咦，这个小胖子是谁?”她翻开一看，被其中一个矮矮胖胖的小男生的照片逗乐。Lee 探头去看，丝毫没有发现 Alex 憋得通红的脸。

程西看看 Alex 一脸怒容却没有发作的面孔，不由好笑地猜测：“不是你吧？原来 Alex 小时候是个小胖子！好圆好呆哦!”

“讨厌你们!”Alex 恨恨地咬着手指。是，他小时候是个胖子没有错，可是自从那个人教了他跳舞之后，白胖臃肿的身躯在很短的时间内就变了一个样子。现在他的身材可是很标准的，哼哼!

“那这两个人是谁?”程西的手指指着站在白胖的矮个子身旁的两个美少年问他。“左边这个看起来有点像 Lee 耶……”

Alex 一把抢过相册抱在怀中，冲程西颐指气使：“我的衣柜里有很多外套，麻烦你帮我用防尘袋套好放进箱子里。这些东西我来处理!”

程西用“真可疑”的眼神看了他一眼，挑了挑眉，径自去了。

Alex 拍了拍胸口，长长地舒出一口气，却发现 Lee 玩味地看着自己。

“干嘛！还不快去帮我收拾书，还有很多杂志很多 BL 小说一本都不许落下，给我打包带走!”他窘迫地朝 Lee 低吼一声。

“吵死了!”尚易辰一脸不悦地出现在房门口。美妙的周末之夜，程南好容易有时间跑上来跟他共度二人世界，偏偏有不识时务的一干闲杂人等唧唧哇哇在这里破坏良好氛围。

三人被老板一喝，自然是默不作声。收拾东西的手脚都变得像慢镜头，生怕再发出一丁点声音。

“你们在做什么?”看起来像是有人要搬家的样子。尚易辰挑了挑眉，“Alex?”

这里是他的房间，自然要由他来解释。

“搬家。”Alex一改平时多话的模样，精准的措辞让人怀疑他的动机。尤其是此刻Alex的脸孔分明一副被欺侮的小娘子的模样。

在自己的学弟中，尚易辰一向很少袒护谁。上次主动帮Lee同学搞好和程西的关系，不过是因为觉得天平要随时平衡才好玩，哪一方太强势都会造成另外一个人的低落。此刻看看程西和Lee，二人似乎齐上阵，一副誓要将Alex逼走的样子。

“Alex自告奋勇搬去和桂翔住。”程西补充一句。

“是呀，这等勇气和决心当真令我们刮目相看！所以急忙上来帮他收拾东西。”Lee堆起满脸笑意，狗腿地说。

听上去这个想法倒是蛮有趣的。尚易辰打了个呵欠，准备回房间。不知道为什么又停下脚步转过头来说了一句：“Alex，你最近的审美情趣越来越低下了。”

什么嘛！

Alex瞪大眼睛，尚学长是说他看上了桂翔！

“我呸！”

他恨恨地跺脚，自己怎么可能会喜欢桂翔那种懦弱的人。Alex气愤地、斗志昂扬地甩了甩头发。看着吧，他非要帮程西将桂家闹个天翻地覆不可。

第三十三章

意外的房客

“你是谁?”几乎用鼻尖将对面那个笑得让人浑身甜腻的年轻人打量透彻，桂妈妈这才皱着眉头看着要来此借宿的那个人。

Alex笑得璨如莲花:“桂妈妈好，我是小翔的朋友。因为最近刚从国外回来，在这边无亲无故，小翔特意要我搬过来和他一起住。桂妈妈你也知道啊，小翔从小就是个好人，不忍心看人家受苦，对不对?”悄无声息地发了一张好人卡，Alex乘机拖了只硕大的皮箱进到玄关。

因为说起儿子的优点，桂妈妈还来不及应声，便看见那个陌生的年轻人已经自顾自地搬运起了东西。

“可是小翔现在不在!”桂妈妈叉腰蹙眉，将Alex拦了下来，以母亲的身份维护起了这个领地。

“啊呀，难道小翔没有打电话给桂妈妈说吗?”Alex苦恼地咬着手指。他手脚麻利地从兜中翻出手机，翻到桂翔的电话，直接递过去给她，“那麻烦桂妈妈打个电话给小翔吧，不然还是不太放心。”

桂妈妈半信半疑地打了个电话，桂翔的声音不出意外地从那边传了过来。

“来了一个年轻人自称是你的朋友，搬了一大堆行李要住进来，

这是怎么回事？”桂妈妈很严厉地质问。

“妈，我现在在飞机上，马上要起飞了。我被派了一个紧急的任务，要去出差一星期。Alex是我的朋友，他要住进来就叫他住吧。”桂翔匆匆收线。他巴不得公司派他出去出差，越久越好，最好回来之后桂妈妈已经离开S市了。

“……”出差！那那个长得像妖精一样漂亮的女朋友程西怎么办？桂妈妈一阵抽搐，这个笨蛋儿子，该做的不去做，不该做的倒是一件一件地找上门来。她没好气地把电话摔给Alex，拉开门说：“你可以住进来，不过要守我们家的规矩！”

Alex眨眨眼，“那是一定的啊！人家可是很乖的，从来就是窝在家里看书。”

这种世界上要是有男人扮可爱，一定恶心到爆。但是换成是五官明媚，长着一张娃娃脸的Alex，你会觉得他本身就是可爱的，即使用这样的口气，他还是很惹人喜欢的。

长辈们就喜欢这种看起来大方又乖巧的人。不管是恶婆婆还是坏妈妈，扮乖总是没有错的啦。

Alex在人际关系的交往上向来深谙其道。

“唔。”桂妈妈发现自己手中还握着汤勺，又转回厨房去看火候。临了说了一句：“还有一间空着的房间，不过是朝北的。你可以把东西搬到那里去，小心别把客厅的茶器弄坏了。我们家小翔最喜欢的就是那套茶器了。”

“好啊，多谢桂妈妈。”Alex笑得像只雪白的包子。

Lee偷偷站在门口，看见他谄媚的表情，忍不住伸手给了一个鄙视的姿势。却被Alex瞪回去。

“你们可以走啦！”他向外挥了挥手。

Lee自是求之不得。嘿嘿，有Alex这个牛皮糖缠住桂妈妈，他自然开心可以和程西想做什么就做什么了！唔，先来个约会怎么样？然后……然后……Lee想到这里就忍不住朝桂翔家门口的垃圾桶看了一眼。时隔已久，那盒DUREX当然不会在里面，不过，睹物思人嘛，一想到这个垃圾桶他就有无数不好的场景浮现心头，忍不住觉得心中一阵毛毛的，赶紧头也不回地走掉了。

想要仍旧具有防备意识的桂妈妈帮忙？那是不可能的！所以Alex很识相，自己一个人苦哈哈地把那些东西蚂蚁搬家一样挪到空房间。

程西站在车旁等着Lee，见他回来，露出一个担心的疑问。“怎么样？”她不太相信那么凶悍的欧巴桑会让Alex轻松过关。

“没事啦！你要相信Alex同学是不可以用常人的思维去理论的！”Lee低头去亲了她一记，顺势给了程西一个拥抱。

“可是我右眼一直在跳，分明是不太好的预感。”程西蹙着眉，作为朋友来说，虽然Alex有诸多不好的地方，但是相处久了知道他的个性，也仍然不得不喜欢那个人。爱出风头，喜欢受人瞩目，毒舌又八卦，臭屁又喜欢卖乖，但是唯独心地善良。好吧，其实他除了喜欢做一点让人头疼的事情，几乎没什么大缺点。

“Alex就是一只打不死的小强。”Lee三言两语结下定论，“放心吧，说不定桂翔被他妈妈拆穿了，还不知道是怎么回事呢！”

“这样……那我们随时找Alex探问消息。”程西钻进车子里。

那一边Alex头一次觉得身旁没有一个男人真是寂寞如雪啊！

体力活，真的不是他的本行……

“你有没有事啊？”桂妈妈蹙着眉：“怎么那么久？”

“桂妈妈，我东西太多了……估计还要一阵子。可是我现在又累又饿，搬不动了。请问有没有什么可以喝的东西让我补充一下体力？”眨着一双可怜兮兮的小鹿般的眼睛，Alex绝对是演技派。

桂妈妈看了他一眼，又转身去厨房。端出来一碗刚刚熬好的汤给到 Alex，“喏，小翔不回来，只好让你拣个便宜了。”

Alex 毫不客气地喝完了汤，然后大大地赞美了一番。甚至包括这味汤添加了什么材料，有什么药材在里面，有什么功用都能说中八九分。

主妇的心理一般都是最喜欢别人夸赞自己的菜做得好。尤其是当着她的面说出菜的原料和功用，就如同俞伯牙遇见了钟子期一样，她们一定会觉得对方是知音。

解除了芥蒂，自然也就会在唠叨中把所有的秘密和心事都泄露给对方听了。

Alex 打的当然是心理战！

他笑嘻嘻地假装要去帮忙洗碗，却被桂妈妈拉住，“我看啊，你还是先把门口这堆行李弄进来再说吧。我一会儿给浴缸里放上热水，你先去洗个澡休息一下。”桂妈妈几乎感动到把他当儿子对待了。

等 Alex 舒舒服服地躺在浴缸里面洗泡泡浴的时候，忍不住觉得有这种母亲还是不错的。至少……他一想起自己的母亲，总会觉得心里面有种酸涩的失落感。

恐怕桂妈妈此刻绝对不知道桂翔和自己一样，也是个 gay 吧？

接下来的几天，从赞美厨艺到闲话家常，从蹭饭吃到送小礼物，扮乖、扮孝、扮可爱……万般武艺、浑身解数悉数使出，Alex 不由哀叹，想搞定一个欧巴桑也不是那么容易的啊……

不过好容易桂妈妈肯在昨天的闲话中透露了一点点关于对程西的不满。

于是他决定今天深挖出来。

“咦，小翔年纪也不小了，怎么没有见到他的女朋友？”Alex

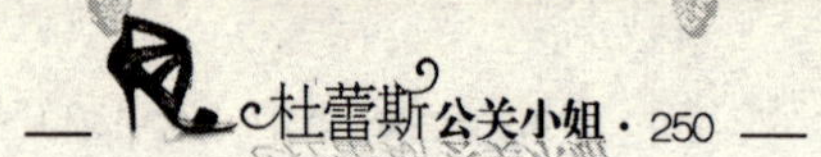

装作很随意地问了一声。

“哎呀呀，快不要提这个，一提到我就一肚子气。”桂妈妈蹙眉摆手，仿佛撞见了瘟神。本来嘛，刚来S市就和对方的父亲撞车，虽然倒不是彼此的事，提起来总是不爽。何况自己儿子自己最清楚，死也不明白为什么小翔会喜欢一个那么妩媚过头美艳的像明星的女人！茶道啊，他明明喜欢茶道的嘛，难道交往的对象不是温柔贤惠语带娇羞低头含情的那种吗？

“怎么怎么？”Alex一脸八卦的神情。

桂妈妈见他那么关心，顺势吐起了苦水，“那个女人啊，一点都不关心小翔。一星期也不来一次，电话也不打来问候。还有啊，我来的时候，连杯茶也不知道倒给我喝！最最关键的是，我怀疑她和别人有奸情！哎哟，我家小翔的个性啊你也知道，就是那种你说一就是一，绝对不说二的人，他那么软弱，怎么管得住妖精一样的女人！说不定以后结了婚，戴了绿帽子都不知道，作孽哦！作孽哦！”说到最后，桂妈妈的一张嘴如同管不住的水闸，还愤懑地拍起了桌子。

“哎呀！”Alex也跟着一起拍起桌子来，仿佛要同仇敌忾，“这样的女人，不要也罢！叫小翔和她分手！”

“那也得有证据才行！”桂妈妈思虑良久，苦于没有证据向儿子起诉。

Alex眼珠一转，“这好办啊！请私家侦探，将他们捉奸在床！”

第三十四章

捉奸在床

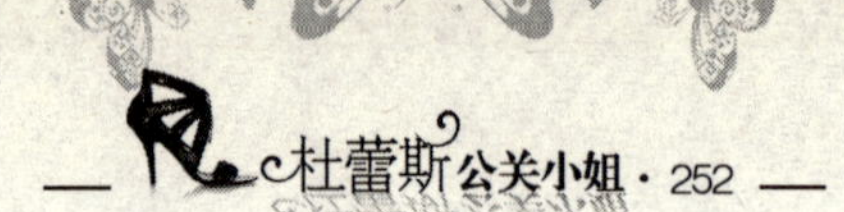

程西也说不上为什么，自从 Alex 搬出去之后就开始眼皮直跳，跳得几乎叫她心惊，“总觉得会出什么大事似的。”她一面向沙袋发泄着前阵子积聚的怨气，一面将沙袋想象成桂妈妈的模样。

最郁闷的是，下一节课是 Alex 的肚皮舞，他今天居然向健身中心请假，放全体学生鸽子，都不知道他在干什么？

程西在上课前忍不住给他打了个电话，对方很快掐断了。

搞什么！她蹙起眉头。

这几天上班的时候，Alex 也仿佛躲着她和 Lee 似的。每次要去顺便问进展的时候，他都假装在接电话或者是很忙的样子，看起来十分可疑。

而且最让人不爽的是，她总觉得最近的最近，似乎多了一双看不见的眼睛盯住自己。那种被偷窥的感觉很令人不安。

相反的是，粗线条的 Lee 同学整个礼拜都很兴奋，除了每天准时下班之外，还准时蹭饭，甚至发展到愿意主动请缨要求洗碗的地步。

连不太爱管儿女闲事的程妈妈都忍不住掩面笑了很久，跟程爸爸比眼色。

“走不走？”此刻 Lee 同学敲了敲程西的办公桌，再指了指自己

的手表。

今天是周末，上一个周末失败的计划让 Lee 垂头丧气了很久。今天他特意在包里，车里，衬衫口袋里，西裤内袋里，每一个角落都准备好了各种不同的 DUREX，哼，今天一定要抓紧每一个可以把握的机遇！

“五分钟。”程西捏了捏鼻梁，将眼镜摘下来。盘在脑后的发髻轻轻被揪散，波浪般的长发倾泻下来，严肃的神情立刻变成了派对女王的模样。

她今天穿的是一件大翻领露肩的上衣，能看见脖颈后面绑住的漂亮丝带。Lee 在心里猜出那是做什么用的之后，很是激动了一番，几乎想立即将那枚丝带解开。

“咦，今天天气好好哦，嘀嘀嘀嘀，你们要约会呀？Lee 一定要加油哦！”Alex 正好拎着包要跑路，看见他们两个，一反常态地和他们打招呼。

“不劳你费心。”Lee 眨了眨眼睛，拍拍上衣口袋的 DUREX，很是胸有成竹。

“哦嘀嘀，那你们忙，我先走了。”Alex 打算脚底抹油。

程西不知道为何突然叫住他：“Alex，要不要和我们一起吃晚饭？”

“不好吧？”什么时候开始，莫贤松同学还会低下头用右脚尖蹭左脚尖害羞地站在那里像个萝莉了呢？

“有什么不好的？”程西不顾 Lee 的摇头和使眼色，借着身高的优势拎住了 Alex 的衣领。

这简直就是挟持嘛！

“走吧。”程西笑眯眯的。那种被窥视的感觉没有消失，但是有 Alex 在场，不知道为什么她觉得心安一点。因为 Alex 的眼神总是飘飘忽忽，很心虚的模样。她甚至怀疑自己被盯梢，而始作俑者正是走在前面佝偻着背的那个家伙。

“好不容易有的周末，又被闪耀的灯泡打搅了!”Lee简直想仰天长叹。捶地，这究竟是为什么，为什么!

“咦，你们去吃饭？介意不介意稍上我?”尚学长拿着车钥匙站在大门口，闪耀的像一枚钻石。Lee这才想起来周五的晚上TAXI很难叫到，只得硬着头皮点了点头。灯泡嘛，不缺Alex一个，也不多尚学长一个。

最好在他把程西拐上床之前，这些乱七八糟的事件和闪耀的不相干闲杂人等统统都出现完毕。

Alex一脸不情愿地被撵上车，程西为了防止他逃跑，逼他坐在后座最里面的位置。“我突然想起来，桂翔今天出差回来哟!”不知是为了调节气氛还是破坏气氛，Alex一拍脑袋，假装回忆起有这么一回事。

“所以呢?”程西挑眉。

“所以啊……桂妈妈叫我今天早点回去，她煮了好多好多好吃的东西等我们开饭。”Alex满脸堆笑，心虚到极点，一双手放在车门旁边，就要打算溜出去。

“桂妈妈？你几时和那个可怕的欧巴桑那么熟?”Lee扭头问。

今天的状况是尚学长很义务地做司机，Lee坐在副驾驶的位置。而程西压着Alex坐在后排。看情况想全身而退是不可能的了。

“你是不是瞒着我们和那个桂妈妈定了什么协议?”程西眯起眼睛。

“什么啊……”Alex像一只蚯蚓那样不停地扭动着，“我怎么可能背叛你们嘛……”

“又不是没有背叛过。”Lee冷哼一声，斜睨了他一眼，“到底

有没有做什么对不起我们的事!”最好快点抖出来，不要逼他用暴力。

“Alex，你每次说谎的时候，眼睛就不停地眨啊眨的。你自己都没有注意到吗?”尚学长看了一眼后视镜，慵懒地说。

有吗?他有眨眼吗?Alex下意识地眨了眨眼，却被程西抓个正着。

不得不说，平时的拳击训练让程西出手的速度令人意想不到。

“小西，有话慢慢说嘛……不要动手动脚的……”Alex极度想摆脱被程西抓住衣领的双手。

“Lee，你有没有觉得Alex的牙齿很白很好看?尤其是门牙。”程西握紧了拳头，妩媚地朝着Alex笑。

“嗯，很好看，好看到我经常萌生出拔下他的门牙做纪念的念头。”Lee和程西一唱一和。

“呜呜呜……你们这些坏人!”就知道诉诸武力来威胁他。Alex缩在一旁，用小鹿般可怜的双眼看着这几个人。

“再问一遍，说不说?”程西挑了挑眉。

Alex举手投降，“说说说……桂翔的妈妈找了私家侦探跟踪你，呃，她怀疑你和Lee有奸情。”

尚易辰很不合作地咳嗽了一声，分明在掩饰隐忍的笑意。

“八成是你的提议。”程西笃定地猜测。

“我已经说啦，可以让我走了吧……”Alex撇了撇嘴，防备地看着程西握紧的拳头。“再说，她怀疑是正常的啊，你们本来就有嘛，还在人前人后表现得那么亲热。全世界都知道你们有奸情!”

“有你个头!”Lee毫不客气，一巴掌拍向他的脑袋。

“咦……你们没有?!”Alex瞪大眼睛，不可思议地指着他们。

就连一直以咳嗽声掩饰的尚学长，也看了Lee一眼——大概意思就是“你真没用”之类的。

害得原本信心满满意图今夜一逞兽欲的Lee同学非常郁闷地乖乖坐回位置上。妈的，他好不容易决定今天和程西共度周末，为什么又冒出个什么私家侦探！他可不愿意在无数双眼睛面前XXOO！

“该死的，我就知道不能信你！”程西一记手刀劈向Alex的后颈，就在关键时刻，一辆白色的荣威750从他们身边驶过，尚学长突然喊了一声“Stop”。

他寻了个车位停好车，这才嘴角含笑地转过头来对着其他三个人：“遇见熟人了，大家要不要下去打个招呼？”

其他三个人顺着车窗向外看去——原本应该今天出差回家的桂翔，坐在这家餐厅的落地窗前，面色愁苦地搅拌着面前的一杯咖啡。

刚才和他们一起停车的车主，收起钥匙匆匆奔进去，恰巧坐在桂翔的对面。

“咦，很眼熟。”Lee觉得在什么地方看见过那个人。

程西探出头去看了一会儿，“不就是那天和你一起做市调的那个戴爵士帽的人！”

“对啊！”Lee想起来那个人曾经坐在自己的左手边，修剪过的帅气的短胡须和爵士帽的装扮让他看起来英气十足。不过奇怪的是，明明桂翔是一个热爱茶道那么内向的人，怎么会和这个看起来又时尚又男性化十足的男人打交道。呃，他的意思是，两个人看起来一点都不配哦！好吧，这种事情轮不到他来管……Lee看了Alex一眼，“又是你的同道中人。”

“如果大家没意见的话，晚餐我们也在这里吃。”尚学长笑得很邪恶，率先迈步走进那家餐厅。

第三十五章

真相大白

“等一等。”程西站在原地叫住大家。

尚易辰挑了挑眉，意外地回头。

基本上，他是老板，说话没有人敢忤逆。奇怪的程西居然在他想看好戏的时候阻止大家。唔，看来可以指使 Lee 学弟好好教导一番，“有事?”

程西点了点头。将 Alex 拽出车门问话，“你刚才说桂翔的妈妈请了私家侦探来调查我和 Lee?”

“是的啊，这种事情我为什么要撒谎……”

“所以……我和 Lee 不能过去。”程西想了想，思路明确地放开手，主动挽住 Lee 的胳膊，“我们一旦过去了，私家侦探也能拍到桂翔和男友约会的样子，到时候呈给他妈妈，还不知道要闹出什么事情来。”

“噢，说的也是。”Lee 笑呵呵地在她手上拍了两下。

光芒一闪，分明有人乘机在不远处拍下他们的照片。

Alex 跳得离程西远远的，躲去尚学长的背后，“好吧，你们仗义的话，就远远跑开好了。不然私家侦探也一定把桂翔和他的男朋友当背景拍进去了。”

尚易辰想了想，低声对 Alex 说了一句话，然后他们两个人径

直走进去和桂翔打招呼去了。

剩下程西和 Lee 两个人重新跳上车。

“现在去哪里呀?”开房间，开房间，开房间……Lee 同学满脑子分明都是这三个字。

“找其他地方吃饭吧。”程西系上安全带。

真讨厌，那种偷窥的感觉仍旧挥之不去。眼看在桂妈妈那边自己和 Lee 的“奸情”要曝光，她挑衅一般地突然用手勾住 Lee 的脖颈，吻了他一记。

原本是轻浅而迅速的吻，却被 Lee 抓住时机追了回去。轻触彼此的感觉如同触电一样令浑身酥麻，突然内心就有那么一点点萌生的苗头，骚动不堪了起来。Lee 还是头一次觉得自己有种初恋般的感受，是那种毛头小子尝了一点甜头就浑身手足无措的感觉。

青春……恋爱……梦幻……噢!

几乎是直接的，一个硕大的闪光灯“嘭”的一声在车窗外闪了一下。灰黑色的背影压低了帽檐，几乎是用跳的，在停车位间匆忙跑开。想必得到了他们想要得到的东西，应该会急着回去向桂妈妈邀功了吧?

“这下好了，牺牲色相便宜桂翔那小子!”Lee 在心底暗暗咒骂。发动引擎，找了家看起来还不错的本帮菜馆吃饭。不知道为什么他的心一直砰砰直跳，仿佛觉察到今天要发生什么事似的。

程西一副理所当然的样子，互相喂对方食物，盯住彼此的眼睛会心一笑，抓住彼此的手牢牢握紧，十指交错互相摩挲，像世界上任何一对正常且普通的情侣那样，闭起眼睛接吻。

要怎么说呢?

“今晚可不可以陪我?”对了，就是那个 TVB 的罗嘉良，每次深情脉脉地看着女主角说这句话的时候，镜头总是马上切换到第二

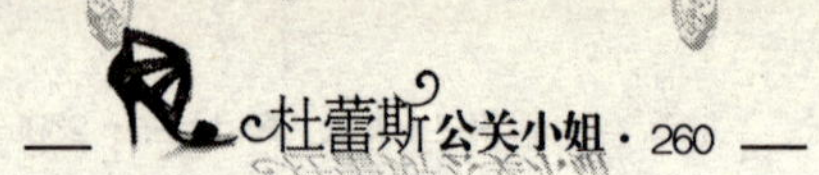

天两个人裹着被单在床上的样子。

唉，可是不能啊……这样说太过时了！

Lee 的表情十分纠结。

“我们去开房吧?”好像太丢分了。

为什么，为什么早上出门前他不记得在镜子面前演练一下台词。完蛋了，现在他觉得自己的舌头有打结的趋势，完全不知道怎么说话了。

“怎么了？你看起来很为难的样子。”程西留意到 Lee 同学一副要便秘的表情。

他妈的！他紧张！

“我，去下洗手间。”他真的有点紧张。

啊啊啊……怎么会这样！

不就是脱衣服，前戏，然后挺身进入嘛！

为什么为什么说出口比做出来还难呢?

还是因为，嘴是连着心的，而肢体语言只是生理反应？嘴到心的距离很远，所以那个小小的声音一直在心底匍匐而来。

“在想什么?”程西美丽的面孔离他只有那么一点点距离，期待的表情无疑悉数收入他的眼底——豁出去了！

“我们……”他张开嘴，旁边一个人高声打电话的声音却将他打断。

“老地方……对！我已经开好了房间，等你们啊！什么 8 个人?不行不行，最少也要 9 个人！”

Lee 同学呆呆地转过头去。好厉害，他在说 9P 吗？还如此堂而皇之。

只听那个人继续说道：“酒，当然要带啦！杀人没有酒怎么行！对啦就是这样，你约好最后一个人就赶快来！”

程西拍了拍他的面颊才叫他回过神来："人家在说杀人游戏，不要想歪。"

"咦，正好我们缺人，你们要是晚上没有事，要不要一起来?"那个人转过来，笑眯眯地看着他们。

"不……不用了……我不会……"搞什么，又不认识……何况他才不想杀人，他想造人。咳!

"哎呀不要紧的，很容易就学会啦，是个智力游戏。"对方一脸热情，扯住他和程西不放。

Lee 同学目瞪口呆之中，却听见程西说了一声："好呀，不妨去玩玩看。"他算是明白了，程西永远对新鲜的陌生人感兴趣。

"小西……"痴痴地嚷了一声，将心头的那件事压在舌尖下。任由笑眯眯的那个年轻人拉着他们往楼上的房间推。

"我会跟你们详细说面面杀的规则啦。"

"怎么你们不去杀人俱乐部?"程西随口一问。看着 Lee 一张呆呆痴痴的脸，忍不住上前挽着他的手。

"不好玩啊，还不如自己包一个房间，买来零食和酒水，乐得逍遥嘛。累了还可以去床上躺一会儿。"笑眯眯的年轻人给人的感觉很像不藏心计的 Alex。他大方地伸出手："朋友们都叫我 Ken。"

随着新认识的 Ken 同学到达他定的酒店房间，幸好他约的人还算准时，大家 7788 简单介绍了一下自己的名字，便听从 Ken 同学的号令开始了杀人游戏。

由于程西和 Lee 是新来的关系，并不熟悉流程，大家还简单跟他们阐述了一下要点。一来二去，摸熟了这个"天黑请闭眼"的游戏之后，程西和 Lee 渐渐投入进来，还觉得蛮有趣的。尤其是他们两个人经常抽到杀手牌，在黑夜里一起联手把好人杀死的感觉很棒很刺激。

游戏正酣的时候，大家还沉浸在天黑请闭眼的状态中，却不曾料房间的门被砰的一声撞开，桂妈妈尖利的嗓门顿时在这个不大的房间里喧闹开来——“我明明亲眼看见他们进了这个房间……那个女人背着你让你戴绿帽子呀！”

哭笑不得的桂翔一脸郁闷的表情。

程西和 Lee 这一轮刚好抽到一起做杀手，他们睁着眼睛刚巧看见了这可笑的一幕。

桂妈妈一脸笃定要捉奸在床，气势汹汹地冲了进来，在看见大家只是闭上眼睛围坐成一圈之后，脸色“唰”的一下灰起来，仿佛有一记闷棍敲在她的背后，让她吃了个鳖。

桂翔更是为难到死，看见大家衣衫齐整的样子，更是有那么多陌生的面孔冲他们奇怪地张望，不由得窘困难当，面色通红。“对不起！”愣了一分钟，深深地弯下腰去冲 Lee 和程西两个人道歉，然后拽着母亲打算走掉。

“为什么要说对不起，错的又不是你！”桂妈妈一副儿子受了委屈的心态，恼羞成怒地暴跳了起来。没有捉到奸就已经够她没脸了，何况儿子还要行一个大礼冲那对该死的狗男女道歉！“这里，这些，都是证据！”她洒出包包里面由私家侦探提供的照片，“你倒是看一看啊，好不容易交了个女朋友，却和别的男人搞在一起，你究竟是不是男人！”

Lee 和程西自然知道是怎么回事……不过却不知道桂妈妈会当着这样多人的面给自己儿子难堪。程西站起来说了声抱歉，拉着 Lee 和桂翔到外面去。

Ken 同学为难地摊了摊手，示意其他的人这盘杀人游戏估计要结束了。

桂妈妈彪悍地一路追出来骂，将 Lee 和程西的照片撒得一路

都是。

困窘难堪的桂翔被程西和Lee拽出来，脸色十分不好。原本书生气十足的面孔，因为不堪忍受母亲的质问而显得有些神经质。眼镜下的一双清水之眸，在瞬间染上了些微的红色，让程西瞧出了端倪。

“嘿，没事吧？”她拍了拍桂翔的肩膀。

桂翔摇了摇头：“都是我，把你们卷进来。我的母亲，实在是……”握了握拳头，他似乎一副要豁出去的样子，一时间挺直了脊背，和平时温文尔雅的模样不同。

Lee拉住程西，示意她站到一边。

果然，当桂妈妈气喘吁吁地跑过来跟上他们，再度质疑桂翔的时候，桂翔爆发了。

“程西不是我的女朋友。”

“什么？”桂妈妈掏了掏耳朵。

桂翔将站在自己身边的程西推向Lee的怀抱，Lee同学很享受地抱得佳人入怀。“他们这样般配，妈妈你没有看出来吗？从小我就在你的耳提面命中长大，不许这个，不许那个，应该这样做，应该那样做，我什么都听你的，但是我从此怕了女人……我对所有的女性都不能产生好感，我总觉得娶了她们，没准有一天她们也会变成我的另外一个母亲！所以我喜欢的是男人！”看着桂妈妈渐渐张大的嘴唇，他笃定地点了点头，“是的，你的儿子，我喜欢的是男人，我一辈子也不会喜欢女人！”

第三十六章

欢乐的默契

桂妈妈呆呆地张大嘴，眼神停滞了足足两分钟之后，这才仿佛从地狱中活过来一样，努力地眨了眨眼睛。

“小翔，你在和妈妈开玩笑是不是？你是个男人啊，怎么会喜欢男人？”她上前去拉儿子的手臂，却被桂翔一甩袖子躲过去。

“我是同性恋。”桂翔冷冷地回应。

程西被 Lee 拥着，突然觉得站在前面的桂翔有点可怜。

背脊挺得笔直，在自己严厉的母亲面前承认自己的性向，斯文的面孔上是一副笃定的神情。那份孤傲与决绝，倒有些像是武侠小说中凌立悬崖峭壁上的剑客，手执断剑，凌空一跃，不管下面是浩瀚大海或是尖石密布，那份表情依旧无怨无悔。

Lee 摇了摇头，拉住正欲上前的程西。

“可是……”实在不忍心桂翔可怜地被那个欧巴桑指责。

啪的一声，一个响亮的巴掌打在了桂翔的左脸上，桂妈妈几乎是浑身颤抖，面色苍白地将手仍旧扬在半空中。

桂翔只是冷静地扶了扶自己的眼镜，继续解释说：“如你所见，本来程西就和 Lee 是一对情侣，再没有人比他们更登对的了。我不过是以朋友的名义，请程西来假扮我的女朋友。可是没有想到，却给她带来那么大的麻烦甚至屈辱，实在抱歉！”

“你们……”桂妈妈力有不支地捂住胸口，面色渐渐呈现不正常的灰白。她浑身颤抖，几乎连脸颊两旁都有些许的抽搐。

Alex不知道什么时候出现在当场，只有他一个人上前扶住桂妈妈，“您还好吧？”大概失去过才特别懂得珍惜母子之情的Alex头一次说了一句正常的话，“小翔，我以为你不是这样冲动的人。”人和人之间，很多时候只需要说一句话，就可能再也无法挽回之前的关系。不管是爱情也好，友情也罢，更不用说是亲情了。

桂翔的脸色也十分灰败，几乎是用了全力绷紧的身体此刻松懈了下来，显得有些后悔。不知该如何收拾残局的他，倒不如Alex有经验。

“你们母子给对方一个机会，彼此冷静一下，再约个时间好好谈谈吧。”他一副过来人的腔调，转向桂翔的母亲：“桂妈妈，我先送你回家好不好？”

桂妈妈仿佛要发难，看见Alex轻轻摇头的表情，终于忍住了。点了点头，看见Alex伸出来的手，仿佛橄榄枝一般地握住。

她不明白为什么所有人看她的眼神都这般刻薄，明明做错事的人不是自己……难道，难道这个世界真的已经颠倒过来了吗？

她有些神经质地跟着Alex走了出去，捂着的心脏似乎还不能适应这个喧嚣而潮流的S市。

一大群人见这件事情终于不好不坏地告一段落，各自散开。Ken同学一脸堆笑地凑到Lee和程西的面前：“那个，杀人游戏还玩不玩？”

Lee想也不想，直接把呆呆地立在当场的桂翔推到Ken的面前，“他来接替我们！”笑话，这不是一个正好开溜的机会嘛！虽然，虽然他承认杀人游戏的确很好玩啦，但是还有更好玩的事情他想去尝试咧！

被Lee匆忙拉出去的程西明知故问了一句："我们要去哪里？"

"去只有我们两个人的地方！"恶狠狠地按下电梯，Lee扯了扯衣领，一副即将爆发的模样。

嗯，他受够了每次到high点就被NG的场面！

靠，他今天一定要男人一回。

像第一次见面那样，把该做的都做了，拍拍衬衣口袋，该带的也都带齐了……所以，为什么不去找个安静点没人打搅的房间，把彼此的手机都丢到水池里去，拔掉房间内的电话线，然后……嘿嘿嘿嘿……想到这里他就忍不住露出得意的笑容，拽着程西的手也渐渐松开。

"你好像在想什么淫荡的事。"程西一语中的。

"不是你说的，要把我们那天晚上没有做完的事情做完嘛！"Lee装作很委屈的模样。

"讨厌啦！"程西拿包砸他。

一般来说，只要女方主动说出这三个字，基本表示对对方的提议没有意见。

于是Lee同学很哈皮地开车找了家最近的旅馆。

不知道为什么打开房门的时候不小心打了个喷嚏。

"咦，没有感冒，难道说又被学长念？"他搂住怀中早已熟稔许久的身躯，这一次决定再也不放手。

"我先去洗澡。"程西拿了浴巾。

"等下啦，我要跟你一起。"寸步不离才是首要关键。Lee同学亦步亦趋地跟上前去。

程西笑着打他："你还怕我跑了不成。"

"那倒不是，只不过失败了那么多次，我心理有阴影。"他实话实说，深情凝望。

程西被他这种气氛搞得有些不好意思起来，钻进浴室，却被Lee牢牢拉住，吻住了嘴唇。

莲蓬头被他哗啦一下打开，喷在两个人的头顶上，程西嘤咛了一声要躲开，却被他死死按住，挣扎不去，直到水温变得渐渐温暖，莲蓬头下两个人衣衫尽湿，这才开始有了野火燎原的欲望。

衣服变得厚重起来，粘在身上十分难受。

Lee从身后抱住程西，开始动手为她“服务”。

程西诱人的胸部被湿透的衣服狠狠地勾勒出来，他忍不住先在上面摸了一把，手感极佳。

“Lee……”她忍不住轻声呻吟了起来，对于Lee的主动，甚至十分快意地承受。好吧，这个愣头青，要让她调教多少次他才懂得男人是需要主动的？

她的手指滑过浴室的玻璃，在上面留下清晰的指印。仿佛只为舒缓心中的欲火般，转过头去继续与他深吻。

莲蓬头带来的雾气让浴室弥漫着更加浓烈的情欲。

他的舌尖从她的红唇渐渐下移到她的脖颈，一路沿着水珠往下，用牙齿轻轻咬住她的衣物，灵巧的舌尖褪去她的上衣，美丽的蓓蕾尽收眼底，他忍不住上前亲吻，让她惊呼出声。

燃烧的欲望令他饱胀得发痛，可是似乎经验告诉他，愈是忍耐愈是会持久而愉快……

好容易彼此袒裎相对，几乎不需要多余的言语，两个人彼此都知道接下来要发生的事。

并不是陌生的碰触，也不是彼此的第一次。但是他们相互都会觉得，此时此刻拥有彼此才是心中最渴望的事情。

程西忍不住在他肩头咬了一口，似乎在提醒他快一点。

关键时刻，Lee没有忘记从褪去的衬衫口袋里掏出DUREX

……该死的，他没有考虑到 SIZE 问题……套弄了半天，好像拿了个不合适的……

真是丢人丢到家了！在这种美好的气氛下他居然会乌龙！

程西无奈地摇了摇头，露出一个“我就知道会这样”的表情，弯腰从湿漉漉地堆在一起的外衣口袋里摸出一打型号各异 SIZE 不同的 DUREX 扔给他。“你比较喜欢什么型的？浮点？香蕉口味的好不好？L 的应该 OK 吧？”半跪在 Lee 的跟前，程西一边眯缝着眼睛打量着他的关键部位，一边撕开一枚。

好吧，目前看来再也没有什么可以让这部现场真人 AV 剧 say cut 的了！

“要不要我帮你？”她含笑而问。

Lee 同学艰难地点了点头，强迫自己立刻将她推倒的冲动。拜托，美人赤裸在前，怎有歇息片刻之理。

待一切准备工作就绪，Lee 刚要起身搂住程西将她推倒，却不留神程西轻推一下，将他推倒在地，自己勇敢地坐在了他的双腿之间。

“呜呜呜……”为什么，为什么这一次他会有被程西上的错觉。

明明是他发起的主动。

明明他准备大干一场。

明明一切的一切都策划妥当。

可是，为什么总会觉得有被算计的感觉？

为什么他要在下面而程西在上面？

这究竟是为什么！

虽然这种感觉也不坏，甚至可以称得上是完美的契合，心底里泛滥出来的一种叫做“爱”（对，你们不断句也可以读！）的情感，还有无比丰盈的触感刺激到他的肾上腺激素……

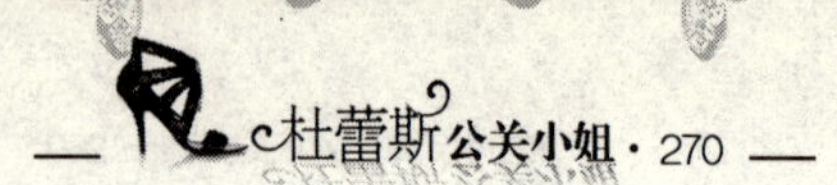

可是，真他妈的不对劲啊！

他甚至在下面还重重地打了一个喷嚏。

“尚学长，一定又是他在念我了！”Lee 同学在心理默默地屈辱地想着。“反正时间还很长，总有一天，我要翻身农奴把歌唱！”

至少现在看来，Lee 同学不会因为做某件事情而扭伤自己的腰。

要知道，男人的腰可是很金贵的哦！

尚易辰此刻端着一只高脚杯和 Alex 坐在房间里面喝酒。

细细品味的感觉很漫长，却也能觉察出来房间里不太对劲的气氛。

“嗯，算算这个时间，估计 Lee 今晚一定是得手了。”Alex 看着客厅里凌晨 2 点的指针叹道。

“你怎么样？心结解开了吗？”尚易辰斜睨了他一眼，将杯中的酒一饮而尽。

“讨厌学长啦，哪壶不开提哪壶。你明明知道人家最喜欢 Lee 了！”Alex 仿佛练就了蚯蚓神功一般，不停扭动着。

“不如我给你报个仇如何？”他的嘴角扬起不怀好意的微笑。

“咦？”Alex 双眼放光。“愿闻其详！”

一周之后，尚易辰在公司的员工大会上做了一个新项目规划。

“由于我们在女性快消品上做出的成绩十分骄人，公司考虑到长远的发展，于是在几个月前就特意针对男性也研发了类似的产品——男用卫生巾。考虑到它的使用性十分特殊，比如可以用于外出探险工作的鞋垫，用于进行骑乘类运动比如骆驼探险队员和山地运动员的防摩擦道具，以及痔疮出血太严重的男士等等，所以，我宣布以前负责 SOFY 这个项目的 Lee，此刻单独调出来经营这个新产品的公关与推广项目。考虑到人手调配的问题，所以，比较熟悉

男性心理的 DUREX 组的 Cindy，也要一并加入这个公关小组给予 Lee 全面的支持。”

“什么?”Lee 忍不住面色发难。刚刚跳出一个火坑，又叫他去接另外一个！而且是这样无聊的男性卫生巾！接下来尚学长是不是还要发明什么男性胸围之类的东西叫他去推广……而 Alex 明显是一副看好戏的嘴脸。

只不过自己被上了一次而已，有必要大家都来针对他么!

呜呜呜，他觉得自己好可怜!

尚学长好意地拍了拍他的肩：“好好干哦！我相信你。对了，人事部那边过一星期会给你印制新的名片。”

Lee 只剩下咬牙切齿：“Title 是什么?”

尚学长卖了个关子，快步走开，“到时候你就知道了。”

程西眯起眼睛看着他离去的背影，缓缓地说：“为什么我会有一种被连坐的感觉?”

“一定是他们嫉妒，觉得我们实在太般配了!”Lee 臭屁地搂了搂程西的肩膀。

“嗯，今天姐姐跟我说，尚学长向她求婚了。”程西露出一个若有所思的微笑。

“好吧，我知道在学长结婚的时候送什么礼物了!”他们互相对视一眼，发出了一个不愧是情侣，果然心有灵犀的默契笑容。

（全文完）

番外之烟花

他舞动的时候，
脚尖点地，身体轻盈地向着上空翻腾，
闪耀如夜空中的焰火。
他离开的时候，细雨微风，
笑靥在一方干净的墓碑上，
如烟花骤然一瞬。

这是他第一次闯进这个格格不入的地方。

瞳孔放大，耳鸣加重，被熙熙攘攘的人流挤来挤去。灯光昏暗到几乎看不见人影。各种刺鼻的香水味放任地肆虐，几乎叫他喘不过气。

闭上眼，像一个沉入水底的溺者，伸出手渴望离开这个地方。

可是不能够。

人流仿佛河里的水，即使被分开出了一道伤口，也在一瞬间拥有着神奇的愈合力。

越来越多的陌生脊背贴住他的，分享他被欲望点燃的体温。

Alex 几乎窒息的当儿，刹那间就连昏暗的灯光也骤然熄灭。

喧闹的人群顿时安静下来。

甚至有种黎明破晓前的静谧。

甚至有人默默地在心中读秒。

十，九，八，七，六……

他还能听见四周男人们的心跳。嘭，嘭，嘭，随着读秒的声音一起，用心跳倒数着惊奇。

五，四，三，二，一……

来了！

仿佛耶稣降临一般，一道极光从头顶的天窗中穿刺而下，引出一片更炽烈的叫喊！

Alex 和其他人一样，抬起头，眼睁睁看着一个人，裹着那道刺眼的光线沿着中间的一根柱子振臂而下。

他的身上除了窄小的一条丁字内裤之外，只披着一层梦幻的薄纱，一对天使的白色羽翼逼真地在肩膀之后绽开一丈如许。可能这个造型很可笑，可能这个翅膀惹人嘲弄，更可能这个男人的舞姿并不妖娆，尽管一切的一切都让人觉得这个酒吧的开幕仪式令人 fuck 到爆，可是男人脸上的表情却是出人意料的圣洁。

圣洁到所有人都以为，他与那对翅膀很配。

尖叫停息，只闻呼吸。

Alex 觉得自己的呼吸都凝滞住了，脸涨到紫红。

男人在三层楼的高度停下，修长的双腿夹住钢管，倒立挺身，舒展的上身在空中行成一个极美极艳的姿势。他的脸一直向着天空，清晰的眉骨下，一双俊目紧闭。

终于有人看清了男人的长相，不由得加剧了尖叫的分贝。

Alex 紧张地抬头，觉得自己心脏的跳动都被尖叫声彻底湮灭。

男人的身体倒立，沿着钢管做快速的螺旋下滑的动作，他的面孔离地面的人越来越近，越来越近，近到几乎可以清晰地看见他浓密的睫毛，和睫毛上挂着的一颗泪珠。

就当他的面孔几乎贴到地面的时候，喧闹的叫喊声几乎能把整座酒吧的楼顶掀翻。

Alex 没有听到自己的叹气声。那声低低的失落和千真万确的笃定，令他自己都不敢相信——这个把所有人的气氛调节到最高潮的男人，是他认识的那个 Adrian。

此刻 Alex 可以清晰地看见他的身体。修长而健美，每一块肌

肉都迸发着猎豹一般的力量。此刻他的双眼睁开，锐利的目光似乎能刺穿自己的身体。

他天生就是掠夺的生物。

此刻已然有两个俊美的少年人上前，轻灵纯澈的眼神，宛如一对童话中的王子，他们手执软绳，将 Adrian 围绕在中间。众人们纷纷退开，让出一片空地，吃惊地看着 Adrian 轻巧地跳上被拉直的软绳上，在没有任何安全措施的保护下，绷紧足尖，一跃而上。

年轻而美丽的身体仿佛一把打开的折尺，在空中腾转。

Alex 几乎垂泪。

他的视线渐渐模糊，仿佛看见了一支元夕节的烟花，随轻烟攀缘升腾，璀璨只一瞬间。

“喂，死胖子，要不要擦擦口水？你现在的样子很难看。”几乎是用吼的，身旁一个眉眼分明的少年人，捅了捅 Alex 的腰部。

Alex 低下头，用力咬住下唇，被侮辱的感觉十分难受。

没有错，他是白了一点，胖了一点，屁股厚实，膀大腰圆，小腹上更是赘肉层层叠叠，可是他是这个跳舞的 Adrian 的朋友哎，看几眼怎么了！

他转过头，说话的男孩子挑了挑眉毛看他，鼻翼稍皱，分明被他硕大矮胖的身躯挡住了视线。

“我，你，不可以这样说我的。”Alex 不觉得一个和自己一样的未成年人到同性恋酒吧这种地方来是一件正确的事。不过事实证明，做错事的人大有人在。

少年人毫不客气地抱拳而立，反诘一句，“那要怎么样说？大肥猪？白馒头？小包子？胖墩？你喜欢哪个？想比之下，我还是喜欢死胖子……对了对了，你听过一个冷笑话没有？”他不顾 Alex 呆滞的反应，自顾自地说起来，“从前有个胖子，从很高的楼上摔下

来，你猜他变成了什么？对了，就是死胖子！”

看着 Alex 一脸动怒的表情，少年忍不住拍掌而笑。一溜烟钻入人群，不见了踪影。

Alex 寻他不着，看着仍旧跃动在空中凭借身体取悦这些男人的 Adrian，不由地皱起眉头，心情不悦地挤向门口。

曾经是青梅竹马的玩伴，Alex 亲眼看着 Adrian 的父母在一场经济危机中丧失工作。他的父亲迫不得已，用最后的钱买了保险，并自杀，企图用保险赔偿来维持妻儿的生计。事发之后的 Adrian 变得格外独立，时刻沉默不语，课余之时便疯狂练习舞蹈。

他与昔日的好友 Alex 也日渐疏远。

可是不知道为什么，每每在校园的林阴小道上视线交错，Alex 总是觉得自己心跳加快。

大概是因为长期练习舞蹈的缘故，Adrian 气质优雅，举止轻盈，对比肥肥胖胖又身材不高的 Alex 来说，他的外貌简直让 Alex 痴迷。

Alex 总是偷偷地在睡觉的时候想，自己是怎么了，为什么会对自己从小玩到大的玩伴、朋友兼同窗产生非分之想？甚至在打手枪的时候，他幻想的都是 Adrian 的脸。啊啊啊……他的眉，他的眼……Alex 几乎屏住了呼吸，一方面是羞愧的欲望，一方面是炽热的情感，啊啊啊……满脑子都是那个人的影子……为什么会这样，为什么……他甚至在未成年的时候不顾法律跑来酒吧，就是为了看他这场几乎裸体的钢管舞！

“你喜欢他？”终于挥动双臂挤到人潮的边缘，Alex 长长松了一口气，却见到刚才那个奚落他的少年人，似笑非笑地端了一只玻璃杯斜斜靠在墙壁上，一口咬定了他的心事。

“没有，没有这回事！”被猜中的感觉十分窘困，Alex 急急忙

忙要夺门而出，却被对方轻易拉住。一只看起来纤薄却格外有力的手，牢牢将他的脸定格在 Adrian 的对面。

从那个角度，可以清晰看见 Adrian 完美的侧面和身体的线条。甚至连最私密的部位的轮廓，都能够看个分明。

"你觉得，他会喜欢你这样的人吗?" 和自己年纪仿若的美貌少年人饮了一口酒，嘲弄他说。

Alex 听见自己的回答小若蚊蝇，"不，不会。" 他怎么会喜欢这样的自己? 他想起国文课上新学到的成语 "云泥之别"，简直是此刻自卑心情的写照。抬头看见 Adrian 仍旧在酒吧的上空做各种高难度的姿势，而自己却匍匐在肮脏不堪的地毯上，被这个少年人压制，如一滩烂泥一般。

可是，可是，他的双眸中仍旧是存有不甘的!

紧咬的银牙，额头的青筋，脖颈的汗珠，都在宣告他极力的克制。

少年人将他这份不甘瞧在眼底，不由得露出一个笑容，"可是你仍旧是喜欢他。这可如何是好?" 绷直的脚尖倏然在空中画了一道弧线，重重落在 Alex 的腹部。

"痛!" Alex 像一只笨拙的虾米，吃痛地弓起了身子。

少年人的笑意愈发浓郁，蹲下身看着他的眼睛，一字一顿地说:"要不要来跟我跳舞。我保证你可以翻身农奴把歌唱。"

Alex 只觉得对方的眼睛有着无比嘲弄的光芒，却不知道为何仍旧是信他。笃定地点了点头，"好，好啊……"

跳舞，Adrian 也是跳舞才能拥有那么完美的身材。不知道这个看起来和自己年龄相仿的少年人，要教他跳什么舞?

顽劣的少年人像他伸出橄榄枝，拉他起身，退至一旁。不动声色地看着 Adrian 在舞台上落幕。

“Adrian！”少年向走过来的那个耀眼的生物打招呼，漂亮的眼睛像盏瞬间被阳光照射的天窗。

“Alex?”对方却丝毫不顾少年的寒暄，直接盯住 Alex 唯唯诺诺的面孔，“你怎么在这种地方?”语气仿佛他的监护人。

“人家来捧你的场嘛。”毒舌的美少年一巴掌将 Alex 拍直，不知道从哪里摸出来一架立可拍。两个人把 Alex 放在中间，照了一张相。

“你叫 Alex? 这张照片送给你。”美少年仿佛一条蜿蜒盘旋的毒舌，蛇信微吐，笑靥如花。伸出去的手指，纤长如一枝兰，优雅洁白。危险的气场和美貌的外表，时刻透着矛盾的成分，Alex 惴惴不安地接过，看见照片中两旁的人影和自己对比的样子，忍不住叹了一口气。

“跳舞一定可以减肥的吧?”真没用，居然问出这样白痴的问题。

“那是当然的啊。”蛇蝎般的美少年笑着露出了好看的牙齿。美貌的人就连牙齿也生得如贝壳一般，笑的时候还会觉得有一道邪恶的亮光自他的牙缝中闪耀出来。

“你们两个马上给我出去。”Adrian 突然拉下面孔，将身边的两人推向门外。

“Adrian，你跳得真好。”心虚的 Alex 知道自己未成年人的身份，认命般地往外走。不过在走之前，他用这样微妙的语句来说明自己的心事。好容易说完，连牙齿都觉得在发颤。

“赶什么赶，我自己会走路！”美少年修长的眉形凛冽地扬起，一副十二分不悦的表情。

Alex 张大嘴巴，这才意识到原来他也是和自己是一样的未成年人！

可是为什么他的一举一动一点犯罪感都没有，还公然饮酒！

被推出门外的两个人脚底一阵趔趄。美少年刚要拂袖走人，却听见 Adrian 在门那边变换了一个温柔的声音说话："Alex……"

他叫的是那个死胖子的名字。

"呃？" Alex 呆呆地抬起头，看见对方一脸犹豫的神情。

"今天的事情，别告诉我妈妈。" Adrian 低下头去，慢慢地把门合了起来。

"好。" 他点了点头，成功地看见 Adrian 渐渐隐去的面孔上，那双眼眸不再有顾虑。

仿佛赌气一般，美少年一记手刀劈向他的后脖颈，害他吃痛，"跟我走！"

"去，去哪里？" 这么晚了……他担心回去不好和父母交代。

"废话那么多，你到底去不去！" 身形消瘦的美少年被夜风吹了吹，仿佛可以飘上天去做风筝。Alex 急忙拉住了他的衣摆，"去去去，可是还不知道你叫什么。" 他的眼镜有些模糊，朦朦胧胧地觉得少年的面孔有种暧昧的表情。

"叫我阿乾。"（我发誓，这个字读 QIAN，不是读 GAN!!!）美少年头也不回，几乎是厌恶地将 Alex 的手扯开。匆匆向前走了几步，又回头看着慢吞吞地跟上来的 Alex："我光知道你叫'死胖子'，现在才知道你还可以叫'短腿胖子'！"

Alex 这才加紧步伐跟上前来。照理说，他应该对对方的奚落很愤慨才是，不过不知道为什么，他总觉得这个脾气火暴的阿乾，能真的让自己脱胎换骨。

"阿乾……" Alex 弱弱地问，"我们这是去哪里？"

阿乾眉骨上扬，笑得十分率性。他的五官本就清朗俊秀，此刻笑起来，夜风将额头的碎发吹乱，露出白玉般的额头来。

Alex看得发了一小会儿呆，差点前脚绊后脚，往前一个趔趄，幸好被阿乾扶住。

呜呜，为什么，为什么自己的身边总是可以遇见这样闪闪发光的生物啊！Alex差点想学须柰子①把自己关在黑暗的房间里。

“总是会这样的吧？”阿乾突然苦笑了一声，自顾自地走向前。两个人一起并肩走在同一条路上，总是会有一个人越走越快，离身边那个人越来越远。现在他和Alex还可以扶住彼此的手，可是那个人，他已经连对方的背影都看不见了。

Alex有些摸不着头脑。阿乾的语气和神情实在变化太快，难以捉摸。

阿乾带到他去的是一间外表看起来破旧的小仓库。

一个侧手翻，灵巧地越过半人多高的栅栏，阿乾停在栅栏后等待气喘吁吁笨手笨脚地爬过来的Alex。

“就是这里了！”他的手指拂过巨大而古老的门锁，不知为何那把锁在他的手掌中应声而开。轻轻推开门，里面沾满尘埃的陈腐之气迎面扑来。

“这是一个没什么人来的储藏室。我把它当练功房了。很不错哟！”阿乾领着Alex大摇大摆地走了进去。因为空旷的缘故，阿乾的声音在空气里有微微的回声，听上去酥酥麻麻的，仿佛有电流沿着细腻的尘埃直吸入肺腑，连心脏都跟着酥痒了起来。

“这些仓库的柱子粗细正好，你要是愿意，可以练钢管舞的。”阿乾拍了拍柱子，轻松跃上去锁定身型，转头又看见Alex矮胖的身形，不禁嘲笑他说：“当然，我忘记计算你的体重了。还是换一种难度低的。”

---

① 须柰子，动漫《完美小姐进化论》中的女主人公。

Alex 羡慕地看着他灵巧的身姿在柱子上游走腾挪，不过落地的时候，阿乾却不留神一个趔趄，脚踝无力地崴到了。

“有没有事?”从那么高的地方跳下来，不摔死已经是奇迹了，怎么会有人期望在上面跳舞? Alex 心有余悸地看着那根和方才酒吧中差不多高的柱子，欲要上前去扶住他。

岂料他却被阿乾一把推开。玉色般的肌肤开始变得灰白，头发下垂到将眼睛也遮住，不过 Alex 能感觉到他的目光是冷冷的，仿佛一把利刃在割着方才有些酥麻的心脏。

“Alex……”许久，阿乾用刚才的声调使唤他，“还有 2 个小时到 12 点。你可以开始扎马步了。”

“哈?”Alex 掏了掏耳朵。

“要不要我这位根骨奇佳的师傅来教导你这个笨徒弟，想跳舞想减肥，每天给我扎 2 个小时的马步再说。”阿乾用手拍了一下他的头。

“可是……”扎马步不是电视里面练武功的桥段吗? 为什么跳舞也要扎马步? Alex 吃力地迈开双腿，半蹲地做了一个马步的造型。

“想不想有 Adrian 那样的好身材?”阿乾凑近他，清冷的双眸里是无比认真的神色。

Alex 深深呼吸，用力点了点头。话说扎马步手要怎么放啊?

“那就不要‘可是’了!”阿乾抓住他无可适从的双手，将它们掰到 Alex 的头顶上，“伸直! 保持姿势! 再蹲下去一点! 双脚脚跟相对!”话语宛如一根利落的小鞭子，抽得 Alex 肌肉酸痛。

像这样保持 2 个小时，他觉得自己 2 分钟都做不到，干脆杀了他吧!

阿乾看了看手表，揉揉自己的脚踝，又跃上仓库的柱子，缠在

上面倒立。

“好痛……”Alex觉得自己的腿已经麻掉了。偷偷瞟向柱子上面的阿乾，仿佛正闭着眼睛享受着倒立的快感。

可是实在是很累啊……累到手酸脚酸，膝盖发软，直想一头载下去。举起的双臂因为伸直的缘故而微微颤抖。

练武功果然是件辛苦的活计啊……谁来拯救他……呜呜呜呜……

一滴雨滴在Alex的鼻尖上。

他艰难地抬头看了看。

咦，仓库是有屋顶的。地面还是干燥的。雨……是从哪里来的?

又是一滴。

他想起Adrian跳舞的时候，睫毛上的一颗泪珠。

“你哭了么?”试探性地问他，死死咬住牙关忍受浑身的酸痛却不敢抬头。

“拜托，是汗好不好!”分明带着沙哑的哭腔，阿乾仍旧死撑。

Alex不知道是因为累还是因为阿乾的回答，朦胧间头脑中一片空白。一个可怕的结论出现在脑海之中。“阿乾也喜欢Adrian是不是? 他也去看Adrian的演出……他还为他哭……”自己怎么比得过看起来如此漂亮的阿乾? 绷紧的神经在一瞬间松懈下来，他一屁股摔在地上，姿态很难看。

“死胖子，居然敢偷懒! 说好2个小时的!”阿乾利落地从柱子上一滑而下，双手撑地，漂亮地折身而起。不过他的脚踝因为刚才的扭伤仍旧是撕扯到令他漂亮的面孔有一丝痛楚。

Alex就那样坐在地上看着阿乾。

看他凛冽的眉毛没有方才飞扬的神情，而是紧紧蹙起，双眉几

乎绷成一条线，连看的人都能觉察到他的痛苦。

“为什么?”

为什么哭?

为什么要带他来这里?

为什么要奚落他这个胖子?

作为情敌来说，自己根本不是他的对手!

为什么?为什么?为什么?

阿乾冷冷地甩了他一眼，绷紧的眉乍然一下舒展开。仿佛绷到极致之后的橡皮筋，那股力道弹到人生疼。

他将裤腿“唰”地一下拉高，露出红肿如萝卜的脚踝:“为什么，我也想问为什么!为什么我们都练舞，偏偏我会从钢管上面摔下来!医生说我以后再也没有办法跳舞了!”他们本是并肩走着的两个人，现在他永远都跟不上前面那个人了。

他去看他的舞蹈，看他在那么多男人的面前几乎赤裸，他恨到眼红。这股恨，不是恨别人，而是恨自己。他恨那个午后的阳光太刺眼，恨那个牵动他心房的人太过闪耀，他恨自己一失神从半空摔了下来……他恨!

如果，面前的这个人，能够取代自己，站在他的身边，是不是心里就会好过一点?至少这个人是自己亲手调教出来的，姿态，身形，哪一样都和自己无差……阿乾带着小小的梦想，抓住了 Alex 的手。

“重来!”

几乎是暴力的，将 Alex 的手提升到让他痛呼的高度。

“给我蹲好，要是再失败，我会拿棍子打你!”阿乾的眼睛红红的。

Alex 突然觉得心中有一丝怜悯闪过。

是的，作为一个胖子，居然怜悯那个外形比他好上一千倍的男孩子。

这份怜悯突然让自己生出莫大的忍耐力。他咬牙忍住那种刺骨的酸痛。

不、就、是、扎、马、步、嘛！

不管是为了自己，还是为了阿乾，亦或者是为了 Adrian，他都要努力减肥！

减肥这种事情，一旦升华为一种怨忿，便会深深植根在身体的每一个细胞内，连呼吸都随时随地呐喊着“我要减肥”的字眼。

2 个小时内可以做很多事。

比如吃一顿饭。顺便散步。以及洗澡。

Alex 就是这样度过每晚的 2 个小时的。

他甚至想不到除此之外还能做其他的事情。

当阿乾手中的手表顺利指向午夜 12 点的时候，Alex 觉得自己浑身都快散架了，就那么“咚”的一下躺在了地上。汗涔涔的一身让他很有成就感。从那个角度，可以看见阿乾的嘴角，微微露出了一丝笑意。

“我有个提议。”阿乾在他身边坐下，“为了纪念这个时间，我们把这次计划叫做灰姑娘行动吧！”

“灰姑娘？你还是我？”Alex 差点连说话的力气都没有了。

“你说呢？”阿乾嘻嘻笑。

两个人的敌意，似乎因为 Alex 的一句问句而告终。

每天晚上，阿乾都会朝 Alex 家的窗户上扔一块小石头，有几次还差点把玻璃打破。

Alex 每天拖着疲惫的身躯汗涔涔回家洗澡的时候，总是被哥哥莫臻怀疑地看着。

“你去哪里了，这么晚回来?”已经读大学的莫臻是父母的心头肉，人长得帅，成绩优异，在这样光芒四射的哥哥面前，Alex 总是畏畏缩缩。

“跑、跑步。”他拿毛巾擦了一把脸，汗珠和脸上的灰尘一起把毛巾染成了黑色。

“难怪我觉得你好像瘦了点。加油啊……”莫臻看他一脸臭汗，拍了拍他的肩膀，“不过也不要太辛苦，运动这种事情，适度就好。”

“哦，知，知道了。”他有点感动哥哥的关心。

“洗完澡去睡觉吧，已经很晚了。”

他洗完澡躺到床上去的时候，特意在镜子前查看了一下自己现在的样子。

不过短短一个月的时间，放学后和阿乾每天都跑去那个废旧的仓库练舞。他嘲笑 Alex 太胖，于是不教钢管舞，相反教的是肚皮舞。甚至摸出一只马克笔，在 Alex 的肚皮上画上眼睛和鼻子，而那张嘴就是肚脐眼。似模似样。

一开始 Alex 拼命反抗："不跳不跳，这种是女人跳的舞啦！"

"跳嘛跳嘛，这种舞最减肥了。最合适你哦！你又不是不知道我的腿不可以做剧烈运动，这种舞基本不用动腿的啦，动动肚子就好了……"阿乾笑得很开心。

他终于明白阿乾为什么要他练习扎马步了。

因为肚皮舞的基本姿势就是半蹲的马步，练习的是腰胯的力量，顺势会将全身上下的赘肉一股脑儿都抖落。

“甩起来，给我甩起来！”阿乾严苛的声音在脑海中浮现。

收腹，挺胸，舒展手臂，在镜子里呈现一个完美的 pose。

此刻镜子前面的少年人，比起一个月前来说，浮肿的双眼渐渐变圆变亮，甚至有了整齐的发线和好看的额头。鼻翼两旁的暗色调，是浓密的睫毛投下的阴影。这样看起来，他和英俊的大哥实在是有点像。

同样端正的五官在赘肉褪去之后渐渐展现，甚至令他有些惴惴不安。

再瘦下去，会不会也可以拥有 Adrian 那样完美的身材和英俊的面孔？

Alex 盯着镜子里猫一样的眼睛问自己。

“死胖子，臭什么美！你盯着镜子看了快半个钟头了！”不期然的，一个声音从背后响起。是哈欠连天的阿乾。

“咦……你怎么进来的？”Alex 惊奇地转过身，因为臭美被戳破还有点微微地脸红。相比一个月之前，自卑感已经有了长足的改善，但是面对闪耀如钻石，每一个角度都好看的阿乾来说，他还是对自己的相貌心虚到会忘记呼吸。

“唔，一个人很无趣，来找你聊天。”阿乾毫不客气地躺在他的床上，“从下水管道上爬上来的啊，看你窗子没有关就溜进来咯，谁知道你臭美的时候专注到连我进来也不知道。”他一边不客气地吐槽一边笑，姿势夸张，表情充沛。

深更半夜……聊天……有没有搞错啊！Alex 真是无语问苍天：“可是我要睡觉。”

“那就一起睡，哈哈……我体积很小的不占地方。”阿乾抱住他床上唯一的一只枕头，有些人来疯一般滚了起来。

“你怎么了？”Alex 觉察到他的不对。

“喂……”阿乾停下来，抱住枕头坐在床上，似乎在流泪，“我说，要不要？”

“什么？”他瞪大眼睛。

“要不要做?”阿乾很认真。

“不要!”恶!虽然他喜欢 Adrian 没有错，但是做……爱?太可怕了!Alex 拼命摇头!他无法想象两个男人抱在一起的场景。

“为什么不!我长得很难看吗?和我上床很亏待你吗?还是你以为自己冰清如玉一定要把第一次献给 Adrian?”阿乾几乎气结，站起来走到 Alex 的对面，用食指拼命戳他的胸，力道大得让他节节后退。

“小声点!”Alex 捂住他的嘴。哥哥和父母就在旁边的房间里，他不确定他们是不是有听见。

阿乾乘机把 Alex 绊倒，两个人在地板上开始滚做一团。

“和我做吧!”一个低声嘶吼，去扯对方的衣服。

“滚开!”另一个狠狠地踹对方，掩住自己的命门。

“死胖子，你的力气不小!”阿乾因为用力而涨红了脸，Alex 近距离才发现他双眼红红的，似乎哭过一般。

“放手!”他乘机摆脱了阿乾的纠缠，“你又哭过了?”自然不会是因为自己，大概八成又是因为 Adrian 吧?

阿乾抹了一把脸冷笑:“也是，我们两个受，有什么搞头。”

Alex 不禁红了脸。“受”这个概念说起来有点难堪，是谁规定还没有破戒就被烙印了被推倒的命运?!他讪讪地戳破阿乾，“Adrian?”

这个名字还未发出最后一个音节，窗外两束骤亮的光芒赫然映了进来。是驶过楼下的汽车。阿乾几乎是用蹦的，从床上一跃而起，爬去窗口。

Alex 好奇地跟了上去，站在阿乾的身后。

那辆车悄无声息地停在了楼下。

从车门走下来一个穿着黑色衣服的男人，怀中抱着表情漠然的 Adrian。

Alex 感觉到阿乾的脊背一挺，很明显浑身僵硬了一下。

再看他狠狠揪住窗楞的手指，几乎拧成一条直线的眉毛，凌厉得仿佛要杀人的眼神，倔强的唇线……不禁令人感受到一种叫“心碎”的东西。

尚在男人怀中的 Adrian 下意识地抬头，却不经意看见楼上两双同时看着自己的眼神。一双犀利的如同利刃，一双却飘飘忽忽捉摸不定。

双眸一闭，心一横，两行清泪却不知为何落了下来。

男人感受到他的触动，抬头看了一眼，却什么也没有看见。伸出舌尖，轻舔去他面颊的泪水，“后悔了?”他低下头去，轻轻在 Adrian 的耳畔说了一句什么，然后露出了一个深不可测的笑意。

Adrian 瞪大眼睛看着他，却被他一下子吻住。

楼上的窗台背后，阿乾双目如血地将 Alex 再一次推倒在床上。

与方才一样的撕咬和抵制再度上演，都是年少气盛血气方刚的年纪，一个是步步紧逼心如刀割，一个是宁死不屈银牙暗咬。

“你想怎么样才和我做！我让你上好了！”阿乾咬牙切齿，这几乎是最大的退步了。

Alex 不是傻子，他自然清楚那几个元素结合起来发生了什么事。坚持了一个月的努力，似乎在这一瞥中化成了乌有。他的努力算什么，他的瘦身算什么，和阿乾这样彼此伤害又算什么……他在变，Adrian 也在变。阿乾说得对，他原本就远远落后于人，无论再怎么努力追赶，那个人都是一个无法企及的梦。

年轻的，憧憬的，臆想的，美好的，朦胧的，梦。

此刻的挣扎，只是他的梦想破碎之前的努力。

头顶渐渐沉入沼泽，挣扎越来越无力，整个人似乎哀默大于

心死。

恍然中，似乎有一双嘴唇吻了上来，毫不温柔也不可言，那种充斥着悲愤的暴力，狠狠地撞击过来，让他牙床生疼。下意识地咬住对方的嘴唇，舌尖倏然尝到鲜血淋漓的滋味。恨意突然变成了彼此的，联合起来恨一个人的力量，就是在彼此的伤害中让自己释放。

他一个翻身把阿乾压在身下，气喘吁吁："你说要我上你的，你不要后悔！"

半眯双眼的美少年眉骨清丽，一脸决绝。

Alex几乎是颤抖的，将手抚上对方的身体。那具丝毫不比Adrian逊色的美好躯干，有着如丝缎般光滑的肌肤。骨骼与肌肉的触感隐隐现出倔强的力量，沿着脊椎往下，在腰部犹如一首蜿蜒的小诗般起承转折，凸起的臀部浑圆挺翘，让人不由产生邪恶的念头。

"该，怎么做?"咽了一口口水，Alex突然有些手足无措。

"第一次?"阿乾似乎恢复过来，居然有了吐槽的心情，"要不要我教你?"

"嗤……"他倒抽了一口气，学着对方的样子一把将阿乾的头按下去，"躺平！"

分桃，断袖……哼哼，理论知识他也有从网络上找资料的！Alex试图用手指去打开那个未曾开启的空间，紧致的热度仿佛磁石一般吸附在他的手指之上，越向里，那种内壁的触觉几乎让他忘却了呼吸。

"你这个，笨蛋！"阿乾嗔怒地抓住了他的手，他的双颊绯红，气息不定，却仍旧能在情迷意乱间保持镇定，"去拿点婴儿油来，不然我们两个都要痛死。"

"噢!"Alex不着片缕,翻身下床去取了来,在镜中一闪而过的时候,发觉自己的身形苗条到不似自己。

借助润滑剂的力量,他艰难地挤入那窄小的入口,身下的美少年明显绷紧了唇线,一直在做着深呼吸。

"会不会很痛?"肿胀的部位在进入的时候异常艰难,他将阿乾的双腿打得更开。阿乾的双腿顺势如蛇一般缠上了他的腰,却紧紧蹙眉,不言不语。一切都是他自找的,他有什么资格喊痛?

阿乾紧紧抱住这副日渐清瘦的身躯,忍不住呻吟了起来。

Alex什么都不懂。

不懂前戏,不懂挑逗,不懂温柔,甚至不懂掌握节奏。

可是他仿佛有股发自内心的力量,狠狠地,狠狠地撞击着自己的躯体。升高,再攀援向上,轻盈转身,于制高点灿然爆发。

青涩的交合在悲愤中尽情释放。血液顺着阿乾的股间缓缓流下,印在床单上,如处红般鲜艳。

Alex无力地仰面躺在床上,喘息不已。这是他的第一次经历,不是和Adrian,也不是和任何一个年轻的女孩子,而是和这个躺在自己身边,脾气火暴为人倔强秉性古怪的美少年。他的手无意中拂过他的双唇,那里有被自己咬破的痕迹。

似乎为了证明某种神圣的仪式,Alex轻轻俯身吻了上去。阿乾怔了怔,尽管浑身酸痛,一点都没有想象中的爽,他还是张开双唇迎合了Alex的那个吻。

这样,好像也不坏。

妈的,除了屁股很痛以外,他觉得心里好受多了。

"你们,在做什么!"突然一个严厉的质问声自门口传了过来,犹如一道霹雳,将他的动作生生打断。

灯光乍现的那一刻,Alex惊慌失措地拾起被单掩盖住彼此的

身体，坐了起来。

“她是谁！是谁！怎么会半夜里跑到我们家来和你睡在一张床上！你们都做了什么！”Alex 的母亲尖声啼哭起来。她狠命地冲上前，看见床单上的血迹，忍不住抓狂地掀开了床单。她预见最坏的结果，也不过就是儿子早恋，和一个女孩子发生了关系。可是掀开床单的那一刹那，那个男孩略略发白的面孔和平板的胸脯，还是吓了她一跳。

一个男孩子！

居然是一个男孩子！

自己的儿子是个同性恋！

他和一个男孩子发生了关系！

天啊！

这个血淋淋的事实摆在眼前，无论如何也让她无法接受！

抱住头惊声尖叫持续了十五秒，Alex 的母亲当场晕厥了过去。

赶过来的莫臻看着爸爸抱住不省人事的妈妈，而自己的弟弟和一个漂亮得不像话的男孩子赤裸地拥在一起，几乎惊呆。

心中的火焰无名地升腾而起，莫臻上前就给了弟弟几个饱满响亮的巴掌。

“滚！离开这里，我不想再看见你！我当没有你这个儿子！”Alex 的父亲低声吼道。

阿乾淡定地穿上衣物，一把握住 Alex 的手，十分坦然：“我们走。”

Alex 一动不动。

“你难道还想呆在这里吗？”阿乾眉头一蹙。

这世界上有这样那样的不可以，爱情不可以，性不可以，彼此找个慰藉难道也不可以？既然是慰藉，男人和男人又有什么不可以？他清楚地知道自己在做什么。找一个看得顺眼的，谈得来的朋友，大家一起彼此慰藉一下。如此而已。

“我们，是不对的。”Alex 垂头，突然说出一句这样的话来。

很多时候，往往父母说“请你滚出去”，此时你一定要厚着脸皮呆着不动。因为如果你真的走了出去，父母还会加一句说“你要是离开这个家，就再也不要回来”。拜托，要人滚的也是他们，要人留的也是他们，到底要怎么样才好嘛！

Alex 知道父母不喜欢自己，他们的爱只在哥哥身上，可是这件事情，他觉得是自己错在先，他不得不妥协。喜欢 Adrian，是一个错误。和阿乾在一起，是个更大的错误。

“对不起！”有热辣的液体从眼睛里面流出来，Alex 突然觉得这三个字让自己的心无比沉重起来。甚至……方才看见 Adrian 和一个男人在一起，也没有这样难受。

阿乾冷冷地看了他一眼，苍白的嘴唇抿成了一条线。他光脚站在那里，丝毫没有任何羞愧的模样，大大方方地穿好鞋子，一步一步挺直了腰身走出去。Alex 知道他痛，可是仍旧保持着一动不动的姿势，看着阿乾的背影发呆。

“发什么呆，还嫌不够丢人啊！穿上衣服去叫救护车！”莫父简直是用吼的。

接下来的时间里，Alex 惊人地消瘦着。

每天除了上课就是读书，似乎唯有沉醉书本奋发向上才可以弥补那一晚的过错。父亲和母亲像看怪物一样地看着他。甚至连他出门去散步也要莫臻亲自陪伴。不允许他接触任何男孩子，有人打电话来一定回绝。

仿佛一个钢盔壁垒，将他牢牢锁在其中。

看一个人不顺眼，就连他的消瘦也不例外。

"你以前一直胖，为什么这样瘦！是不是还在想那个人！"母亲动不动就这样质问他。

逼到他想发疯。

他再也没有再去过那个仓库一次，再也没有见过阿乾一次。相反总有那么几个夜晚，车灯滑过夜的寂静，他会悄悄起身探头去看楼下的 Adrian。张了几次口，却不知道想说什么。想问他有阿乾的近况吗？会被父母听见吗？他不敢，只好默默地蜷缩在被子里，然后死死抵住枕头。

可是为什么，为什么脑海中总会有挥之不去的身影。

他明明喜欢的是 Adrian，为什么会是阿乾，为什么？

阿乾的嘴唇，被他咬破的嘴唇愈合了吧？可是心里的伤痕，一辈子也愈合不了。

阿乾的眼睛，是不是仍旧那么亮？

阿乾的背影让人有上前想拥住感觉，因为它那么那么地寂寞。

他记得他的相貌，他身体的味道，他的肌肤的触觉，他喜欢绷直双唇的小动作，他的不无恶意的嘲讽。他喜欢叫自己"死胖子！"

可是现在……Alex 觉得连思念那个人，都是一件痛苦的事。

他不配思念阿乾。

他选择了保护自己。

一整夜，默念他的名字。然后早晨起来，每每都觉得枕边有残留的湿气。

他为他，哭过了么？

"你的老师来过家里了。跟我们谈让你去读哈佛的事。"终于有一天，母亲和父亲坐下来，与他一起探讨人生中最艰难的抉择。

"我们觉得换一个环境可能对你好一些。"莫父说得还算委婉。

Alex 慢慢地，慢慢地从桌子前面站了起来。

“你要去哪里！我们在谈正事，你怎么连起码的一点尊重父母的道德都没有！”莫父喝住他。

“这是我的前途，我自然要好好想一想。”Alex 停下脚步，头也不回地说。他用的是阿乾的语气，那么漫不经心却又挑衅十足。是不是思念一个人至深，连自己都会变成那个人的样子？说话的语气，做事的方式，内心的想法……他觉得自己一点一点在变得好像阿乾，并由此，来纪念他一般。

“只要你出国读书，什么事都好商量。你要清楚，我们都是为了你好。”莫父在他身后，稍稍换了一种语气说话，带着七分严厉，三分温情。

“你们就不怕我在国外也喜欢上男人吗？”Alex 追问一句。

“你……这个！不肖子！”莫母倏然一下子从桌子旁边站了起来，抽出一旁的鸡毛掸子就扔向他。若不是丈夫劝阻，她八成会把 Alex 揍得头破血流。“我怎么生了这样一个变态儿！”她语带哽咽，几乎要哭喊出来。

Alex 灵巧地避过了那根鸡毛掸子，打算冲出门去。谁知却被赶过来的大哥莫臻拦住。

“哥……我求你，放我出去！在这个家里我已经呆不下去了！我求你，让我去见他一面，之后出国也好，什么也好，我全听你们的！”他泪眼婆娑地看着莫臻。

莫臻动容，怔忪间被 Alex 一把推开跌坐在地上，顺势拦住了莫氏夫妻上前阻拦的路。

他从未跑过这样快。

奋力的，连颊边都能感觉到甩动，身体的每一块肌肉都急剧运作，奔跑，向前，灯光刺眼。车水马龙的道路上，几乎让他迷失方向。

他顺着那条路跑向和阿乾常常相聚的那个小仓库，他觉得心脏的律动此刻和步伐是一致的，每跑一步，心脏就在胸腔中高声疾呼着那个名字。

阿乾，阿乾，阿乾！

硕大的门锁在拨弄中应声而开。

一窝在此休憩的乌鸦匆忙振了翅膀飞走，空旷的仓库中除了他的喘息声之外，什么也没有。

他这才想起来，他从来没有问阿乾要过电话。甚至连阿乾住在哪里，他都一无所知。

Alex 折了出去。又奋力地奔跑了起来。

此时的目的地是那家和阿乾初次相遇的酒吧。Adrian 在那里跳舞。他一定知道阿乾的下落。他们……是认识的。

推开那扇沉重的门，摆脱了几个尾随而来的搭讪者，Alex 终于走进了那家 PUB。他只来过两次，每次心情都是沉甸甸的。前一次是为了 Adrian，后一次是为了阿乾。或许这两个人在他心中都是不同的，前一个仿佛是少年时代的梦幻，朦朦胧胧的初恋，甚至还未说出口便将这份感情夭折在心中了。后一个是少年时代的终结，像一列轰轰烈烈驶过生命的火车，呼啸着将热情燃到极致。

他……也许不够成熟到了解什么是爱。

不过愿意为那个人而笑，愿意为那个人而哭，愿意为他背叛家庭全身心地狠命奔跑，他想，他是爱他的。

Alex 重重地喘着气，抬头看向在酒吧上空表演的 Adrian。手指无意中触到口袋，硬硬的质感让他觉得好奇。拿出来一看，却是那一晚，阿乾与他们两个人的合影。照片中阿乾的样子笑得最是开心，而自己却是惴惴不安的样子。Adrian 一脸酷酷的不快。此时此刻，想必三个人的心思又该是另外一番模样了吧？

他向空中的 Adrian 挥手，也不管对方看不看得到。

立即有几个穿着黑色衣服的男子，迅速地向他靠拢。当 Alex 意识到的时候，已经被他们团团围住。

“找 Adrian？嘿，是个生面孔，以前没见过你。”其中一个男子挑逗般地上前摸了一下 Alex 的脸，“胡渣也没有，好鲜嫩。像个洋娃娃。”

“不要乱来，带他去见穆先生。”另一个声音沉稳的男子铁钳般的手拽住了 Alex。

“放开我！我是 Adrian 的邻居，我来拜托他找个人……你们一定是误会了，我对他没意思！”Alex 一面挣扎一面说出对方心中的怀疑。那一天夜里看见的黑衣男子，是这群人的头目么？

Adrian 已经招惹上这样麻烦的人了？

“噢？找什么人？”四五个壮硕的男人停下脚步，好奇地发问，“去见了穆先生再说。”

不过是几步路，Alex 觉得自己的肩膀都快被对方拆卸下来了。

那天夜里看见过的男子，端坐在一张沙发上。昏暗的灯光衬着他洁白如玉的手，和手中一杯鲜红如血的酒。

自然有黑衣人上前耳语，告知 Alex 的目的。

那位姓穆的男子浅浅扯出了一抹笑意，“你要找谁？”

“阿乾！”这两个字脱口而出，连心脏都忍不住因为这个名字而漏跳了一拍。

“喔……”穆先生的语气格外地悠长，气息弯弯转转，仿佛要顺着呼吸游走进 Alex 的思绪中去。终于，他慢慢地晃动着酒杯，轻声问：“找他做什么？”

“向他道歉。”Alex 垂下头。无论如何，这件事情一定要当着阿乾的面说。

“你喜欢他?”穆先生的眉毛一挑，让 Alex 吓了一大跳。他涨红的脸颊抬了起来，令他此刻更像一只手足无措的洋娃娃。一旁的黑衣男子们都为穆先生一句话猜对了 Alex 的心事而笑了起来。

穆先生也在笑，只不过隔了几秒钟，他的笑容突然定在了脸上，露出一副阴郁的面孔，“你觉得他愿意听你的道歉吗?”

“我只是想见他一面……” Alex 笃定地说：“不管他原不原谅我，我来跟他道别。”就要到国外去念书了，无论如何他也想在离开之前见一次阿乾。

Adrian 冷冷的声音在他背后响起：“你来这里做什么!”

“我找阿乾……” Alex 觉得 Adrian 的那一声质问就说明了一切。他一定知道自己和阿乾发生的事，并且知道阿乾在什么地方。

“他不会见你的。” Adrian 狠狠地抓住 Alex 的衣领。欲要将他甩出门去。

“我要跟他道歉!” Alex 撑住墙壁，扎马步的成就让他下盘很稳，一时半会儿，Adrian 也拿他没有办法。

“好啦好啦，带他去吧。”穆先生轻轻站起身，将 Adrian 的手霸道地拢进自己的巴掌之中，顺便替 Alex 掸了掸衣领，“你知道的，我不喜欢你碰别人。尤其是像这样漂亮的小男孩。”

“你们两个，都是疯子!” Adrian 抬头看了他一眼，突然这样说。

Alex 并不接话。疯子么? 或许是吧。

“跟我来吧。”似乎为 Alex 痴痴的表情所动，Adrian 的眉骨一斜，表情中明显带着放低防备的意思。毕竟他和 Alex，算是从小到大的玩伴。他了解 Alex 的一切，Alex 也知道他的秘密。两个人之间鲜少有隐私可言。可是让 Adrian 百思不得其解的是，阿乾和 Alex 怎么会混在一块儿的?

“那一晚他来找我，浑身颤抖的样子很可怕。” Adrian 低声地回忆起来，一面走，一面燃起了一支烟。烟圈从他的嘴里吐出来，仿佛是一个故事的起始。他的声音渐渐沉重起来，和烟圈的清浮不见形成绝佳的对比。

甚至因为这句话，Alex 的心因此而停止了跳，一直在等他继续说下去。

“我喂他吃了安眠药，帮他清洗身体，才知道了他和你的关系。” Adrian 轻轻回过头看了他一眼，“我以为你喜欢的是我。” 那一天，也是他的第一次。阿乾痛，痛在对方不懂怜惜。他也痛，痛在自由从此被束缚。

Alex 哑然。他的确也一直以为自己喜欢的是 Adrian。可是阿乾在自己心里的地位，和 Adrian 是不一样的……说不清为什么，就是那种每天放不下他，脑子里都是他的感受……

Adrian 则是一副坦然地笑笑，“我们从小一起长大，你以为你的心思能瞒得过我的眼睛吗？那天晚上，穆驰送我回去，我抬头看见你家的窗户还亮着灯。上面有两个人影，一个是你，另一个自然是阿乾了。”

“他下楼敲我家的门，表情复杂到我无法用言语形容。似乎是带着犀利的恨，不知道是恨我，还是恨你。” Adrian 一面走，一面低头踢着路边的小石子，似乎这种轻松的举动能够让心情不那么沉重，“他睡在我的床上，听着窗户外面救护车呼啸的声音，不断流泪。” 那种情形，他现在还记得。

没有开灯，却能凭借窗外的月光，看见阿乾闪闪发光的脸。

那一张美丽年轻而泪痕密布的脸。

“阿乾在哪里？” Alex 终于开口发问。

“医院。” Adrian 吐出这两个字的时候，Alex 觉得自己的心仿

佛被什么狠狠地揍了一下。“你是不是不知道，阿乾除了从钢管上摔下来不能跳舞，去做过一个身体检查。除了腿的原因之外，他还有血小板功能障碍……也就是说，一旦剧烈运动或者出血，就无法止血……”

“……”他的头脑中一片空白。似乎有堵叫做爱情的墙在身体里轰然倒塌。他记得那天晚上，阿乾流了很多血……片片如嫣红的桃花，沾染在雪白的床单上。

“那天晚上我才知道。我只好重新打电话给穆驰，拜托他把阿乾送到医院去。折腾了许久，他总算是恢复过来了。只不过，最近病情又急剧恶化。医生说他身体里有大量的内部积血，再这样下去，恐怕时日无多。”

“Alex，你要去道歉，恐怕也不过是见他最后一面。”

Adrian 的声音如烟圈一样飘忽，Alex 觉得气息骤然一紧，似有一双手按住了他的脖子，使他不能呼吸。脚步不由加快，却阻止不住内心的恐惧。眼前这条路看起来很短，却像无论如何也走不到尽头似的。

他认识阿乾的时候是夏天，炎炎夏日的阳光也没有那个人的面容耀眼。

此刻却是入秋，已有零零落落的叶子飘飘忽忽地从路旁的树上落下。

几个旋转，仿佛人生中的几个起伏。

最终落于地面。

Alex 一怔，想上前去拾起那片叶子。倏然一阵风吹过来，将那片枯叶吹到不知名的角落里去了。

Adrian 带他去的地方，是医院的一个安静的房间。刺鼻的消毒水的气味徘徊在空气当中，令人有些许不安。这种气味总是让人觉

得死神近在咫尺，而天堂离这里也不过就是一步之遥。

阿乾就那样静静地躺在床上，柔软的枕头将他的上半身撑得很高，深栗色的头发就那么均匀地铺在白色的枕间，从这个角度看过去，他的肌肤几乎是透明的。此时有秋日的阳光透过窗洒在床铺和他的身上，令他宛若油画里中世纪的美少年一样。

Alex 几乎不忍打破这美好的景致。

直到床上的少年似乎感觉到了生人的气息，渐渐睁开浓密的睫毛："死胖子……" 他浅浅地笑了一下，仿佛觉得方才的这个称谓已经有些不合适，只好轻轻地补充了一句："你瘦了。"

Adrian 将 Alex 推了进去，自己默默地走出门，将门阖了起来。

"对、对……" 对不起只有简单的三个字，却不知为何如鲠在喉。眼泪悄无声息地落了下来，Alex 觉得自己好没用，心底悄然无力的状态，让他觉得靠近阿乾都是一种痛苦。因为即便现在能上前握住他的手，不可预见的将来，也是终究要放开的。

阿乾不愠也不怒，只是用沐浴在阳光中的金色微笑默默地看他，"道什么歉，世上又没有后悔药吃。"

Alex 走上前拥住了他："阿乾……" 千言万语，再无法述说。他的未来几乎可以预见，毫无血色的肌肤变得如同珠玉般透明，拂过去，手指尖有细细的冰凉触感。这具原本生机勃勃的躯体，却因为自己的关系而被弄得这般憔悴，宛若一朵玉样的花，稍稍一用力就要碎成齑粉。

他和他的感情，短暂却又炽烈。

Alex 觉得胸臆中有股无法言说的悲伤，化成一把锋利的匕首，在不断往复中刺中了心脏。少年时候的那种朦胧的爱情，从 Adrian 的身上，渐渐转移到阿乾的身上。前者是遥不可及的神话，后者是一触即化的冰花。那一夜，两个人同时喜爱的梦想彻底碎裂，叠交

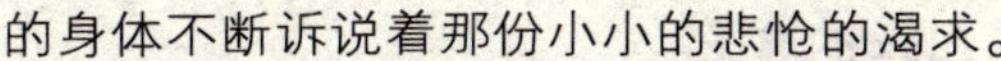

的身体不断诉说着那份小小的悲怆的渴求。

欲望被舔舐的那一刻，他才明白自己心中究竟喜欢的是谁！不是那个青梅竹马却又遥不可及的 Adrian，不是那个在酒吧夜景中混迹声色场所的 Adrian，也不是那个夜半归家躺在别人怀中的 Adrian……而是面前的这个人。

他如一条柔软的蛇，打破了自己的生活。

蛇信微吐。毒言相向。

他的执著让自己有了翻天覆地的变化，而自己的软弱却又给了对方如此大的伤害。如果一切可以重来，是不是就能发乎情，止乎礼，将那一场喷薄而出的情欲，熄灭在理智里？

可是阿乾的面孔仍旧挂着置身事外的笑，轻轻的，宛如一抹淡淡的云。

这笑容看在 Alex 的眼里，仿佛那尾毒舌渐渐地游走到了他的脚踝，让他一阵轻颤。

“虽然相貌变好看了，人还是一样的傻气。”阿乾忍不住拿手指弹了弹他的额头。

“哈……”他吃痛地退后一大步，却不小心被身后的暖水瓶绊倒，一屁股跌坐在地上，和第一次见到阿乾的时候一般狼狈。

阿乾以手撑头，垂下眼来，不想看见 Alex 的裤子被暖瓶里流出来的水打湿的狼狈状。从床头的柜子里抛了条睡裤给他，挥手叫他换掉。

Alex 讪讪地拿着阿乾的睡裤，不知道如何是好。

“脱啊，又不是没看过。”等了半晌，还不见对方有动静，脾气暴躁的阿乾即使病容满面，也仍然气场十足。

哆嗦着换好了裤子，终于和他四目相对。

阿乾笑靥如花，和第一次见他的时候一样。什么也不说，只是轻轻地抬起手，刮了一下 Alex 的鼻子。

“羞死了，这么大的人了，还这样毛手毛脚的。那么多的舞白跳了！”

Alex 只是低头，呆呆地拎着空荡荡的裤子，唔，他可是真空上阵，里面什么也没有穿。棉质的睡裤仿佛沾染了阿乾的体温，很舒服地在双腿上轻轻地摩挲着。

“还好嘛？好久不见你。”阿乾又问，“坐这里，替我削个苹果！”他拍了拍自己身边的空位，示意 Alex 坐下。

半辞半就地坐下，Alex 握了一只苹果，开始慢慢地削皮，不灵活的手指将那只苹果削得坑坑洼洼。又被阿乾一阵数落：“手指和腿脚一样笨！”

不知道为什么，听见阿乾的数落声，Alex 突然觉得心里舒服了很多。他呵呵地笑了一声，将只剩下四分之三的苹果递到阿乾的面前。

阿乾低眉接过，并不着急吃，只是笑了一下，“你，听 Adrian 说过了？”

“嗯。”所以他心里才这样沉重，重到像一朵要变成雨的云。

“哎，我说，等到真的那一天来了，不许哭！不然我会在天上笑话你一辈子的。”阿乾一面啃着苹果，倒还有开玩笑的心思。

Alex 突然抱住他，不知道为什么就泪流满面。

俗语总是说“人定胜天”，可是在疾病面前，人总是一天一天地在明白地等待着死亡。甚至有时候连睡觉的时候，都怀疑有死神站在自己的床边。

不知道为什么，阿乾的心态还能保持得这样好。

他觉得自己的心都快被那条蛇紧紧缠住，不能呼吸，无法动弹了。

“哭什么……给你讲个笑话。”阿乾将手里的果核丢掉，拿纸巾擦干手，拍了拍 Alex 的头。

他这才抬起头来，脸上是未干的泪痕，显得一张娃娃脸凄楚动人。

“前几天我被一个欧巴桑护士做了肛检。你知道，咳……就是拿一次性的手套沾着润滑油“唰”的一下伸进来，痛死我了！”阿乾眨了眨眼睛，“所以我觉得如果是你就好了，至少那一次都没有这样痛。”他的漂亮的脸几乎扭曲地做起了怪样，表示“真的很痛”的样子。

Alex 忍不住笑了出来。

阿乾拍手跟着笑了起来。

顿时小小的病房里充斥着两个人会心的笑意。

就这样看着彼此，就这样毫无芥蒂地大笑出声，仿佛两个人都希望能够把时间凝固在此刻，就这样一直笑到最后，将手握在一起。

Alex 不知道为什么想到结局，突然就笑出了眼泪。

阿乾静静地收声，默默地躺回床上去，看着 Alex。他的眼神宛如一部摄像机，有千万幅画面缓缓展现，却永远让人看不懂他的故事里，究竟谁在上演着剧目。

“我困了，要睡一会儿。”他静静地说，“明天你还会来看我吗?”

“嗯。我明天还来。”Alex 点了点头，承诺他说。

阿乾闭上眼睛，很安慰地将被子挪到肩膀上方。

不知道为什么，Alex 突然觉得阿乾这一闭眼，似乎就再也不会睁开来。他突然冲上前去紧紧地抱住了阿乾，“不要，不要去那个地方……”

阿乾没有睁眼，却可以清晰看见他眼角的泪水不断涌现，打湿了枕头。

自己的状况，自己最清楚。

能够在临死之前见到 Alex 一面，几乎算是个天大的安慰。不想睁开眼睛看见他哭泣的脸，只想把他方才的笑容带到另外一个世界里去，永远铭记。

他一直以为自己爱的是 Adrian，直到和 Alex 相遇，将这个发胖的年轻人渐渐转变成一个有着天真无邪娃娃脸的美少年之后，他才觉得似乎有什么东西在渐渐改变。直到那一夜……骤然的亲密发生，又导致了那样决然的分离。

他突然意识到心中的那份痛苦，并不是因为 Adrian 和其他男人在一起了，而是因为 Alex 看 Adrian 的眼神依旧一如当初那般痴迷。

“你，爱我吗?”他闭着眼睛，这样问。似乎空洞的心脏需要一个回答来填补。

“是的。我爱。”Alex 在他的额间轻吻了一记，仿佛要向对方宣誓某种至诚。

阿乾露出了一个微笑。这微笑在 Alex 看来显得无比凄凉。挂着泪珠的脸上，这样浅浅淡淡的一抹笑意，似有若无，仿佛一阵风就能将它吹散。

这个画面，几乎是阿乾在他头脑中的最后定格。

第二天，当他再去探望阿乾的时候，迎接他的便是一张雪白的床单和冰凉的躯体。

用颤抖的手指掀开床单的时候，他忍不住闭上眼睛不忍猝睹。

以前如玉的肌肤，此刻变得灰白，唇间血色不再。紧闭的双眸似乎还能看见睫毛上挂着的泪珠。

Adrian 解释说："他的病，本来早就该去，似乎是为了见你最后一面，所以一直不好不坏地撑了下去。直到见了你之后，仿佛了却了心愿一般，就这样睡过去，再也不曾醒过来。"

短暂的生命中，或许他不懂得什么是爱。更不懂想念一个人的结局，就是见上他最后一面。他不懂为什么一个人的死会如同烟火那般绚烂升空，美妙然而短暂。

飞机升到天空的那一刹那，Alex 有一种自己也变成了烟花的感觉。可是……点燃焰火的那个人，却已经不再了。

一瞬间他觉得阿乾仿佛又活了起来，在自己的每一寸肌肤里，每一滴血液中，每一个细胞内，渐渐萌生。

"嘿，一个人？"一旁有个金发碧眼的外国男子，美式十足地冲他友好打招呼。

如果不能接受阿乾死去的事实，就把自己变成第二个阿乾吧！

用他的思维，他的语气，他的经历活在这个世界上。

Alex 浅浅地回过去一个笑意，嘴角上扬，仿佛是阿乾的模样，"是的。"

他和那个男子攀谈了一路，渐渐适应用阿乾的语气去和人打交道。在异国他乡继续学业，练习阿乾教他的肚皮舞。和年轻的同学们一起去街头上演 COSPLAY 剧目。甚至扮成女孩子也十分乐意。

"Alex，万圣节我们有个街头舞会！你要参加吗？"一个志同道合的同学问他。

"好啊。"只是不知道要扮成什么样子。

瘦身成功的 Alex，连自己都认不出来镜中人的长相了。170 公分刚刚出头的身高，算是男性里比较矮小的了，那张原本肥肥肿肿的圆脸，此刻褪去了浮肿，反而显得女性化十足。有一双大而迷蒙的双眼，当然是他不戴眼镜的时候。嘴唇总是微笑，所以看起来十分性感。鼻梁继承了莫家人的传统，挺直而俏丽。

“这个这个！肯定很合适你！”身旁的 classmate 递过来一件薄薄的白色蕾丝连衣裙，配上一对白色的翅膀。为了活络气氛，他甚至配了一根仙女棒给到 Alex。

“哈哈……” Alex 笑到直不起腰，“你确定?”

“再合适不过你了！”对方拍拍胸脯打包票。

冻得要死的街头，Alex 抱着胳膊御寒。行走的队伍里有不少男孩子朝他吹口哨，十有八九是把他当成女生了。

他一脸拽拽的样子看也不看他们，西方人的轮廓虽然很美，只是再漂亮也挥不去心中那张仿佛烟花般美妙的面孔。

前面的队伍有一阵喧闹，好像是同系的学长在拦住一个年轻的学弟拍照。

“喂，我叫你看镜头！”说话的那个人音量不高，却带着不容置喙的命令口吻。

另一个年轻的男学生扮的大概是一个骷髅，很不合作地摆了一个 POSE。

Alex 呆呆地看着那个方向，直到后面拥挤的人群推搡了他一下，他才跌跌撞撞向前走去。

那个人……那个人……

“好漂亮的正妹！像个洋娃娃！”一旁有人注意到了一脸呆滞的 Alex。

对方转过头来，身上的骷髅条纹仿佛从地狱里重生的撒旦。

阿乾……是阿乾在这个鬼节重返人间了吗?

几乎是下意识的，Alex 冲上去抱住了那个人。

以最快的速度找到了他的嘴唇，用浑身最大的力气狠狠地吻住他。

一阵迟疑之后，对方也有了热烈的回应。

拜托！谁会将他当男人看？

此时此刻，完全不用言语上的交流。彼此的动作已经能够燃起所有的热情。Alex 感动得想哭，直到那个人的手伸进了他的裙摆，握住了他的分身。

“男……男的？”对方一脸错愕地推开他。

“嘭！”一个闪光灯亮起，仿佛焰火升空一般闪烁。

Alex 看着对方不可思议的脸，他看见那个人狠命地擦了擦嘴唇，一脸厌恶地瞧着自己。

他认错了人。

那只是一个长得和阿乾十分相似的人罢了。

美丽的烟花从四周咻咻地升上夜空。

绽放出无数朵悲壮的花。

Alex 不知道为什么突然有想哭的冲动，他静静地蹲下来，狠命地抱住自己的胳膊。

烟花已逝。

往事已矣。

那一场年少的梦，是再也不会回来的了。

花絮

保险套知识普及讲座：

讲解员：腹黑男尚易辰总经理

尚易辰：（穿西装，系领带，戴黑色框架眼镜，手中拿着一只教鞭。清咳一声）今天我们来做一个讲座，台下的男同学请自觉把拉链皮带看牢，台下的女同学请严密注意自己的裙摆是否安全，以防有被偷袭的危险。

保险套的历史：

发明保险套的人，据说是英国的 Condom 先生，传说他是英王查理二世的御医。他使用小羊的盲肠切成适当的长度后晒干，再用油脂等材料进行后期处理，开口处系着绢线或者装饰性的缎带。使用的时候将绢线和缎带在必要的地方系紧，当然有耐心的男女经常喜欢将缎带打出好看的蝴蝶结。

据说这段小羊盲肠最薄的可达 0.038 毫米，而现今使用的乳胶保险套，一般为 0.03 毫米，这种保险套是可重复使用的而且还有二手货的买卖。当时的这项发明可说是举世欢欣。为了纪念这位伟大的 Condom 先生，所以保险套的英文就以他的名字命名了。

保险套的功用：

当然是为了避孕！保险套的保险率可以达到 90% 以上。除此之外，保险套还能预防性病的感染，尤其是艾滋病，至于严重性略低的梅毒、淋病、披衣菌等性病，以及念珠菌、滴虫这类常见的性传染疾病，在经常使用保险套的人口当中，都较为少见，因此不论是要避孕或是要防病，都应该讲求安全的性行为。

保险套的品种：

橡胶制造的保险套，厚度较大，据使用者称感觉很不好。到了超薄型的乳胶保险套问世，保险套就成了全世界就畅销的避孕器材了。在 1992 年，北美地区就卖了五亿个保险套。随着市场的需要，各式各样的保险套也因应而生。女用的保险套后来也相继问世了，而男用保险套就在形状、味道及添加药物上作变化。比如最常见的平滑型、螺纹型、浮点型、颗粒型等等。最近的最近，有人问我，杜蕾斯是不是出了孜然味的，恐怕只能让提问和好奇的人购买我们的产品一个一个去品尝看看了。祝大家好胃口。

如何使用保险套？

有没有男同学愿意献身来做个试验？好吧，既然大家都这么害羞，那只好我自己来为大家讲解。（摸出身后一个道具，和一只保险套）穿戴时，要沿着保险套包装的边角撕开，以免弄破保险套，取出后先将保险套尖端突出小囊中的空气挤出，然后把保险套卷起的部份沿着某个大家心知肚明的部位往根部推，直到套住整个部位为止，才不致因气泡在里面而弄破保险套。如果在中途产生脱落，为了安全起见，请重新佩戴一枚新的保险套。

保险套的大小问题：

由于东西方的人种差异，在 SIZE 的问题上，也会有各种不同。比如欧美人的平均尺寸是 16CM 而东方人的尺寸基本在 12.5CM 左右。如果要去国外旅行，建议购买当地的保险套产品，以免产生意外。

以下是讲座Q&A时间：

Q：尚学长，请问杜蕾斯这个品牌这样深入人心的原因是什么？

A：质量好，品种多，以及我们拥有全世界最幽默的广告人帮我们做广告。

Q：那尚学长自己最喜欢的广告是哪一个？

A：太多了。最喜欢有三则。其一是，床头挂着一副圣母巴利亚画像，她抱着孩子，将孩子的眼睛捂住自己却偷看的那一则。还有一则是“祝那些没有使用杜蕾斯的人父亲节快乐”以及一夜十二卷录像带持续到第二天凌晨。

Q：尚学长刚才说古代的保险套是可以回收利用的，请问你们的产品也具备这样循环使用的功效吗？

A：呃，我们最多是把过期的保险套拿去做橡皮筋。

Q：请问您太太曾经拿过直尺量您的尺寸，您介意透露给大家吗？（笑声）

A：我不介意找个时间，和你私下讨论。

Q：请问您在婚礼上收到李卓先生和程西小姐的礼物是什么？

A：（咬牙沉吟）私人物品，不便透露。

Q：请问在哪里可以买到贵公司的新品男用卫生巾？

A：还在研制中，即将在各大超市及屈臣氏有售。

Q：我们带了程南小姐写的书，可以不可以找您签个名？

A：（发飙）滚！

Q：尚学长我爱你！

程南一把抢过话筒：那位同学，对，说的就是你，医院在出门转角处，讲座结束后记得去看看发热门诊。

Q：我想请问刚才抢话筒的那位写耽美的漂亮大姐姐，请问……关系确定后，你会金盆洗手么？

程南：（看尚易辰一眼）看，看情况。再，再说吧。

亲友团吐槽时间：

神剑篇：

话说有一天，我很欢乐滴到处告知说，我的新坑写到9万字了。素滴，就素那个《杜蕾斯公关小姐》，咩有错，这个名字稍微H了一点但是我保证里面内容很清水……

然后万能的车车看见了，就说，你这个保险套真长啊。

我很苦恼，请教万能车车：后面的6万字不知道怎么写了。

车车说：那你把内容给我描述下，我给你参考意见。

我言简意赅描述说：就是一男一女9万字了还没有上床，OVER。

车车说，为什么9万字还没有上床呀?

我解释说：他们又努力过，但是每次到关键时候都被打断。

车车说，这让我想起香港很早以前的一个武侠电视剧，叫做《神剑》。故事的内容就是一正一邪2个人为了争夺神剑的斗争，每次他们拉开架势摆好POSE准备大干一场，总会有人跳出来说“且慢!”，就这样一直且慢且慢且慢都没有打起来。到最后一场关键部分，要进行高潮的收尾了，大家都搬着板凳坐在电视机前面等着看2个人比武，结果最后还是米有比成，这个电视剧也结束了。据说最后很多香港人把电视机都砸烂了。

……好吧，我知道怎么做了。

也就是说，无论怎么且慢，也一定要叫他们搞上一回。

松松篇：

莫贤松的名字由来是我的一个朋友松松，以下是她的自我介绍：

在《杜蕾斯》里，我跳过钢管舞，

在《踏月鏖》里，我演过城头那颗树，

在《唐人街》里，我装过龙套坏人，

在《三生三世里桃花》里，我就是那棵松树仙！

在生活中，我偶尔还去面包新语里客串下商品名。

（因为面包新语有种招牌面包叫“松松”）

掩面泪奔，请大家记住我，我就是那个万年路人甲，千年龙套命的松松！

泉泉篇：

泉泉同学一直耿耿于怀《杜蕾斯》里面没有给她一个角色。

我……曾经是眉导笔下的丫头命、酱油甲乙丙。眉导在后来的小说发慈悲让我当了回大将军，好吧，那我带的是正太兵团咩？是的话就太美妙了！

但是！满地打滚中，人家也要在《杜蕾斯》里面露脸啊！

嗯？问我眉导给了那么多戏份我是不是和她潜规则了？喂喂……这个问题你们应该去问松松……

以下是答疑解惑时间：

Q：为什么要叫《杜蕾斯公关小姐》？

A：因为女主角的职业就是负责杜蕾斯品牌的公关小姐啊……其实在后期也有朋友建议叫做《爱距离0.03mm》，不过总觉得没有这个名字来得直白又吸引眼球。

Q：为什么会想写这个题材？

A：原因其实在网上就说得很明白。作为一个广告人，我最向往做的广告品牌就是杜蕾斯。但是这种好玩的客户可遇不可求。所以只好写篇关于杜蕾斯的文章来 YY 一下咯！

Q：可以不可以举手问下程南的原型是？

A：掩面，其实我不想回答这个问题，既然你问了，其实就是某眉认识的很多耽美写手的综合体。

Q：（揪住画眉衣领）可以不可以把尚学长配给我？

A：满地打滚，这个问题我做不了主啊！

Q：松松的下一个目标是谁？

A：暂时还不知道，不过如果有时间有闲情我一定会给松松一个交代的！握拳！

Q：小北的取向到底是什么啊？

A：说不好。总之看见美丽的人就没有抵抗力。不论男女。

Q：有没有想过出书的时候顺便赠送一只杜蕾斯保险套？

A：想过啊……可是这个噱头未免太大啦！杜蕾斯免费提供赞助的话可以考虑。哇哈哈。不过我可以免费送给每本买书的人一张尚学长保险套讲座的门票哦！